アメリカ文学史

現代人の運命

講義3

亀井俊介

南雲堂

アメリカ文学史講義 3 目次

——現代人の運命——一九三〇年代から現代まで

I　一九三〇年代――社会参加の文学　11

III　一九五〇年代——自己の探求　160

アメリカ文学史講義　3

――現代人の運命

I　一九三〇年代――社会参加の文学

大恐慌と大衆社会

このアメリカ文学史の講義は、東京大学で行なった講義（本書の第一巻と第二巻）をうけついで、一九三〇年代から始めようと思います。一九三〇年代というと、皆さんにはもう古い「歴史」かもしれませんが、私にはむしろ「現代」に入ってきたという気がします。そして現代は、まだ歴史にはなりきっていないんです。文学者にしろその作品にしろ、まだ十分に時間のふるいにかけられていないので、いろんな要素が混沌としていて、整理しにくいのです。そこに講義をする者としては困惑がある。しかし、だから勝手に思うことがいえるという面もあるかもしれません。

いままでの講義をふり返ってみて、私は自分が一種の矛盾した姿勢をもってきていることに気づきました。この講義は専門家ではない人たちを相手にアメリカ文学への「呼び込み」をしようと意図したものですから、なるべくは一般に広く認められている、銘菓といえるような文学者や作品をとりあげ、社会や文化の動きと合わせて、その展開の姿を語ろうとしてきました。しかしいわゆる客観主義というやつ、いろんな参考書から掻き集めてきた情報をいかにも客観的らしく並べて見せるだけの態度は、とらなかった。銘菓を自分で食べてみて、その味わいを自己流に自由に語るように努めてきたのです。世間の評価を重んじながらも、自分の評価をずうずうしく述べることをしてきたわけね。

これから語る現代のアメリカ文学史については、この矛盾はますます強まると思います。混沌とした文学世界で、銘菓と駄菓子の区別はつきにくく、懸命にあれこれ食べる努力はするんですが、私の弱い胃は吐き戻してしまうことが多く、ついにはうまいと聞かされた菓子でも手を出さなくなることがしばしばです。私にできることは、なるべく世間の評判に耳を傾けながらも、自分で食べてみてうまいと思った菓子について、その思いを正直に述べてみることくらいです。皆さんはどうぞ勝手にいろいろ食べて味わい、私の味わい方と比べてみて下さい。

さて、一九三〇年代とはどういう時代だったか。いきなり余談に入りますが、二十世紀のアメリカの歴史は、このように二〇年代、三〇年代、あるいは五〇年代、六〇年代と、ほぼ十年ごとに区切ってみると、イメージがはっきりしてくる部分が多いんですよ。それでこの文学史も、そういう年代を章のタイトルにまでしようと思っています。

一九三〇年代の特色をはっきりと打ち出すきっかけになったは、一九二九年十月二十四日、いわゆる「暗黒の木曜日《ブラック・サースデイ》」の、ニューヨーク株式市場の株価大暴落です。それまでのほぼ十年間、つまり一九二〇年代のアメリカは、経済的繁栄を謳歌した時代でした。第一次世界大戦の結果、アメリカは世界の大国となり、ドルが世界を支配するようになった。そして未曾有の好況を迎え、ビッグ・ビジネスの体制ができ上り、大統領までが「アメリカのなすべき仕事《ビジネス》はビジネスだ」なんて言い出す始末。文化的には、繁栄に支えられて、「ジャズ・エイジ」が出現しました。いかめしい「上品な伝統」は崩れ、フラッパーが都会を闊歩する姿が象徴するように自由な風俗が生まれ、いわばジャズに浮かれて踊ったような時代ね。文学的には、モダニズムの実験が風靡しました。「ロースト・ジェネレイション」の作家たちはこういう文明の状況に背を向けたみたいだけど、そのじつ、伝統的なアメリカ社会やその価値観からの解放感をエンジョイしてもいたように思えます。まあ、こまかく見ていけばもちろんいろいろな要素があるんですが、アメリカ国民の圧倒的多数は繁栄に酔い、自己満足して、アメリカは無限に発展するんだと信じていた。

そこへ、不意に、「暗黒の木曜日」の大暴落が起こったのです。そして未曾有の経済恐慌にアメリカは落ち込んでいく。それが一九三〇年代なんです。この暴落と恐慌の原因については、その方面の専門家の説明にまかせることにしましょう。まあ、資本主義の歪みみたいなものがあって、実質をともなわない異状な繁栄をきたしていたのだが、そのバブルがはじけた、ということなんでしょうね。それはともかくとして、ここで強調しておかなければならないのは、経済恐慌はずっと続いたということです。株式大暴落はあったけど、経済はすぐに回復したというのでなく、年々、不況は深まっていったのです。ちょっと失業者の数だけ見てみましょうか。一九二九年には百五十五万だったのが、三三年には千三百万。当時の人口は一億二千万余りですから、これはすごい数ですよね。

このことに関連して見逃してならないのは、労働者とか農民とかが被害を被っただけじゃなく、中産階級、文化の最も重要なにない手である健全な中産階級の人たちが、恐慌の渦の中に巻き込まれていったことだと思います。こういう状況に、大統領のハーバート・フーヴァーは対応できなかった。彼が大統領に当選したのは一九二八年ですから、二九年の初頭に就任した。その時は経済繁栄の真っ最中でした。彼は、「アメリカのなすべき仕事《ビジネス》はビジネスだ」といったカルヴィン・クーリッジのあとをうけて、強固なビジネス信奉者で、フーヴァーの宗教はビジネスだといわれるぐらいでした。私は南北戦争後の「金めっき時代」の文化を語った時、利益追求の「強靭《ラギッド・》な個人主義《インディヴィデュアリズム》」というものを説明しましたが、この言葉はじつはフーヴァーが一九二八年の大統領選挙の演説の中で主張したものなんです。アメリカは個人の利益追求の精神によって発展するんだ、というわけですね。この主張で彼は大統領に当選しました。それで、間もなく株式大暴落が起こっても、彼は政府が手を下すことなく、そのまま放っておいたほうがいい、ビジネスの自立能力で経済は回復するんだ、と思っていました。ですから、「景気はその街角まで来ている」なんて言葉をくり返すばかりで、フーヴァー政権は積極的な手を打たなかった。いや、打てなかったのかな。

　だが、景気はちっとも街角を曲がって来ないのね。アメリカ経済は落ち込むばかりです。そして一九三二年の大統領選挙になり、フランクリン・デラノ・ローズヴェルトが民主党から出て当選した。一九二〇年代は共和党時代でしたが、三〇年代は民主党時代ということになります。三三年の春、ローズヴェルトはホワイト・ハウスに入りました。そして就任直後に「ニュー・ディール」ということをいう。フーヴァーは威厳を保って引退したいですから、前大統領としての助言をいろいろしようとするのですが、ローズヴェルトはぜんぜんうけつけない。フーヴァーの存在を無視してしまう。こういうのは政治家のすごいところですね。そして自分が大統領職につくと、一挙に「新規巻き直し《ニュー・ディール》」と称して、政府が事態の救済に積極的に乗り出していったのです。

　歴史家たちのいろいろな説明を聞いていると、しかし、ニュー・ディールが経済政策としてどこまで成功したかは疑問なようです。一九三四年の末頃から景気はちょっと回復したようなんですが、三七年にはまた後退してしまう。経済界は政府の援助で救済されると、こんどは政府の干渉を嫌い、あの「強靱な個人主義」に戻ろうとする。失業者は千万人を越え続け、三〇年代の末になっても八百万人にのぼっていたといいます。結局、第二次世界大戦になってようやくアメリカ経済は救われたようです。戦争の力は大きいですね。このことは、またあとからふれようと思います。

ともあれ、だいたい一九三〇年代を通して、経済不況は続いていたといわなければならないようです。しかし、ニュー・ディールはじつにいろんな社会改革をやったんですよ。社会保障制度の確立、労働者保護の立法、福祉政策の重視などはその一部です。文学に関係することで一例だけいえば、失業対策のために設けられた事業促進局（ＷＰＡ）は、失業した教員や文学者や芸術家たちを政府の資金でいろんな仕事につかせた。その成果の一つである「アメリカン・ガイド・シリーズ」は、全米の各州やニューヨークなどの大都会の、いまでも最も優れた観光案内書です。

一九三〇年代のアメリカを代表した人ということになると、私はやっぱりフランクリン・ローズヴェルトをあげますね。彼は国民が不況によって意気消沈した時に、精神を鼓舞する役を演じ、強力なリーダーシップを発揮したのです。彼自身が小児麻痺を克服して人間的に成長した人だったことはよく知られていますが、彼はアメリカの危機の克服のために、アメリカの一般市民が社会問題の解決に「参加」すべきことを訴え、その意欲を盛り上げた。彼の就任演説に有名な文句があります。「私の確固たる信念を述べさせてほしい――我々が恐れなければならない唯一のものは恐怖の気持それ自体だ。」つまり、アメリカはもう駄目なんだという恐怖心だけが恐ろしい、というのですね。見事な未来志向の精神をあらわしています。

こういう時勢を反映して、一九三〇年代の文学は、一言でいえば、「参加」の姿勢を濃厚に示しました。経済恐慌は文化についても、二〇年代のジャズに浮かれたような状況をぶちのめします。安易な自己満足を許す状況ではなくなった。つけ加えておきますと、国際的にも緊張がたかまってきていました。ソヴィエト・ロシアを中心とする共産主義が進出する。ドイツ、イタリア、日本ではファシズムが抬頭する。しだいに、一九三九年の第二次世界大戦勃発の様相に近づいてきたのです。真剣な文学者は、そういう状況にそれぞれどう対応するかということを、懸命に考えるようになりました。そうすると、ロースト・ジェネレイションの作家たちのように、文明の現実に背を向けていることはできなくなる。社会的関心がたかまり、時には行動もともなって、社会問題に参加することが望まれ、またそれが行われるようになったのです。

ロースト・ジェネレイションの作家たちも、すでに述べたことですが、一九三〇年代になるとアメリカに戻って、その「参加」を行いました。一九二〇年代には、フォークナーなどは別ですけれども、ヘミングウェイ、フィッツジェラルド、ドス・パソスなど、多くの作家はヨーロッパで自由な表現を追求していた。彼らはどうしてヨーロッパに住んだかといえば、もちろんその自由な雰囲気にもひかれたのですが、もうひとつはアメリカのドルが高かったからです。ヨーロッパに住んだ方が生活が楽でもあったんだな。アメリカが大恐慌になると、そういう状況ではなくなるんですね。しかし、やっぱり精神的な帰還の意味が大きい。恐慌より前に戻っていた人たちでも、恐慌にあって、文明あるいはアメリカの再建に参加する気持を強めるのです。マルコム・カウリー（一八九八−一九八九）という批評家に『亡命者の帰還』（一九三四）という本があります。カウリーも亡命者気取りで、ヨーロッパでロースト・ジェネレイションの作家とつき合っていた。しかしいまや帰還して、社会の変革に参加する気持をあらわしています。ヘミングウェイやフォークナーがしだいに社会のことに積極的になっていく姿は、すでに前の巻で話した通りです。

ここでもう一人、もっと本格的な文芸批評家にふれておきましょう。エドマンド・ウィルソン（一八九五―一九七二）です。彼はプリンストン大学でフィッツジェラルドの親友だった。文学上の指導者だったともいえます。それから第一次世界大戦に参加し、戦後は評論雑誌の編集などをしています。そして一九三一年に、『アクセルの城』という本を出しました。これは十九世紀の末から二十世紀の初期までの、イェーツ、ヴァレリー、エリオット、プルースト、ジョイスなど、想像力に富む文学者たちを象徴主義の系譜に入れて、歴史的、哲学的、審美的に論じたものです。しかし彼はこれらの作家に、ひたすら個人を重視し内省を深めてきた純文学の終焉をも見るのです。いいかえれば、「現代の壁」を突き破って、思想と文学を新しい可能性の方に解き放った芸術家を見ようとしている。それがウィルソン自身の姿勢でもあるんですね。そしてこれ以後、彼は資本主義に代わるものを社会に求め、ロシアを理想の国とし、共産党を応援したりします。カウリー同様の大転換ですね。もっともカウリーの方が急進的で、ロシア旅行の見聞をもとにしたウィルソンの『二つのデモクラシーの旅』（一九三六）は、そのあいまいさをカウリーに痛烈にやっつけられますけれどもね。

一九三〇年代に新たに登場してきた文学者たちはどうだったか。いわゆる左翼の文学者たち、プロレタリア文学とか、あるいはマルクス主義文学とかというものを標榜する文学者たちが登場し、脚光をあびることになります。それから、もちろん、そういう動きを支持するいろいろな雑誌も出て、気勢をあげます。一番有名なのは、『パーティザン・レヴュー』と『ニュー・マッシーズ』かしら。『パーティザン・レヴュー』は、もともと名前からして共産党の遊撃隊員《パルチザン》たろうとした雑誌なんですよ。ユダヤ系左翼の人が多くこれに拠った。『ニュー・マッシーズ』は、従来あった穏健な社会主義雑誌『マッシーズ』の生まれ変わりで、マイケル・ゴールドやグランヴィル・ヒックスといった共産主義者によって急進的な主張を展開する雑誌になります。とにかく、もはや個人ではない、「大衆《マッシーズ》」が力を握るべきだということが、声高に叫ばれる時代になったわけです。

しかしながら、政治レベルでいうと、共産党は、社会党も同様ですが、アメリカではたいして勢力をひろげませんでした。アメリカの自由主義体制の中で経済や社会を再建したい、という思いが一般に広くあったんでしょうね。共産党そのものの体質は別の話にしてです。文学においても、プロレタリアとかマルクス主義とかの掛け声は、声の大きかった割には、広く訴える力をもたなかったようです。そして、みずからそのように叫び、またその叫びに共鳴した文学者たちも、多くは幻滅を味わい、それに背を向けるようになりました。ロシアでスターリンの大粛清があり、一九三九年にはソ連がナチス・ドイツとの間に独ソ不可侵条約を結ぶと、左翼文学の熱気はほとんどとどめを刺されることになりました。カウリーは転向し、エドマンド・ウィルソンもまた新しい方向を探りながら批評家として大成していく。『パーティザン・レヴュー』は右旋回し、『ニュー・マッシーズ』は力を失います。

この時代に、文学を大衆のためのもの、あるいは政治的プロパガンダのためのものとした作家たちは大勢現われましたが、いまではほとんど忘れられてしまっています。私自身、ほとんど読んでいません。せめて、そういう作家の中から一人だけ名前をあげておくとすると、マイケル・ゴールド（一八九三―一九六七）がそれにふさわしいかしら。『マッシーズ』『リベレイター』『ニュー・マッシーズ』の編集に従事し、評論も小説も書いた人で、アメリカ・プロレタリア文学の代表者の一人です。この人の作品はいまでもペーパーバックで出ています。代表作は『金のないユダヤ人』（一九三〇）でしょうね。ニューヨークのロウアー・イーストサイドというユダヤ人貧民街に育った作者の自伝的な作品ですが、リアリスティックな描写がじつに生き生きとしていて、読ませますよ。

さて、左翼文学のことばかり述べてきましたが、もちろん、それと距離をおく文学者たちもいました。また、当然、政治的な文学に反対する人たちも出てきます。その中で、とくに注目しておきたいグループがあります。ニューヨークの株式大暴落とそれに続く大恐慌は、産業資本主義の行き詰まりの結果だったでしょうね。そこで、トマス・ジェファソンが理想とした農業を中心とするデモクラシー社会が再評価されることになります。その時、南北戦争後も農業を基盤としてきた南部の文学者たちの間で、農本主義の主張が強まったのは自然のことだったかしれません。すでに一九二二年から二五年にかけて、テネシー州のナッシュヴィルで『フュージティヴ』——産業主義社会の低俗な騒がしさからの「逃亡者」という意味でしょうね——という雑誌を作っていた詩人や批評家たちが、一九三〇年頃から、盛んに農本主義的な世界観を唱え出すのです。

ジョン・クロウ・ランソム、アレン・テイト、ロバート・ペン・ウォーレンといったこのグループの人たちは、しだいに南部という地域を超えて、「ニュー・クリティシズム」という文学批評の態度をひろめる仕事もしました。つまりこういう主張です。いま世間では文学を政治的あるいは社会的な役割によって計ろうとしている。しかし文学の価値はそんなものではない。文学はそういう外的な要素から独立しているものであり、文学の価値はそれがもっている内的な芸術性だけで決まるのだ、というわけです。さらに、こういうことにもなります。文学批評に時代とか作家の伝記とかといったものは関与すべきではない。作品それ自体が問題なんであって、独立した個々の作品の内容の分析、解明、芸術的評価にこそ、批評家の努力は集中すべきだ、というわけです。

ニュー・クリティシズムは、つまり、社会性や大衆性ばかり重んじる時流への、芸術派の反抗であったといえる。最初は、それは時流からはずれた南部の伝統的な価値観を重んじる「逃亡者」の主張でした。しかし、左翼陣営の崩壊とか、文献研究や伝記研究に終始していたアカデミックな文学研究への不満とか、その他いろんな要素がからまって、しだいに勢力をひろげていきます。一九四〇年代に入りますと、大学などでの文学研究や授業はこれに支配されていった観もある。その行きすぎの結果、弊害も生じました。作品自体を重んじることは当然しなければなりません。しかし文学作品はやはりその時代の産物であり、その作者の生の反映なんだから、時代も作者も捨象してしまってその芸術性を理解することには、どこかに限界や欠陥が生じるのではないか、と思えるのです。

しかしまた、『フュージティヴ』グループの反抗に私は共鳴したい部分もあるし、ニュー・クリティシズム派の主張に真実味もたっぷり感じます。一九三〇年代の文学は、大勢としては社会性を重んじて「参加」を主張する姿勢でした。けれどもいわゆる左翼文学、大きな声で政治的な主張をするだけの文学は忘れ去られ、文学が本来もつべき内的な価値、芸術性と呼んでも文学性と呼んでもいいですが、それを失わなかった文学だけが生き残ったのです。ここで芸術性とか文学性っていったい何かという問題が生じてきますが、その議論はこの際はぶくことにしましょう。一九三〇年代に活躍して現在まで生き残っている作家たちの多くは、いろんな形でですが、社会的関心と芸術性や文学性とを総合している。そういう作家たちの作品を読んで味わうことの方が、抽象的な議論よりも実りある解答を与えてくれると思います。

1　スタインベックとコールドウェル

新しい世代

前回述べた社会性と芸術性をともに備え、一九三〇年代を代表する作家というと、ジョン・スタインベック、アースキン・コールドウェル、ジェイムズ・T・ファレル、黒人のリチャード・ライトらの名前がすぐに思い浮かんできます。彼らの生まれた年を見ますと、スタインベックが一番早くて一九〇二年、ライトが一番遅くて一九〇八年です。これをロースト・ジェネレイションの主要作家たちと比べると、僅か三年から八年ほどの違いです。しかしこの違いが、彼らの作品に前の世代とはっきり違う特色を生んだといえるようです。未曾有の不況時代に入ってから執筆を始めた彼らは、アメリカ社会の現実と真っ向から取り組み、プロテストし、解決を求めます。モダニズム的な手法の実験もしなくはないのですが、まずは自然主義的な態度、リアリスティックな表現で、対象を追いつめていく。ロースト・ジェネレイションの作家たちが狙ったような入念な芸術性は、乏しいといわなければなりません。その代わりに、泥くささの迫力のようなものが彼らの作品にはあります。

そういう中で、スタインベックの優れた作品は、大きなスケールの内容に詩情をたたえている点で、際立っているように私は思う。彼こそ三〇年代の文学の代表者だったといってよいでしょう。今回はそのスタインベックを主にし、かつては彼といつも並べて評価されていたコールドウェルを合わせて、語ってみることにしましょう。

スタインベックの「サリーナス年代記」

ジョン・スタインベック（一九〇二―一九六八）は、カリフォルニア州のサリーナスに生まれました。サンフランシスコから南に百二十マイルほど下った所で、サリーナス川に近く、周辺をサリーナス・ヴァレーといいます。西の海岸に出れば、かつてカリフォルニアの首都だったモンテレーという古い町があります。このあたり一帯がスタインベックの文学の土壌になります。

父は郡の会計官、母は元学校教師でしたから、教養ある中産階級の家ですね。スタインベックはサリーナスのハイスクール卒業後、スタンフォード大学に入って、生物学を学んだ。だから、彼の作品にはいろいろな生物が精確に描かれています。しかし卒業はしなくて、一九二五年、ニューヨークに出る。作家になりたかったんでしょうね。そして新聞の仕事とか、さまざまな労働に従事するのですが、結局、著作の出版はできず、サリーナスに戻ってきた。そして一九二九年、まだ大恐慌の前ですが、ようやく最初の小説を出版するのです。『黄金の盃』といってね、これはなんと歴史ロマンスです。十七世紀のイギリスの海賊サー・ヘンリー・モーガン――海賊ですが、スペインやオランダの船を襲撃したり、パナマを征服したりして、イギリスのために貢献したのでサーの称号を授けられた男――モーガン提督を主人公にした小説です。

スタインベックが夢見ていた作家になることとは、こういうロマンスを書くことだったんでしょうかね。しかし彼はすぐ、そういうのは自分の本領ではないと気づくんです。そして一九三二年、自分が一番よく知っているサリーナス地方を舞台にした短篇集『ザ・パスチャーズ・オヴ・ヘヴン』を出版する。ザ・パスチャーズ・オヴ・ヘヴンというのは、もちろん「天の牧場」の意味ですが、ここではサリーナス・ヴァレーの、ある部落の名前です。アメリカにはこの種の地名をつけている所がよくありますね。キングドム・カム(「御国《みくに》の来たらんことを」の意味で、結局は天国のこと)なんていう町もどこかにあったように思いますよ。で、このザ・パスチャーズ・オヴ・ヘヴンの部落の人々は、地名からも想像がつくように、牧歌的で平和な生活を送っているように見えるんですが、じつはみんなどこかで少しずつ歪んでいる。狂信的であったり、誇大妄想癖があったり、というわけで内面に空洞を抱えて生きているのね。そういう姿をピックアップしながら、短篇小説の連作の形で表現していくのです。

するとこう聞いただけで、シャーウッド・アンダソンの傑作『オハイオ州ワインズバーグ』(一九一九)を連想する人が多いんじゃないかしら。じっさい、「枠小説」(作品の舞台や状況など、一定の枠組の中での連作小説)の形も、人々の内面をさぐっていく内容も、両者は共通しています。しかし、アンダソンは登場人物たちに心理的な洞察を加えるのに対して、スタインベックは人間の原始的な本能といったものへの関心を示しています。それはそれで、スタインベックがやがて人間のそういう自然性によって「文明」と対峙していくことの萌芽を示していて面白いんですが、作品の質となると、とても同じレベルには並べられない。作品の奥行が違うんです。アンダソンはそれぞれの登場人物と心を通わせ、人生のフラストレイションをともに味わっている。ところがスタインベックは、どこかで彼らの挫折や失敗の運命を上から見ているんだな。作者の一人合点というか、いい気になっている感じがある。この作品は、スタインベックの習作といってよいように思います。

しかしこの作品によって、スタインベックはサリーナス・ヴァレーの「自然」人たちに文学上の豊かな資源があることを確認したようです。一九三五年、スタインベックは長篇小説『トーティーヤ・フラット』を出版しました。この題も地名です。トーティーヤというのはメキシコ料理のパンケーキのような食べ物ですね。フラットは台地かな。『おけら部落』という題の翻訳があったと思いますよ。これは、モンテレーの町の高台に人々がトーティーヤ・フラットと呼んでいる場所があって、そこにパイサーノ（スペイン語で田舎者）と呼ばれる貧しい人たちが寄り集まって住んでいる、その姿を描いたものです。貧しくて、無知で、怠惰で、そのくせ狡猾に、だらだらと生きている。働こうとしなくて、普通の人から見ればしょうがない浮浪者のような生活です。そう、それからこの人たちは欲望を剝き出しにしているのだな。物欲と性欲があけっぴろげなのね。そんなふうなんだが、彼らは不思議な優しさをお互いにもっています。人間の根源的な愛情というか、追い詰められた人間が最後に示す愛情というか、そんなものがあって、彼らは裏切ったり喧嘩したりしながら、結局、仲良く生きているんです。そういう姿を、作者は暖かくユーモラスに描いていくのです。『ザ・パスチャーズ・オヴ・ヘヴン』と違って、こんどはその人たちと作者は心を交えながら描いているといえそうです。だから文章が生き生きとしている。そしてやはり「自然」の人間の原始的生命のようなものを打ち出しています。

スタインベックは、こうして、サリーナス地方を舞台にした小説を次々と書き始めました。しかし、では、この地方の現実をそのまま描いているかというと、必ずしもそうではない。貧しい人たちの生活を自然主義風に精密に描いているようではあるんですが、彼の描くサリーナス地方は、結局は架空の世界ではないかとも思えるのです。フォークナーの「ヨクナパトーファ年代記《サーガ》」はミシシッピー州のオックスフォード周辺を舞台にしているようですが、その地方の現実をそのまま描いているかといえば、決してそうではない。それはフォークナーの文学世界なんです。スタインベックもこれから「サリーナス・ヴァレー年代記」と呼びたいような作品をあらわしていきますが、そのサリーナスもスタインベックの文学世界ですね。根も葉もある嘘八百の世界だと思います。スタインベックはフォークナーと違って、リアリズムの作家といわれます。自然主義的な作風も強調されます。しかしそれだけじゃないと思う。『トーティーヤ・フラット』では、パイサーノたちの生活がトール・テールまじりで、やはり短篇の連続ふうにのんびりと語られている。たいへんな評判を呼び、ベストセラーに近いものになりました。

『トーティーヤ・フラット』は、一見したところ、一九三〇年代の厳しい現実とは掛け離れた内容でした。しかし一九三六年、スタインベックは『勝算のない戦い』を出版します。これは、この地方の果樹園の労働者たちが貧困と搾取に耐えかねて起こしたストライキを扱った長篇小説です。スタインベックもようやく、当時の社会問題と正面から取り組む姿勢を示し出したわけですね。共産党の優秀なオルガナイザーに指導され、その男以上に急進的な指導者になっていく若者を主人公にして、ストライキが起こらなければならなかったプロセス、資本側からの反撃、労働者たちの動揺、闘争の進展の姿などを如実に描いています。作者が闘争を理解、ないし支持していることは明らかです。しかしまたこの作者は、共産党のオルガナイザーが必ずしも労働者に同情してスト指導をしているのじゃなく、共産党あるいは自分の細胞を拡大するために懸命な活動をし、そのために犠牲者が生じもする——犠牲者が生じた方が闘争が発展しますからね——そういう有様もきちんと描いています。

そんなこともあって、作品の展開がぎくしゃくしており、作者の意図がつかみにくくもなります。この小説が出た時、スタインベックは左翼の批評家、あるいはアメリカ共産党などがこれを評価してくれることを期待していましたが、予想外の反発を蒙ってしまいます。作者としては人間とか集団とかの真実も表現したかったんでしょうが、それはなかなか理解されないわけです。それでスタインベックはがっかりし、ますます政党というものに懐疑の念をもっていったらしい。いずれにしても、スタインベックの社会意識はこの小説ではっきり出てきました。

どうやら、『トーティーヤ・フラット』で彼が示したような原初的な人間性への理解や共感と、『勝算のない戦い』で示したような社会的不正義への怒りとプロテストの気持との二つがうまく合体すると、スタインベックの傑作が生じてくるんじゃないかということになります。しかしこれは、口でいうのは簡単ですが、実現はなかなか難しいことなんです。私は、『二十日鼠と人間』と『怒りの葡萄』の二作品に、その見事な成功の例を見たいように思います。スタインベックは短篇小説にもよい作品がありますが、それは省略してこの二篇を検討することにしましょう。

『二十日鼠と人間』

『二十日鼠と人間』は一九三七年の出版です。舞台はやはりサリーナス・ヴァレーですね。カリフォルニアの果樹園とか農場を渡り歩いている貧しい労働者の二人づれが主人公。一人は頭のいい小男のジョージ・ミルトン、もう一人は大きな図体でたいへんな力持だがおつむのちょっと弱いレニー・スモールね。その二人が大の仲良しで、ジョージはレニーのためにしょっちゅう困った羽目に陥るんだが、見捨てることはできないで、連れになって渡り歩いているんです。二人の夢はいつか自分たちの農場をもつことなんですが、いつまでたっても実現しない。ただジョージがその夢の実現が近づいているような話をしてやると、レニーは幸せな気持になるのです。

さてこの二人は、ある農場で仕事を見つけるんですが、そこの主人の若い妻というのがつまらない浮気女で、いろんな男に色目を使う。で、ジョージはレニーにその女に近づかぬよう注意していたんですが、女はレニーにちょっかいを出すんですね。レニーは女から言い寄られるような経験がなかったし、柔い毛の生き物が大好きで、二十日鼠とか犬とか——とりわけ兎とかね——が可愛くてしょうがない男です。で、女の髪をなでているうちに、ひょんなことから女を殺してしまう。それでレニーは、困った時に逃げて行く場所としてジョージからあらかじめ教えられていた所へ、逃げて行きます。当然、追っ手が出される。そこでジョージは、追っ手が着く前に自分がそこに駆けつける。そして、いままで二人で欲しいと思って話し合っていた農園がいよいよ手に入るよ、と話してやる。レニーはその話を信じて幸せな気分になる。その瞬間に、ジョージはレニーを撃ち殺す。だいたいこういうストーリーです。

この作品、二人の友情が主軸となって展開します。「文明」社会の中での友情とは違って、自分が属すべき土地も家もない者たちの、ぎりぎりの状況の中での原初的な友情です。こんな会話を二人はいつもしているのです。

「いつか——おれたちゃあ一緒に金をこしらえて、小さな家と二エーカーくらいの土地と、牛を一頭と豚を何匹か手に入れてな、そして——」

「そしてごうせいに暮らすんだ」レニーは叫んだ。「それから兎を手に入れてな。もっと話してくれ、ジョージ！」

……

「うん」ジョージはいった。「おれたちゃあ大きな野菜畠と兎と鶏を手に入れるんだ。そしてな、冬の雨の降る日にゃあ、仕事に出るなんざあくそくらえっていってさ、ストーブに火をくべ、そのまわりにすわって、屋根を打つ雨の音を聞くんだ――」

これが、二人の夢なんですね。素朴な「自然」の人間の理想です。言い忘れていましたが、この作品は六章からなり、各章が戯曲のように一つのシーンになっていて、ほとんど会話で進行するんですよ。そこに詩情も生まれています。しかし二人の夢は現実には実らなくて、レニーの幻想だけで終わる、ということになります。

これはいい小説だと思いますよ。こういう原初的な人間愛、それにこういう最低限の夢も崩されてしまう社会の仕組みへの嘆き――怒りといってもいいんだけど、むしろもっと底深い哀感――も静かに表現されています。ただし、作者はこの作品で誰にむかって抗議をしているのか、ということになるとよく分からない。地主にむかってか、世の中の状況に対してか。また、問題の解決はどの方向に探られるのか、ということも分からない。作者自身、何をどうしたらいいのか分からないみたいです。だからこそ情感がただようともいえる。こういう怒りや悲しみや抗議の方向がもっとはっきり示されるのは、次の『怒りの葡萄』においてでしょう。

『怒りの葡萄』

『怒りの葡萄』は一九三九年に出版されました。これはスタインベックの代表作であるだけでなく、一九三〇年代の文学を代表する作品ともいえるように思います。ただし、すでに広く読まれていますので、非常な大作ですけど、ごく大ざっぱなストーリーの紹介にとどめます。これは「サリーナス・ヴァレー年代記」の枠を破っています。

時代は現代。オクラホマ州では砂嵐が何年も続いて、農民は窮乏し、銀行に土地を奪われています。そういう貧農の仲間、ジョード一家の物語がこの作品です。いよいよにっちもさっちも行かなくなった折りも折り、カリフォルニアでは果樹園の労働者に高い賃金を払うという宣伝ビラがまかれるものですから、ジョード一家はそこへ行こうと思い立つ。カリフォルニアを地上の楽園のように想像するんですね。それで、わずかばかりの家財道具を売り払い、古トラックを買って、家族全員が西へ向かいます。途中の話もいろいろありますけど、省略しましょうね。辛苦の果てにようやくカリフォルニアに着いてみると、果樹園主たちは宣伝ビラによって無数の労働者を集め、安い賃金で徹底的に搾取するという状況が展開しています。ジョード一家も飢えにひんし、家族は離散し、主人公のトムは絶望的なストライキに参加する、といった筋ですね。

いろんな人が指摘していることなんですが、作者はこの作品で明らかに旧約聖書の「出エジプト記」を土台にしています。エジプトで奴隷にされているイスラエル人たちが、預言者のモーセに導かれて、エジプトを脱出した時の物語ですね。一行は紅海（ということに英訳聖書ではなっています）に行き当たってしまい、もはや絶対絶命という時に、モーセが神に祈りを捧げる。すると海の水が両側にさっと引いて通路ができ、一行は対岸のシナイ半島に上陸する。そしてイスラエル人がぜんぶ上陸した瞬間に、水が元通りに閉じてしまうものですから、追っ掛けてきたエジプト王の軍隊は全滅してしまう。上陸したイスラエル人はその後も「荒野」をさすらったあげく、ようやく乳と蜜の流れる約束の土地カナンにたどり着いて、イスラエルを建設するというわけです。『怒りの葡萄』では、ジョード一家やそのほかの農民たちが夢に描いたカリフォルニアの楽園が、乳と蜜の流れる約束の土地に当たりますね。オクラホマからカリフォルニアに大陸を渡っていくハイウエイ66が、エジプトから紅海を渡る道だな。けれどもようやく目指す土地に着いてみると、そこには「荒野」がひろがり、悲惨な状況が展開しているのです。

モーセに相当する預言者は、この作品にも登場します。ジム・ケイシーという説教師です。最初は無知でうさん臭い男に思えますが、しだいに純朴な精神の力を発揮し、ストライキをも指導する。そしてストライキが弾圧されるさなかで、彼は虐殺されるのです。そういうどん底の苦しみを経て、ちょうど聖書ではイスラエル人が苦難を通して自分たちの国民としての自覚を育てていくのと同様に、トム・ジョードも、自分たち民衆の団結の必要を自覚していくわけです。

なんでこんなことをいったかというと、それぞれのシーンはたいへんリアリステックな描写が展開するのですが、必ずしもリアリズムだけに終始する小説ではない。ましてやいわゆる政治的なプロパガンダ小説ではまったくない。なにか大きな神の配慮というか、無秩序も含める神の秩序といったようなものが作者の頭の中に想定されていて、物語は叙事詩的に展開していることを伝えたかったからです。

もちろん、文学作品としてのいろいろな工夫もしていますよ。最も目立つのは、全三十章中の十六章まで

(上)『怒りの葡萄』
初版本の表紙カバー。

(右) ジョン・スタインベック。
(フィリップ・ハルズマン撮影)

が、ストーリーの展開とは離れて、歴史や社会の状況を説明したり、象徴的な出来事をスケッチしたりする章になっていることです。これはとくに目新しい試みではない。メルヴィルの『モービ・ディック』は、「鯨学」の章をたっぷり入れていました。ドス・パソスの『U・S・A』には、「ニューズリール」という時事的記録の部分が有効に挿入されていました。スタインベックもこの方法で、内容に厚みを加え、叙事詩性を高め、時には抒情詩的な味わいも生み出しています。こうしてこの作品は、たいへんスケールの大きい内容になっているといっていい。表題の『怒りの葡萄』は、南北戦争の時に歌われた「リパブリック讃歌」に出てくる文句です。怒りの葡萄という言葉自体は、果実が豊かに実るカリフォルニアなんだが、そこに腐敗が広がり、悲しみが満ち、怒りの葡萄が人々の心の中に実を結ぶといったような意味なんだろうと思うんですが、「リパブリック讃歌」は、神がそういう葡萄の貯えられている醸造所を踏みつけて正義のために前進する、という内容になっています。宗教的な含蓄もあるわけですね。

これは一九三〇年代の大不況時代を背景にした物語です。その時代の現実を描き、その状況を弾劾し、それを生み出した社会機構、具体的には資本家や農場主たちにプロテストしています。しかしそれだけではないんだな。そういう状況の中で、スタインベックは原初的な人間の愛や協力の可能性を追求して見せるんです。労働者たちの連帯へのトム・ジョードの目覚めも重要なテーマですが、ちりじりになっていく家族をまとめるために努力するトムの母親の大地のような包容力も、見事に描かれています。母性の力なんていうと最近の一部のフェミニストには叱られるかもしれませんが、彼女の言葉には深い生命力が与えられています。たとえばこんなふうにいうんですよ。

「がまんしなきゃあね。いいかい、トム――あたしたちゃあ生き続けていくんだよ、あの連中がみんないなくなったってね。いいかい、トム、あたしたちゃあ本当に生きていく人間なんだ。……」

『怒りの葡萄』は、いまではアメリカ文学の古典として安定した評価を得ていると思いますが、これが出版された時には、賛否両論でした。賛成の方はもう紹介する必要がないでしょう。批判の方は大別すると二つの観点からなされた。一つは、この小説で弾劾され抗議された資本家や農場主側からのもので、この作品は本当の現実を描いていない、自分たちはそんな非人間的なことはしていない、というものです。私はある程度、この観点を理解しますよ。もしこの作品に欠点があるとすれば、善玉と悪玉が分かれすぎていることだと思います。農場主はみな悪玉になっているんじゃないか。ひょっとしたら、農場主にもいろいろ困難な問題があったかもしれない。そういうことへの理解が表現されていると、内容がもっと重層的になったかもしれない。

もう一つの観点は道徳的なものです。この小説の最後でみんなが飢えにひんした時に、トムの妹のローザシャーン（正しくはローズ・オヴ・シャロン、シャロンの薔薇）は、赤ん坊が生まれたばかりで死んでしまったんで、餓死寸前の初老の男に自分の乳房をふくませ、おっぱいを飲ませてやるんです。そこがごうごうたる非難を招くんだな。確かに、私もたぶん高校生の時に読んだんで、このシーンがショッキングだったですね。しかし私には、いつまでも感動が残るショックだった。どんづまりの状況での人間愛みたいなものが、言葉ではなく行為で表現されているわけですね。

この作品には、いわば人間性というものの試練が展開されており、最終的に人間性の美しさが表現されているのじゃないか。それをセンチメンタルだということもできるでしょうが、社会問題への「参加」ということがここではそのレベルにまでいたっているともいえましょう。読み終わってみると、時代の現実が描かれながら、全体としては人間性の素晴らしいパノラマを見る思いがします。

後期の作品

『怒りの葡萄』は、スタインベックの創作力の頂点をしるす作品、だったんじゃないかしら。彼はこの後もぞくぞくと作品を発表しました。そしてヘミングウェイなどと並ぶ大作家と認められました。しかし私の見る限りでは、『怒りの葡萄』をしのぐ作品はついに現われないのです。

『怒りの葡萄』が出たのは一九三九年ですから、すぐにアメリカは第二次世界大戦に突入することになります。その戦争中の一九四二年に、スタインベックは『月は沈みぬ』という小説を出しました。これは戦争中の北ヨーロッパのある国、具体的にはノルウエーあたりなんでしょうが、その国がナチス・ドイツを思わせる国に占領されて、市民たちが暗黙のレジスタンスをする姿を描いたものです。しかし文字通りの架空の物語で、現実感がまったくない。抵抗する市長も占領軍の指揮官もすぐれた人間性の持ち主だが、結局、後者は前者を処刑せざるをえない、といったふうにして戦争の無意味さを語るのですけれども、センチメンタルな人間観、世界観が出てしまい、観念的な「自由」の讃美に終わっています。

戦後の一九四七年には、『真珠』という作品を出しました。これはメキシコ・インディアンの貧しい漁夫が発見した「世界一の真珠」をめぐるいろんな人々の動きを民話風または寓話的に物語ったもので、やはりスタインベックの本領ではなかった。

一九五二年には、大作『エデンの東』が出版されました。これは、また、旧約聖書の話を土台にしている。有名なカインとアベルの兄弟の争いの話を下敷きにして、アメリカの南北戦争から第一次世界大戦までの、サリーナス・ヴァレーにおける二つの家族の三代にわたる確執の物語を展開しています。カインとアベルは、それぞれ人間の悪と善とを代表するといえますが、そういう善と悪との争いを、作者のよく知る土地を舞台に、歴史的背景も入れて展開させているわけです。スタインベックは全力をこめてこれを書き、雄大な構成をもっていますが、登場人物の肉づけが不十分で、ストーリーの展開も不自然に思えます。

後期のスタインベックの作品は、私にはもう自分と同時代の作品で、『罐詰横町』（一九四四）、『気まぐれバス』（一九四七）、『ピピン四世の短い治世』（一九五七）、アメリカ一周の自動車旅行記『チャーリーとの旅』（一九六二）、評論『アメリカとアメリカ人』（一九六六）など、いろいろ読んだことを思い出しますが、かつての原初的な人間愛は観念的になり、プロテストの姿勢はほとんどなくなっています。スタインベックは一九四三年にカリフォルニアを去って、ニューヨークに住みました。そのことも関係があるかもしれない。ともあれ、一九六二年にノーベル文学賞を受けましたけれども、私にはスタインベックが偉大であったのはやはり一九三〇年代であったように思えます。

コールドウェルのジョージア小説

急いで、アースキン・コールドウェル（一九〇三-八七）の話に入りましょうね。スタインベックはいまも読まれていますが、コールドウェルはあまり読まれなくなってしまった。しかし、一九三〇年代の文学を色濃く彩る、興味津々たる作家だったと私は思います。

コールドウェルはジョージア州の田舎に生まれた。父親は長老派教会の牧師で、母親はハイスクールの先生。この父親について、コールドウェルは少年時代に南部諸州を転々と移り歩いたようです。大学も、ペンシルヴェニアやヴァージニアのいくつかの大学で学んでいます。その間、自動車の運転手、喫茶店のボーイ、フットボールの選手と、いろいろなアルバイトをした。それから、新聞記者にもなった。しかし最終的には、小説を書き出すのね。

コールドウェルにはメイン州を舞台にしたコミカルな小説もいくつかあるんですが、彼を有名にしたのは何といってもジョージア州を舞台にした作品です。それも、『風と共に去りぬ』で知られるアトランタのような大都会ではない。ずっと奥地の農村地帯です。そこに生きる貧乏白人《プア・ホワイト》と黒人を主として描いた。スタインベックの「サリーナス・ヴァレー年代記」もそうですが、コールドウェルのジョージア小説も、「文明」からはるか隔たった地方の「自然」の生活を取り上げた。自然といっても、エマソンやソローが美しく崇高にした自然ではないですよ。いろんな意味で痛めつけられて荒れてしまった自然です。そういう自然のとらえ方にも、不況時代の反映は濃厚に見られると思います。

この時代には、このように個々の地方の状況に注目する「地域文学《リージョナリズム》」というものが注目されました。スタインベックもそのすぐれた作家の一人でしたが、コールドウェルはそのチャンピオンであったといっていい。地方に生きる貧しく無知な人々の極限状況を、どぎつく描いてみせたのです。そして広範な読者を獲得した。ただし、スタインベックの場合と同様、どこまで現実を忠実に描いていたかということになると、疑問です。いかにも自然主義ふうな筆致ですが、トール・テール的表現をたっぷりまじえ、コミカルでかつグロテスクな効果も生み出している。そこがまた、読者をひきつけたんでしょうけどね。

『タバコ・ロード』

さて、一九三二年、いくつかの試作の後、コールドウェルは『タバコ・ロード』によって全国に名を知られる作家になりました。これは一九三〇年代初頭、ジョージア州の一角で荒廃した土地にしがみついて飢えにひんしながら生きている貧乏白人、ジーター・レスターの一家を描いた作品です。この土地、七十五年前のジーターの祖父の時代には肥沃なタバコの農地だったのですが、タバコがまったくできなくなってしまった。同じ作物を作り続けると土地が駄目になってしまうのですかね。いまではその名残りに、タバコ・ロードが残っているだけ。収穫したタバコを樽につめて転がしていく時にできた道路です。過去の繁栄の遺物なんだな。現在の没落の象徴でもある。それが作品の表題にもなっているわけです。その後、ジーターの父の代には、綿花がここで栽培されるようになった。が、その綿花もいまでは育たなくなってしまっている。それで多くの人々は土地をあきらめて都会に出ていってしまった。ところがジーターにはそれができないのです。

作者のコールドウェルは、一九四〇年版の序文でこんなことをいっています。「彼等は自然を、大地を、そしてその大地に成長する作物を、あまりにも信用しすぎて、その大地が自分たちをどんなに裏切ることができるのか分かっていなかった。」つまり、タバコ・ロードを見れば、大地の裏切の厳しさが分かるはずなんですが、ジーターたちにはそれが教訓とならない。ひたすら大地にしがみついているわけなんですね。

この作品は、何も生産できなくなったそういう土地で、人間としてぎりぎりの生存状況にまで追いつめられたジーター一家の、あさましい姿を描いています。食欲と性欲——だけ、というべきかな——を剝き出しにして生きているのね。少しでも自分を飾る、精神的にしろ肉体的にしろ恰好つける、なんて余裕はいっさいない。ほとんど原初の人間そのものとなって生きているのね。自分の土地はまったく不毛になっていますから、ちょっとでも食べ物のある所からそれを盗んでくる。セックスについても、動物的にむちゃくちゃな行動に突っ走っていく。そこに何らの制約もないんです。罪を犯したら、懺悔をすればいい。これで万事ご破算というわけで、また罪を犯す。そういう無知で勝手な信仰に彼らはしがみついている。愛情とか道徳とかという高尚なものはいっさいないんです。そんな姿が、いろいろなエピソードで語られます。男に飢えている中年女が精神薄弱の青年を自分のものにしたくて自動車を買ってやるんですが、二人してあっちに衝突、こっちに衝突するして、たちまちめちゃくちゃにしてしまう、なんて話がたくさん出てくる。本当はその姿を紹介していかないとこの作品の面白さは分からないです。

こうしてこの作品には、追い詰められた人間の考えることとか行動とかが、つぎつぎと展開します。スタインベックの小説にもそういう有様が描かれていましたが、どこかに悲壮感があった。ところがこちらは、悲壮感を通り越して滑稽感が出てしまっています。人間の浅ましさが生む滑稽感ね。民話的なフォーク・ヒューモアというのかな。スタインベックの民衆は最後のところでたくましかったが、ここでは徹底的に情けなくなった民衆の姿が出ている。そして最後に、レスター夫婦は山火事にあい、自分たちの住みなれたぼろ小屋とともに焼け死んでしまいます。

もちろん、作者はこういう状況を生んだ社会、あるいはこういう人たちに救いの手をさしのべない政治に、プロテストする思いをもっていたに違いない。しかしそれは表にはよく出ていません。とくに、スタインベックの初期の作品もそうでしたが、プロテストの対象がはっきりしていない。何に向かって抗議しているのか、という問題ね。まるでもう「参加」をあきらめてしまっているみたいなんだな。そこがこの作品の欠点といえば欠点なんですが、じつはそれほどに人間性が崩壊した悲惨な状況が描き出されていて、結局、読者も笑うより仕様がない気分にさせられるのです。

『神の小さな土地』以後

『タバコ・ロード』は非常な評判になりました。コールドウェルは一挙に流行作家になります。翌一九三三年、彼は『神の小さな土地』という作品を出版しました。これもジョージア州の農民を扱っています。さっきのジーター・レスター一家よりはもうちょっとましな生活をしているタイ・タイ・ウオルデン一家の物語。けど、やはり物欲と愛欲を剝き出しにした生き方が展開します。それに、この小説ではストライキの問題がからめられている。タイタイは貧しい農民なんですが、自分の土地の一角は「神の小さな一エーカー」としてとっておくことにより、信仰心を満足させている。しかし先祖が埋めたとされる金塊を探して土地を掘るのに邪魔になると、この神の土地をあちこちと勝手に移すのです。無知であると同時に狡猾でもあるんだな。タイタイの息子たちは、兄弟の女房をものにしたくて、勝手な行動のしほうだい。娘婿のウイルは三人の女と関係をもったあげく、ストライキで閉鎖された工場を実力で再開しようとして殺される。物欲と愛けです。

欲の果ての血なまぐさ。そして最後には、掘った土が山になり、大きな穴ができて荒涼とした土地が残るだけです。

これも土地と人間の崩壊の物語でしょうね。夢（欲望）と現実との問題を扱ってもいます。しかしこの小説は、別のことで非常な物議をかもした。愛欲の露骨な表現のために、猥褻文書だということで裁判にかけられたのです。そして「良心的な芸術作品」として既成の文学者たちの支持をうけ、無罪になった。そのおかげで、ベストセラーになります。そしてまた、こういう評判のために『タバコ・ロード』がジャック・カークランドの手で脚色され、ブロードウエイで上演されることにもなりました。これが三一八二回の続演だったといいますから、歴史的なロングランです。恐慌下の民衆には訴えるところがあったんでしょうね。

こうして、コールドウェルはベストセラー作家としての名声を確立し、次から次へと本を出版します。もう内容の紹介ははぶきますが、一九三五年には『巡回牧師』という小説を出した。アメリカは土地が広いですから、巡回牧師が地方を説教してまわるんですが、しばしば激烈な調子で聴衆を興奮させ、改宗者の数を競ったりするんです。この小説の主人公は悪徳の男で、無知な民衆をたぶらかして金を集め、女たちを誘惑し、あっけらかんとしている。もちろん社会批判もこめられているんでしょうが、これは諷刺小説といっていいでしょうね。もう一冊だけ挙げておきますと、一九四〇年には『七月の騒動』を出します。黒人の少年が白人女性に暴行したという噂だけでリンチにあって殺される、という人種的偏見の問題を扱った小説です。これこそ、社会の不正への抗議の小説ですね。息づまるような描写力をもっています。

コールドウェルはこの後もベストセラー小説をぞくぞくと出しましたが、コールドウェルの作品がもっていた人間の浅ましさから生まれるユーモア、人間の欲望のやり場のない七転八倒ぶりへの理解と哀れみとい

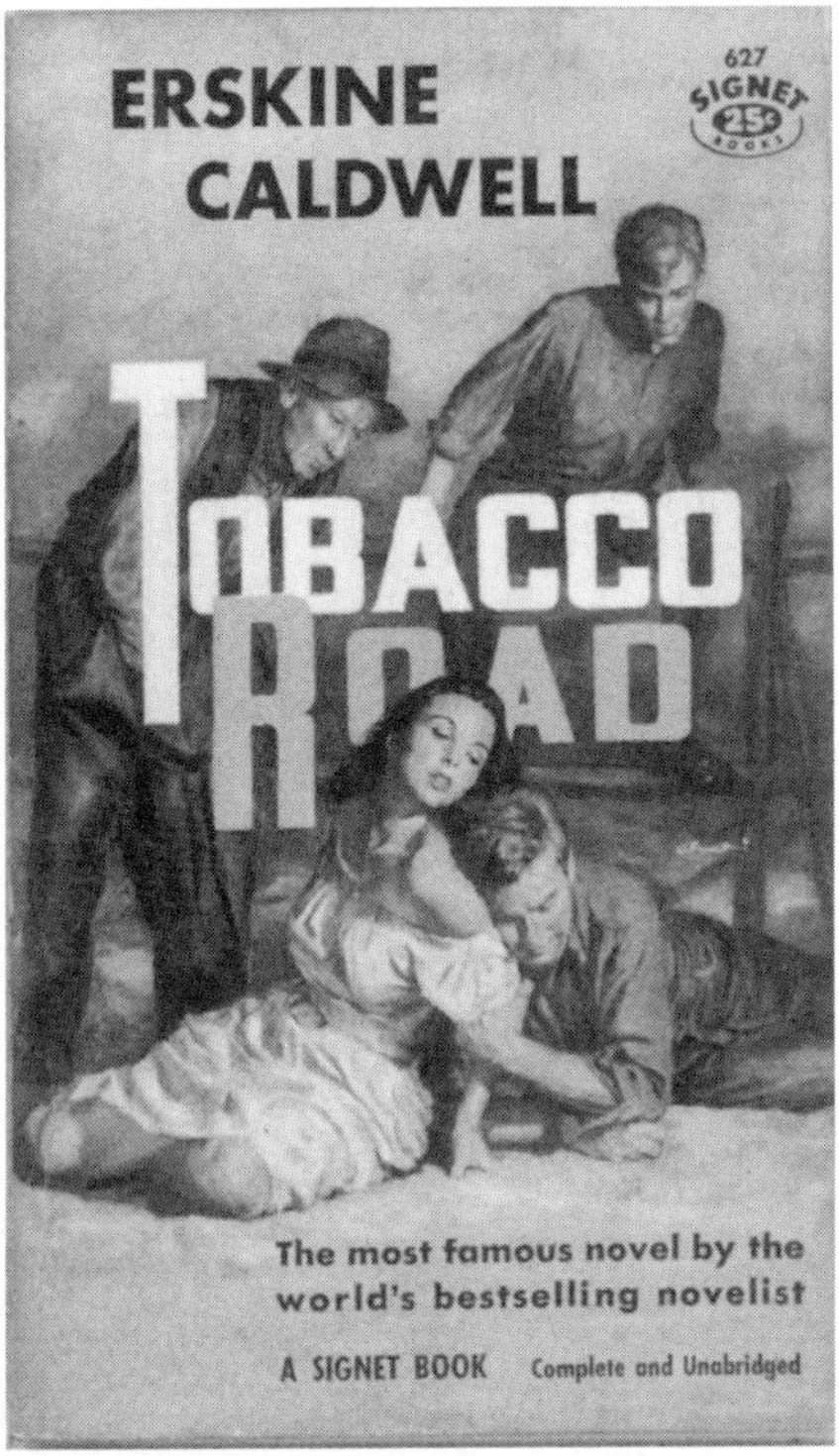

（左）『タバコ・ロード』
ペイパーバック版（1947）
の表紙。

（下）ペイパーバックになったアースキン・コールドウェルの作品 3 冊（1950–1960）の表紙。

ったものが、やがてしだいに実質を失い、表面的な描写になっていってしまいました。『神の小さな土地』の性的なシーンは、私は別に猥褻とは思わないのですが、やがてしだいにポルノグラフィ的な表現に流れるようになりました。彼の作品はほとんどがペーパーバックになりましたが、それがほとんどすべて煽情的な女性の絵を表紙にしており、文章も大衆向けの読みやすいものでしたから、私はニキビ少年時代にずいぶん読んだように思います。けど、いまはほとんど覚えていないですね。

しかし、コールドウェルの短篇小説はいいですよ。彼は基本的には短篇小説作家といえるかもしれない。フランスの代表的な短篇作家にモーパッサンがいますけれど、その影響を受けているらしく、じつにうまい構成、簡潔な文体で、おもに農民を登場させて、南部の姿とその問題を描いている。プロテストも、長篇小説より的確に、強烈になされていることが多い。後年のコールドウェルは大衆小説作家ということになってしまい、真剣に取り上げられなくなって、死んだ時も私は気づかぬくらいに小さく報じられただけでした。けど、じっくり評価し直してみたい作家です。

2　ファレルとライト

都市がかかえる問題

今回は、ジェイムズ・T・ファレルとリチャード・ライトの話をしましょう。前回話したスタインベックとコールドウェルは、西部や南部の「地域文学」で気を吐いたですね。彼らは「自然」に近い人間たちを描きました。その際、自然もまた時代の圧力で荒廃したり、困難さを背負ったりしていることが、彼らの重大な関心の的でした。今回の二人は、「文明」の世界がかかえる問題の真っ只中で生きる人間を取り上げます。つまり、都市を舞台とした文学ですね。大都市を扱ったものは、普通、「地域文学」とはいわない。しかし、この二人の代表作には、濃厚な地域性があります。それはともにシカゴを舞台にしています。

シカゴは十九世紀のなかばから、東部と西部の結節点、交通の要衝として急速に発展した新興都市です。二十世紀の始めにはここに前衛的な文学者たちが集まり、「シカゴ・ルネッサンス」と呼ばれる活発な創作活動を展開したことは、すでに述べた通りです。しかしその代表的な詩人であったカール・サンドバーグが、「シカゴ」（一九一四）と題する詩でうたったように、ここは「騒音の、しわがれ声の、怒声の、／背の筋の盛り上がった市《まち》」で、「悪徳の」「不正の」「残忍の市」でもあります。つまり、現代都市の活力も矛盾もすべてここに集約されているのですね。

ファレルとライトは、この都市の底辺に生きる人間を描いて、現代文明の問題に「参加」しようとした。

二人はともにたいそう自然主義的な態度でその現実と取り組み、リアリスティックな表現をするのです。彼らが目指した解決の方向は、ずいぶん違うんですけれどもね。

ジェイムズ・T・ファレル

ジェイムズ・T・ファレル（一九〇四-七九）は、シカゴのアイルランド系の貧しいカトリック教徒の家庭に生まれました。サウス・サイドと呼ばれるスラム街で成長します。シカゴ大学で学んだけれども、卒業はしませんでした。事務員、セールスマン、新聞記者と、いろいろな職業を経て、作家になります。

ファレルの代表作は、「スタッズ・ロニガン」という三部作です。一九三二年から三五年までかかって出版した三篇の長篇小説です。その全体を、主人公の名をとって「スタッズ・ロニガン」三部作と呼ぶんですね。その序文で作者自身がいっているように、これは「普通のアメリカン・ボーイ」が「精神的貧困」の支配する社会的環境に生い立ち、成功を夢見ながら、その成功に背を向けられ、挫折と失敗を重ね、崩壊していく物語です。そう聞いただけで、皆さん、ああ自然主義的環境決定論の作品だな、と思うでしょう。そうなんですよ。しかし面白い。

第一作は『若いロニガン——シカゴの下町の少年時代』（一九三二）といいます。主人公は十五歳。作者と同様、シカゴのサウス・サイドの貧民地区、貧しいカトリックの子供です。父はようやくほんの少し貧しさから脱け出すと、自己満足に陥って、スタッズを僧籍に入れようとしています。が、スタッズは平凡な少年なんだな。健康な欲望はあるが、想像力は貧困でね。この作品は、そういう少年が性的な経験をしたり、環境のゆえに不良化したりして、無情《ぶじょう》な性格を育てていく、そういうひと夏を描いています。ファレルはこの時代の作家の中で自然主義的な作風の一番際立っていた人でしょうね。しかし、シカゴの貧民街の描写など、生き生きしていますよ。

二年後に出した第二作は、『スタッズ・ロニガンの青年時代』（一九三四）という題です。ここでは、若いロニガンはハイスクールを終えて、第一次世界大戦が始まっているので軍隊に入ろうとするのですが、年令が足りない。それで、彼の不良ぶりがだんだん深まっていって、チンピラ・ギャングみたいな連中とつき合ったり、飲酒に浸り、いろんな女性と関係したりしていく。それでも新しい教会の落成式では感動し、母親の説得で聖職者になろうと思うこともあるんですが、結局、駄目なのね。レイプ事件に巻き込まれそうになったりし、札つきの不良になっていく。そういう内容が次々と展開していきます。

第三作は『審判の日』（一九三五）。主人公は二十七歳です。この年になると、彼も自分の今までのさまざまな失敗や家族の不幸などを考えて、人生に思いをめぐらせます。そして孤独を感じる。心臓を患って、不安も覚える。しかし、不安を消すためにギャンブルや株で儲けようなどとして、失敗を重ねるのですね。恋人というか、愛人はいるのですが、妊娠したからといって結婚をせまられると、それを正面から受け止められない。彼女に堕ろすようにすすめるのですが、アメリカでは当時、堕胎は殺人罪なんですよ。駄目なんだな。そして大恐慌のさなかに失業してしまう。にっちもさっちもいかなくなって、二十九歳でみじめな死を迎えます。

まあこれはごく大ざっぱなストーリーなんですが、アメリカの自然主義文学の大本山、シオドア・ドライサーの作品を思い起こす人がいるんじゃないかしら。とくに『あるアメリカ的な悲劇』なんか、ね。本当は、ファレルの文章にはジョイスやプルーストの「意識の流れ」を学び取ったところもあって、ドライサーの文章よりモダンなんですが、基本的には、ファレルはドライサーをうけついだところが大きいんですよ。しかし彼は、ドライサーよりも主人公の突き放し方が徹底しています。『あるアメリカ的な悲劇』の主人公は、カンザス・シティからシカゴに出ていった時に、伯父にばったり出会うでしょ。それで伯父さんから仕事を与えてもらって、ひょっとしたら自分も出世できるかもしれない、などと思うようにもなる。もちろんそういう「運」にドライサーの主人公はもて遊ばれるんですが、ファレルの作品にはそういう「運」もないんですね。徹底して突き放しているのです。そこがすごい。三〇年代の極限の様相が、スタッズ・ロニガンの凄惨な姿に集約されているともいえます。もう一つ、若い青年の性的欲望や行為の表現も、ここではドライサーよりずっと露骨になっています。

さて、この「スタッズ・ロニガン」三部作が、ファレルの代表作といってよい。これは自伝的な小説として始まりましたが、主人公が死んでしまうことからも分かるように、途中から内容は自伝的要素をはずれていきました。ただこの第二作から、ダニー・オニールという青年が現われて、作者の思いを代弁するようになっていきます。そしてファレルは、この三部作の後、『わたしが作ったのではない世界』(一九三六)以下の五部作で、ダニー・オニールを主人公にして、自伝的物語を再構築していきました。もっとも、私はこちらは第一作しか読んでいないんですよ。ダニーはスタッズよりもっと感受性豊かで、思慮深く、スラム街から抜け出していく。そしてやがては作家になるわけで、ファレルとしてはこういう人物も描きたかったんでしょうね。しかし表現のリアリズムは弱まり、作品としての力も「スタッズ・ロニガン」に及ばないような気がします。余計な話かもしれませんが、この作品、一九三七年に猥褻のかどで訴えられました。簡単に無罪になりましたが、このおかげでファレルの名はますますひろまったそうです。

ジェイムズ・T・ファレルは一時、共産主義に近づきましたが、基本的には個人主義の作家だったと思います。共産主義や共産党と真剣に取り組んだのは、黒人作家のリチャード・ライトでしょうね。

黒人の文学

この講義では、黒人、つまりアフリカ系アメリカ人の文学について話すチャンスがあまりなかったのですが、もちろんアメリカの早い時期から彼らも文学的な作品を書き続けてきています。ただ、アメリカは白人が支配してきた国ですから、黒人文学はなかなか世に現われず、また正当な評価をうけないできてしまったといわざるをえません。いま、埋もれてしまった黒人文学者やその作品の発掘、あるいは再評価が盛んになされています。するとこんどは、黒人の文学なら何でもよい、とばかりにむやみに持ち上げる傾きもあるような気がします。皆さん、ぜひ自分でものを読んで、味わってみて下さい。

私は、黒人の文学をことさらにジャンルとして勉強したことがないんです。それで、その文学史的な説明もできないんですが、黒人文学の流れの一つの源として思い浮かぶのは、W・D・B・デュボイス（一八六八-一九六三）です。その名前（Du Bois はもともとフランス人の名前、デュボワですよね）から分かるように、フランス系の血がまじっているんですが、黒人奴隷の子孫でね、ハーヴァード大学で博士号をとり、第一級の社会学者になった人です。そして黒人の地位向上のために、積極的な社会活動を行なった。卑屈になって白人と協調して地位を向上するんじゃなく、黒人の人間としての尊厳を堂々と主張するんですね。この人に、いろんな著作があるんですが、誰が読んでも素晴らしいのは『黒人の魂』（一九〇三）です。内容は、まあ題からも想像がつきますね。その英語が、格調高くて、見事というほかない——独立宣言の万人平等の思想を発展させたりしてね。第一級の文学作品です。そして広範な影響力を発揮しました。

　だいたいこのデュボイスの頃から、本格的な黒人の文学が現われ出したんじゃないかしら——単に黒人が書いた文学的作品というんじゃなくてね。詩人のポール・ロレンス・ダンバー（一八七二-一九〇六）、小説家のチャールズ・W・チェスナット（一八五八-一九三二）などがその先駆かな。そうそう、それに忘れてならないのは、ジェイムズ・ウェルドン・ジョンソン（一八七一-一九三八）です。多彩な社会的活動をした人ですが、彼に『もと黒人の自伝』（一九一二）という作品がある。自伝という形の小説です。色が白いんで白人として通用することになった黒人が、そのためにかえって社会的な不正義を痛切に知っていくんです。デュボイスの精神に通じる抗議《プロテスト》の文学の先駆の一つじゃないかしら。

　しかし、黒人文学が心ある人々の注目を集めるようになったのは、なんといっても、一九二〇年代のいわゆる「ハーレム・ルネッサンス」からでしょう。その大立者は、詩人で小説家のラングストン・ヒューズ（一九〇二-六七）だといっていい。彼も多方面な活躍をしましたが、私は詩が好きですね。小説では、『笑いなきにあらず』（一九三〇）ぐらいしか私は読んでいない。それから、ジーン・トゥーマー（一八九四-一九六七）の『さとうきび』（一九二三）——これはいろんな作品を集めたものです。クロード・マッケイ（一八九〇-一九四八）の『ハーレムへの帰還』（一九二八）——しかしマッケイも、私は詩の方にひかれますね。それからもう一人名前をあげれば、カウンティ・カレン（一九〇三-四六）。一九三〇年代に入ると、アーナ・ボンタン（一九〇二-七三）や、いま評判の黒人女性作家たちの大先輩ゾラ・ニール・ハーストン（一九〇一？-六〇）などが活躍します。

まあ、大急ぎで名前だけあげてきましたが、私の読んだ作品は少なくて、皆さんにもっともらしくお話できるような知識も理解も持ち合わせていません。実際問題として、「ハーレム・ルネッサンス」というけれども、一部の人を除いて、世間一般はせいぜいそれに好奇の目を向けた程度のことだったんじゃないかしら。へえ、連中もやってるねえ、というような、ね。だからこそ、真剣な黒人文学者の苦闘があった。またチェスナット、マッケイなどは、早々と筆を折ってしまった。そういう内実の精神が分からないと、なかなかお話できないんですよ。

ともあれ、一九三〇年代になっても、黒人作家で全国的な注目を集めた作家となると、非常に稀れだった。リチャード・ライトは、そういう中で屈指の作家だったように思われます。彼はジェイムズ・T・ファレルと同じように、一九三〇年代の社会の現実を鋭く観察して、自然主義作家らしくその暗黒面を暴き出します。しかも黒人のおかれた状況に足をすえ、いろいろな不正義に対して抗議する。そして衝撃的な力をもつ作品を生み出し、アメリカ文学の本流にずかずかと乗り出していった、といえるように思います。

リチャード・ライトの出発

リチャード・ライト（一九〇八-六〇）はミシシッピー州の田舎に生まれました。ミシシッピー州はアメリカで黒人の比率が一番大きい州で、また一番貧しい州となっています。いわゆる深南部の代表で、人種差別の一番はなはだしい土地でもあった。そういう所にライトは生まれて、五歳の時に父親は逃亡、一時は孤児院に入れられたりしています。まともな教育はうけられなかった。いろいろな職業に従事した後、シカゴに出てきます。第一次世界大戦中から、北部の工場地帯で労働力の不足が生じ、南部の黒人たちが北部の大都市にどんどん出て行くという現象が生じました。そういう動きに従ったような感じで、彼はシカゴに出たんじゃないかな。しかしやっぱり貧しくつらい生活です。大恐慌にもなる。ライトは自然に共産主義にひかれ、一九三三年、共産党に入党しました。

そして一九三八年、最初の作品集『アンクル・トムの子供たち』を出版します。この題の意味は分かりますね。アンクル・トムは、いうまでもなくストウ夫人の『アンクル・トムの小屋』の主人公の名前です。非常に敬虔なキリスト教徒で、主人に対して忠実な奴隷です。それで最後に殺されちゃうわけ。一般の白人の読者にとっては、アンクル・トムは善人の代表みたいな人物なんですが、黒人、とくに差別の苦しみを自覚している黒人にとっては、けっして望ましい人物ではない。どんなに虐げられても不平をいわないで主人に忠誠をつくすというのは、文字通りの奴隷根性で、否定すべきものなんです。そういう情けない黒人の代表としてのアンクル・トムの子供たちとは、そうやって忠実につくしてきた白人たちにいまも虐げられている現在の黒人たちのことです。その現状はどうであるか、ということを語るのがこの作品です。

五篇の短篇小説集なんですが、どれも南部における人種差別、黒人に加えられる迫害、レイプとかリンチとかの有様、そしてとうとう追い詰められて抵抗したり復讐したりする黒人の姿などを描いています。黒人が犯意はまったくないのに、どうにもしようがない状況に追い込まれて白人を殺し、そのために殺される、というのが典型的なストーリーですね。白人を殺すのは、じつは白人の横暴を知っており、白人が怖《こわ》いからなんですよ。こういう白人に対する黒人の根深い恐怖心は、さらに次の長篇小説で発展させられることになります。

これらの作品はライトが共産党員であった時に書いたもので、党のプロパガンダ的な要素も指摘されています。登場人物には確かに類型的なところがある。けれども、リアリスティックな描写には迫力があり、社会の不正義に対する抗議の声にも説得力があります。それで、タブーに挑戦する短篇小説に与えられる『ストーリー』賞を獲得しました。こうして、リチャード・ライトは注目されるようになり、黒人作家の最先頭に立ったのでした。

『アメリカの息子』

ついで、一九四〇年、ライトはこういう人種差別の問題をさらに広い視野から深く突っ込んで表現し、アメリカの自然主義文学の一つの記念碑となった長篇小説『ネイティヴ・サン』を出版します。もちろん、この土地に土着の子供の意味ですが、普通、『アメリカの息子』と訳されているようです。これは、少しこまかくストーリーを追いながら話を進めていくことにしましょう。

シカゴが作品の舞台です。第一部は「恐怖」と題されている。シカゴのブラック・ベルトと呼ばれる黒人居住地域、ニューヨークのハーレムにあたる地域で成長したビガー・トマスという二十歳の青年が主人公です。このビガー（より大きい）という名前には皮肉がこもっているでしょうね。小さな時から貧しい生活をしてきましたので、不良仲間に入り、かっぱらいなんかをして生きている。このブラック・ベルトにたくさんのアパートをもつ白人のミスター・ダルトンは、実際には貧しい黒人たちから高いアパート代を徴収しているんですが、自分では黒人に同情している慈善家のつもりです。で、そういう善意によるつもりで、ビガーを雇って自分の豪壮な家の召使にしてくれる。が、ビガーは白人に親切にされた経験などありませんから、恐怖を感じるだけなんです。この恐怖と、それにともなう憎悪の心理が、入念に描かれています。ダルトンの慈善家的な振る舞いが、ビガーには、かえって黒人である自分が無理やりおかれている地位を意識させてしまうのですね。

ビガーはそういう状態で働いているのですが、そこにダルトンの娘のメアリーという大学生と、その恋人でコミュニストのジャンが現われる。メアリーは金持の子供によくある、進歩的な思想の持ち主のつもりの人物なんですね。で、彼女とジャンはビガーに対して、私たちはお前の友人だよといったふうに、一見同等そうに振る舞うんです。するとビガーは、ますます恐怖におびえ、憎悪を感じてしまうのです。メアリーとジャンはビガーに、ブラック・ベルトへつれていってくれ、自分たちもそこの生活を体験してみたい、というようなことをいう。ビガーは白人の、しかも立派な服装をした男女をそんな所へつれていったら、自分が皆にどう見られるか分からないですから、不安で、恐ろしく、彼らが憎らしくもなる。そんなふうに、堪えられないほどの心理的な動揺を重ねるのですね。メアリーはいい気なもので、ビガーに案内のドライブをさせながら、ジャンといちゃつき、結局その晩、ぐでんぐでんに酔って帰宅する。ジャンは自分の家に帰っていきます。

そんなわけで、ビガーがメアリーを寝室までつれていかなければならなくなった。そしてベッドに寝かしつけようとするわけですね。が、その音がしたものだから、メアリーの母親が様子を見にくるのです。どんな理由があっても、黒人が深夜、令嬢の寝室に入っていることが分かったら、どうなるか分からない。狼狽したビガーは、母親は目が見えない人だと知っていましたから、メアリーがひとり眠っているように見せよ

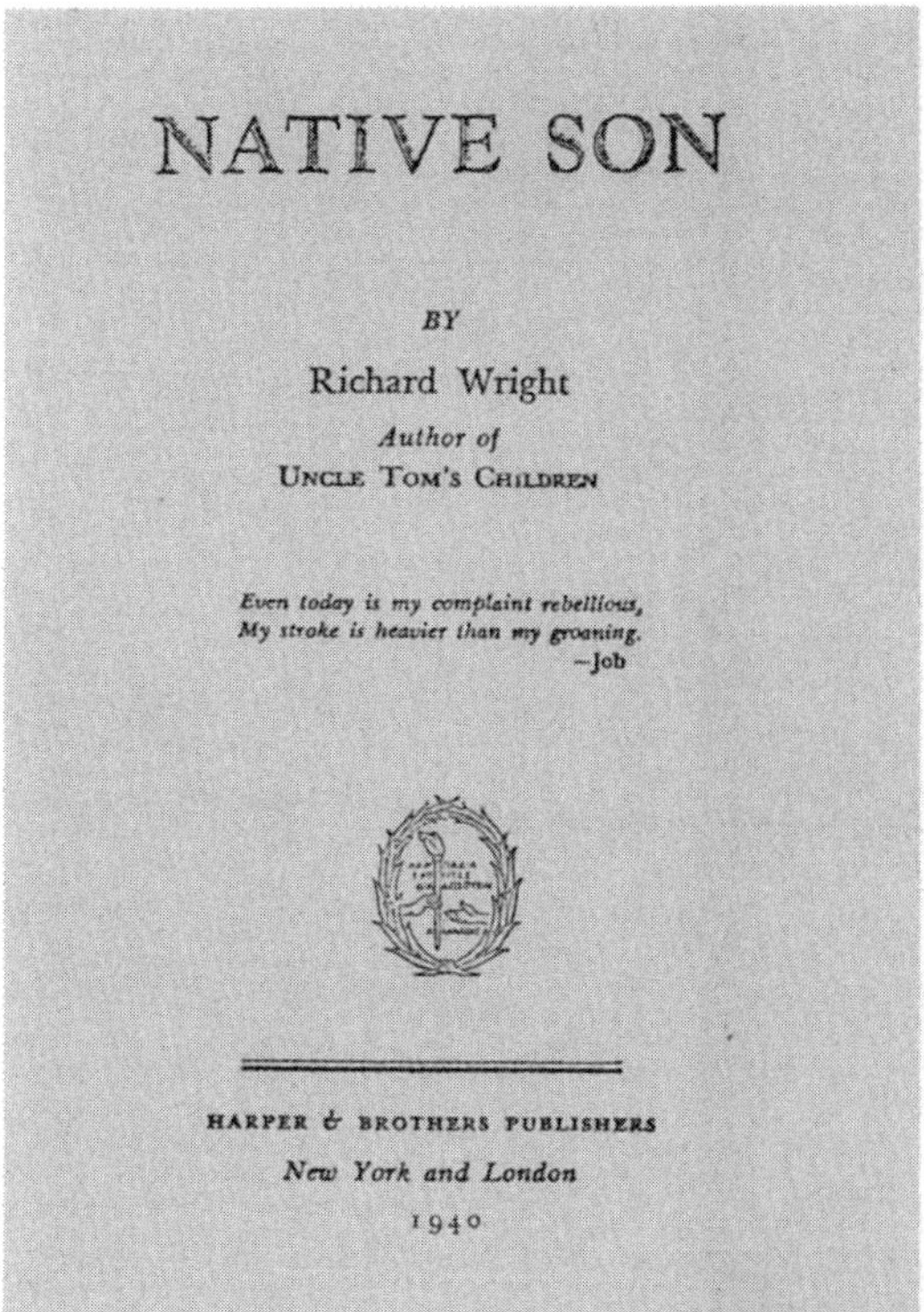

NATIVE SON

BY

Richard Wright

Author of

UNCLE TOM'S CHILDREN

Even today is my complaint rebellious,
My stroke is heavier than my groaning.
—Job

HARPER & BROTHERS PUBLISHERS

New York and London

1940

（上）『アメリカの息子』（初版）の扉。

（右）リチャード・ライト。

うとして、彼女の顔に枕をのせ、押さえつけてしまう。母親は安心して引き返すんですが、気がつくと、メアリーは窒息して死んでいる。

ビガーの恐怖は頂点に達します。言い知れぬ恐怖心に襲われた彼は、とっさの判断で、メアリーの死体を地下室に運び、炉の中に突っ込んで燃やしてしまおうとする。必死の大奮闘です。残酷なシーンが出てきます。炉に死体が入りきらないもんだから、首をちょん切って入れたりするんですよ。弱い立場の者だからこそ、残虐な行動に突っ走るんですね。

それから第二部「逃走」になります。ビガーはメアリーを殺して、何か重圧から逃れたような解放感というか、充実感を感じるんだな。頭が敏速に働いて、まずジャンがメアリーを連れ出していったように見せかけようとします。しかしすぐ、焼け残った死体が炉の中に見つかります。こうなったら、自分の犯行であることがばれるだろうとビガーは想像し、あわててダルトン家を逃げ出して、ブラック・ベルトの空き家のアパートにかくれることになる。ビガーには前からベッシーという恋人がいて、その女をつれて潜んでいるんですが、そのうちにベッシーが邪魔になってくる。それに、自分の秘密を知られちゃった女ですから、彼はベッシーも殺してしまって、さらに逃げていくんだな。その頃にはもうビガーの犯行ということは明白になっていて、捜索隊がせまってきます。ビガーはあきらめずに逃げまわる。最後の最後まで逃げとおそうとするところもすごいですよ。が、結局は捕まります。

そして最後の第三部は「運命」という題で、裁判の話になります。こんなビガーを弁護しようという弁護士はなかなか見つかりません。結局あのジャンの力によって、コミュニストの弁護士が弁護をかってでることになります。彼の弁護は、ひとつの真実をついている。彼はこういうふうにいうんですよ。黒人はアメリカで生まれた土着の息子なんだけれども、実際上は、「この国の中で、いじけさせられ、裸にされ、虜囚にされた、別の国民」をつくっている。そういう状況がこの犯罪を生んだのだ。別の国民にされているんだから、ビガーが行なったことは国と国との戦争の戦場における行為と同じだ。戦場では敵を倒せば手柄になる。それと同じで、この殺人は犯罪ではなくて、創造《クリエイション》だ。兵士は敵を倒すことによって本当の兵士になる。この殺人もそれと同じで、人間の創造行為だ、というわけです。なるほど、これはコミュニスト的な闘争の視点から真実をついた意見かもしれませんね。しかし世間には通じない弁論です。結局、ビガーは電気椅子に送られる結末になります。

この小説は、ネイティヴ・サンでありながら、ネイティヴ・グラウンドというのかな、自分がネイティヴとして生きる場を与えられていない黒人が、殺人という行為によって初めて自分の存在感を得る心理的な過程をえぐり出しています。じっさい、恐怖にとりつかれていたビガーは、殺人を犯した瞬間からものすごい勢いで活動しはじめます。犯行を隠そうと努めるところから、徹底的に逃げまくるところまで、初めて人間としての活力が出てきています。しかし、コミュニスト弁護士の弁論ではすくい上げえない孤立感が、ビガーには残るのです。一個の人間としての空虚感というのかな。それでビガーは、最後まで“Who am I? Where do I belong?”（おれは何者なんだ、おれはどこに属するんだ）とみずから問い続け、解答がないままに電気椅子につくことになるのです。

ここで思い起こされるのは、やはりまた、シオドア・ドライサーの『あるアメリカ的な悲劇』ですね。『アメリカの息子』は、この小説の黒人版といえる趣さえあります。『あるアメリカ的な悲劇』の主人公はもちろん白人の青年です。それが社会的な成功を求めるようになるんですが、マネーとセックス、このふたつにとりつかれて殺人事件を犯す、といった内容です。そして同じように、最後の三分の一は裁判の状況を扱っています。しかも主人公は、やはり自分が何者なのか、解答をえないまま、孤独に処刑台に登っていくのです。ただドライサーの作品の方は社会的な階級の区別に自己を見失うところに悲劇の出発点がありますが、ライトの方は人種の差別から自己が分からなくなる悲劇が展開する。そして主人公は恐怖にかられ、凶暴な行動に突っ走ることになります。ドライサーの主人公はごく平凡な青年で、本当は殺人を犯してすらいないんですが、ライトの主人公は二度までも実際に殺人を犯し、しかも残虐に処理する。生活状況も、そういう行為も、すさまじく表現されています。そして、こういうワルを主人公にすることによって、それを生み出した社会の不正義が浮き彫りにされ、それへの抗議の姿勢が鮮明に出てくるんですね。

もはやこまかな説明ははぶきますが、この裁判をめぐって、共産主義の弁護士のほかに、牧師と、それから検事が登場し、牧師は神を、検事は黒人と共産主義への憎悪を、口にします。この間の対立も、ドライサーの作品がどちらかといえば哲学的であったのに比べると、ずっと社会的です。ほんの一つの例だけいいますと、ビガーは黒人の恋人も殺したんでしたが、そのことは警察も検事もほとんど問題にしない。つまり、黒人は人間じゃないのね。そしてビガーの心の混乱も悩みも、誰にも問題じゃない。彼はアウトサイダーなんです。裁判からもはみ出ている。そして社会からはみ出ている。そこにアメリカの状況の深刻さがあるわけです。作者は人種差別に抗議しているが、そこから生まれるこういう人間の「運命」に抗議しているともいえそうです。

『ブラック・ボーイ』以後

『アメリカの息子』で、リチャード・ライトは三〇年代のプロテスト小説の旗手として注目されるようになりました。一九四五年、彼は自叙伝を出版します。『ブラック・ボーイ』という題です。自分のミシシッピーにおける貧しく飢えた幼年・少年時代、あちこち転々と移動し続けて、辛うじて生きていった時代ですね、それからしだいに人種差別の実態に気づき、その不合理さに怒りを燃やし、そして青年時代になって、ついに白人の支配する南部を脱出、北部へ移るまでを語ったものです。

ここにはいろいろな問題が出てきます。黒人の人間性を認めない南部の社会では、黒人は自分が誰であるか分からない。先のビガーの「おれは何者なんだ、おれはどこに属するんだ」という疑問の源が、ここにはあるんですね。たとえば、西洋文明の素晴らしい精神の伝統なんてことを白人はいうけども、黒人はそんなものにまったく触れさせられていない。黒人というと、黒人特有の"emotional strength"(情緒的な力)などという言葉で説明されてしまう。だからジャズを生んだ、ダンスがうまい、などというわけで、精神性、真の人間性はまるで欠如したものに見なされている。そんなわけで、「私は自分が何者かということを学ぶチャンスがなかった」と作者はいっています。しかし作者は、こういって、そういうふうにした白人への抗議をしているのですが、同時に、黒人としての自己反省もにじませている。つまり、黒人は自分たちのことが分かっていない。そのことの自覚をも迫っているわけで、自己への厳しさも示しているといえそうなんです。

『アメリカの息子』では、ビガー・トマスは自己が分からないままに死んでいった。そのことが作者のアメリカ社会への抗議の表現であったのですが、『ブラック・ボーイ』まできますと、作者は、黒人が抱えている問題として、自分というものをはっきり見定める勇気と努力が必要なんだということを、内に込めて表現しているように思われます。そうやって、黒人の人間としての自覚の必要を感じ、またその思いを表現するようになった時、ライトは共産党と衝突することになります。ライトの目には、共産党はこういう人間性を軽視し、従って党員に自由を与えないように見えてきたのですね。共産党そのものが人間性を喪失した、と理解した時、一九四二年に、彼は共産党を脱党しました。共産党への彼の幻滅感は、『つまづいた神』(一九五〇)という有名なアンソロジーに、他の何人かのヨーロッパ人やアメリカ人の文章とともに述べられています。

かつての仲間たちから離れたリチャード・ライトは、第二次大戦後の一九四六年、最晩年のガートルード・スタインの招きでパリに渡り、フランスの市民になりました。西欧の一知識人として生きようとしたわけです。そして人種問題を越える人間の実存を思索するのです。

その成果といえる小説に、一九五三年出版の『アウトサイダー』があります。これは地下鉄事故で他の黒人と間違えられて死んだことになった黒人が、それまでの、白人に対する従属とかいった社会的な結びつきを脱して生きていく姿を描いています。彼はアウトサイダーとなった自分が、またインサイダーの状態につれ戻されることを恐れて、つぎつぎと殺人を犯すんですが、結局、新しい人間として生きること、人間としての意味をつかみ直すことができぬまま、混沌の中で殺されてしまう。主人公は黒人ですが、いわゆる黒人問題を扱った小説というより、人間の生き方、人間の自由とは何かという、人間性の問題を扱っています。

そしてその面で評価もされたのですが、『アメリカの息子』で示された作品としての力強さはないように思います。

故郷から離れ、アメリカから離れ、大衆から離れ、或いは黒人から離れ、それで人間になれるのか、という問題がここにはあるわけですね。普遍的な人間性って果たして存在するのかどうか。いろんな問題を晩年のリチャード・ライトは提示しているという思いがします。晩年は孤独で、日本の俳句に傾倒もしていたようです。波瀾に富んだ作家の生涯といえるでしょうね。

3 トマス・ウルフとヘンリー・ミラー

個性の力による対決

いままで、一九三〇年代の困難な問題に立ち向かい、アメリカ社会の仕組みにさまざまな形で抗議する姿勢を打ち出した、まさに「参加」の文学の代表的な作家たちを見てきました。彼らの文学的方法もさまざまですが、ひとことでいえば自然主義的で、リアリスティックな表現を基調としていました。しかしこの時代に、もちろん抗議の気持はあるんですが、もっと自分の個性というか、人間としてのヴァイタリティでもって対決しようとした作家たちもいます。自然主義的世界観も、リアリズムの表現法も身につけているかもしれないが、根本的にはロマンチックな生の態度の人たちです。

そもそも、十九世紀の末葉に登場してきたアメリカのリアリズム文学者とか、自然主義作家たちも、人間や社会を冷徹に観察し、客観的に表現しようなどといいながら、どこかで理想主義を棄てきれなかった。荒野の自然を讃美し、原初的な人間の力を信じ、楽観的に夢を追い求めるんですよ。こういうロマンチックな傾向は、この講義で自然主義文学について語った時にも強調したつもりです。

ついでにいいますと、一九二〇年代に登場してきたロースト・ジェネレイションの作家たちも、文明の世界に背を向け、大地との接触を「失った」ような姿勢を打ち出したけど、最終的には理想主義をよりどころとし、人間は素晴らしいものなんだ、といった信念を構築していきました。

そういう流れは、アメリカの文学には連綿として続いているみたいです。その源流をさかのぼると、ホイットマンに行き着く。十九世紀中頃のこの大詩人も、アメリカの現実に幻滅し、絶望の淵に立ちながら、自然のままの自由な「わたし自身」に立ち返り、その生の力を自由奔放にうたうことによって、現実を乗り越えようとしました。こういうホイットマン的な姿勢で一九三〇年代の現実に対決した作家たち、これこそ「アメリカ的」な文学者といえるかもしれません。その代表を二人あげるとすると、トマス・ウルフとヘンリー・ミラーだろうと思います。この二人、年齢的にはいままで名をあげた人たちより上なので、古い世代に属するかもしれませんが、私はやっぱりこの三〇年代に入れて語りたいですね。

『天使よ、故郷を見よ』

まずトマス・ウルフ（一九〇〇－一九三八）の話。最近はあまり読まれなくなっちゃったようですが、強烈な個性の作家です。生まれたのはノース・カロライナ州のアッシュビル。テネシー州との境に近い山間の田舎町でね、岐阜県でいえば木曽谷の入口に近い中津川みたいな所かな。ウルフの小説はすべて自伝的なんですが、その中ではオールド・カトウバ州アルタモントという地名になっています。父親（作品中ではオリヴァー・ガント）は石工だった。放浪精神の持ち主だったらしい。母親（作品中ではエリザ）はピューリタン的な家庭で育ったのですが、南北戦争後、家が貧しくなってしまったので、財産欲がしみついたしっかり者らしい。ですから、この夫婦はいつも争っていて、とうとう母親は主人公のトマス（作品中ではユージン）を連れて別居し、下宿屋を営んで生活します。

さて、トマスは少年時代から感受性豊かで、読書好きだったようです。こういう子は、田舎町の人たちから見ると「変わり者」ということになる。彼はいつもロマンチックな夢をもっているんですよ。そしてまたロマンチックな生命力ももっている。彼は母親の下宿屋稼業に恥辱を感じ、自分を愛してくれる兄(作品中ではベン)を愛して、新聞配達などをしながら成長します。そして十六歳でノース・カロライナ大学に入り、文学青年らしいさまざまな経験をする。学生新聞を編集したり、雑誌を作ったりしてね。だが愛する兄の死にあって、ある種の終末を感じ、一九二〇年、大学卒業とともに、家族と別れて一人で生きようとする。そしてハーヴァード大学に入りました。ここで劇作を学ぶんだな。一九二二年に修士号を取ります。二十二歳ですね。それからしばらくヨーロッパ生活をした後、一九二四年から三〇年まで、断続的にニューヨーク大学で英語の先生をします。その間にまたヨーロッパ旅行をしている。彼もまた放浪癖の持ち主なんですよ。そして一九二九年に、『天使よ、故郷を見よ』という小説を出版して、一挙に文名があがり著作生活に入る、というのが略歴です。

この『天使よ、故郷を見よ』は、作者がノース・カロライナ大学を卒業するまでの自伝的な小説です。登場人物の名前を変えたり、架空の人物をこしらえたりしていますが、ほとんど事実をもとにしているらしい。だからもうストーリーの紹介は必要ありませんね。それにこの作品は、構成というものがないも同然なんです。ホイットマンの詩と同じように、主人公のユージンをめぐるいっさいのことが奔流のような言葉で饒舌無比に語られていくのです。

ウルフはこの原稿をスクリブナーズという出版社に送りつけました。『戦争と平和』の二倍という膨大な分量の原稿だったらしい。ところがそれを、スクリブナーズのマックスウェル・パーキンズという名編集者が腕をふるい、見事に縮めてくれるんです。実際上は、作者と編集者との共著みたいになるんですね。ウルフの他の作品も同じようにして、パーキンズの編集で出版できました。ですから、普通、文学史に編集者の名前が登場することはないのですが、ウルフの場合にはパーキンズさんが大きな存在になるんだな。逆にいえば、ウルフの文章はそれほどにエネルギーがあふれていたわけです。

さてその内容ですが、一言でいうと自己の自由への果てしない探求です。少年時代からのその姿がいろいろな形で表現されています。そこに一つのサイクルみたいなものがある。故郷というのかな、ホームといってもいい、自由を求めてそこから脱出する。しかし自由な生の実現に失敗する。で、故郷に帰る努力をする、精神的にもですよ。しかしそこに自由はなく、また脱出、また失敗、また故郷への回帰。子宮から出て子宮に帰ろうとする人間の生のサイクルにも似ていますが、ハックルベリー・フィンの冒険に通じる果敢さがあります。ハック・フィンは十九世紀前半のミシシッピー川でそういう生の放浪を展開しましたが、ウルフは二十世紀のノース・カロライナ州の山間の町でそれをするわけです。

この作品でもう一つ大事なのは、その語り方です。これもハックルベリー・フィンとどっかで結びつきますが、無限に自由な感情の吐露がなされるのです。ホイットマン流の饒舌、っていいましがたいいましたね。ホイットマン、マーク・トウェインといった、アメリカ文学の一番「アメリカ的」な主流とこの作品はつながるんです。しかし同時に、奔放な意識が展開しますから、ジェイムズ・ジョイスの「意識の流れ」的な表現も出てきます。

それからさらに、たとえば生まれたばかりの、まだ一歳にもならないくらいのユージンが、「自分は一つの神秘から他の神秘へとたらい回しされてやって来たのだ」と感じたりする。お母さんの子宮の中の神秘から、わけの分からないもう一つの神秘へと出てきたのだいうわけね。まだ意識になっていない無意識の感覚が言葉になって表現されていくんです。

一つの神秘から他の神秘へのたらい回し、ということは、孤独な魂の放浪ということでありますが、お母さんの子宮は一つの宇宙でもあるわけで、そういう宇宙的なものと「自己」とはつながっているわけです。で、それから外れるとまたそこへ戻りたくなる。故郷への回帰は宇宙への回帰です。アメリカの南部の保守的で狭苦しい社会は、そういう宇宙と結びついた意識と衝突することになる。その有様が、ユージンの成長とあわせて、生ま生ましく表現されていくわけです。ですからこれは、自伝小説ですが、「自己」なるものの魂の自由の探求の物語なんです。どうも私の説明は堂々めぐりになっているみたいですが、作品の本質がじつは「自己」をめぐって堂々めぐりをしてもいるんです。

その後のウルフ

この作品は一九二九年の出版で、まだ三〇年代の不況時代には入っていないわけで、ロースト・ジェネレイションの作家たちに通じる精神をあらわしてもいます。しかし、主人公が対決をくり返すアッシュビルの俗っぽい社会の有様を、シオドア・ドライサーやシンクレア・ルイスに通じる観察眼をもって、年代記のように描いてもいます。で、これが出版された時、アッシュビルの住民は自分たちが悪口をいわれたり、からかわれたりしていると思って、ごうごうたる非難の声をあげました。が、もっと広い世間の反応は非常によく、批評家たちにも好評でした。それでウルフは、一九三五年にその続編を出しました。『時と川について』

という題です。これも膨大な原稿をマックスウェル・パーキンズが整理、編集したものです。これは主人公ユージンのハーヴァード大学時代、ニューヨーク大学での教師時代、それから彼のヨーロッパ滞在などを描いています。恋愛体験、後から同性愛者と分かる青年との友情なども出てきます。

ところが一九三八年、ウルフは肺炎にかかり、脳を冒されて急死してしまいます。ただし、膨大な原稿を残していたんだな。それであと二冊、大作が死後出版されました。やはり大幅な編集作業が加えられています。そうして出たのが、『蜘蛛の巣と岩』(一九三九)および『汝ふたたび故郷に帰れず』(一九四〇)です。この二冊では主人公の名前がジョージ・ウェバーに変わりますが、内容はまた少年時代からの自伝を軸にしています。だから前の二冊と重なるところも多いが、フィクションの要素が増えているような気もします。そして重要なのは、作者がこの主人公に対して、前の二冊よりも距離をおいて、多少とも客観的な表現に近づいていることです。ファレルの「スタッズ・ロニガン」三部作と「ダニー・オニール」五部作との関係に似ていますね。

『蜘蛛の巣と岩』では、ウェバー青年が、ユダヤ系の金持で魅力的で才気あふれる人妻エスターとの恋に陥る話が、後半の大きな部分を占めます。あの「自己」の自由の探求者は、ここではもう少し着実な人物になっていますから、「岩」のようにしっかりしたものを求めているんだな。エスターはその岩といえるかもしれない。で、ウェバーは、ウェブ(蜘蛛の巣)の人というその名前のように、彼女とつなげて「自己」を安定させる蜘蛛の巣を張るんですが、結局、自分自身がそれにとらえられて、身動きできなくなり、エスターが憎らしくもなる。そして、彼女を棄てて、ひとりヨーロッパへ逃れるところでこの作品は終わります。

『汝ふたたび故郷に帰れず』では、ウェバーはまたアメリカに帰り、いよいよ小説が出版できることになる。しかし故郷に帰ると、町は近代化して、何もかもが変わってしまっており、落ち着かないのね。「汝ふたたび故郷に帰れず」なんです。で、またニューヨークに出る。不況に陥った時代のブルックリンでの生活も、こまかに語られます。ウェバーはエスターとの関係を復活させますが、彼女の世界と自分の世界が違うことをあらためて知らされ、決定的に別れることにもなります。

こうして、トマス・ウルフの主人公は、果てしない放浪を続けるわけですね。子宮から出て子宮への回帰、というようなことを私はいったが、その子宮（故郷）へは、結局、帰れないんですよ。言い忘れていましたが、最後の作品では、ナチス・ドイツの抬頭の恐怖なども描き出されます（ウルフは一九三六年にドイツを訪れ、その恐怖を感じ取ったんです）。こういう面では、まさに一九三〇年代の作家ですよね。で、放浪を続けるんですが、作者は、あるいは主人公は、決してペシミスティックではない。故郷は何か宇宙的なものに拡大され、どこまでもそれを求めて止まぬ生の力が、作品には出ているように思えるんですよ。私には前二作の方がその力があけすけに出ていて、主人公に客観性を与えようとした後二作はその点で及ばないように思えるんですが、思想的には、後二作の方に深みが出ているような気がします。いずれにしろ、トマス・ウルフは自分のすべてを暴露して書いている。彼はそれを、自分自身に対してなしているんでしょうね。だからヴァイタリティがあるのかな。読者もそのすごさを受け止められる――素直に読めば、ね。そして困難な一九三〇年代を乗り越える生命力の存在を味わえる、自分もそれを分かち持つ気持になることができる――のじゃないかなあと思います。

「性」の文学

ヘンリー・ミラー（一八九一―一九八〇）の方に話を移しましょう。ミラーの場合は、ウルフの場合以上に、この時代におくことが妥当かどうか分からない。一八九一年生まれというと、ロースト・ジェネレイションの作家たちよりも数年早いわけです。そして彼はパリに「亡命」生活をし、彼の最も重要な小説はパリで書かれ、出版されましたので、「遅れてきたロースト・ジェネレイション」ともいわれます。おまけに彼のそういう主要作品は、アメリカでは第二次世界大戦後にようやく出版できることになり、彼の文学的影響力も戦後文学の世界で広く認められましたので、むしろそちらで彼を取り上げてもよいわけです。しかし彼を一九三〇年代におくと、その文学的特色というか、雰囲気のようなものが、とらえやすい面も大きい。それでここで取り上げるわけですが、文学史ってのは困ったものですね。これからも、同じ悩みは何度か出てきます。しょせん、「呼び込み」屋の商品の陳列の仕方ぐらいに受け止めて下さい。

さて、ミラーもまた徹底的に「自己」を主題にしました。そしてアメリカの「上品な伝統」を引きつぐ道徳主義の社会や、物質主義の文化に反逆し、自由を求めて「放浪」した。ウルフと違うのは、「自己」と自己を取り巻く世界との間《ま》の取り方でしょうね。ウルフはその間の取り方で、世界と格闘し、自己とも格闘しました。ミラーはというと、彼の場合も主要な作品はすべて自伝的なんですが、そこに描かれる主人公を通して見る限りでは、そういう格闘を迫られる場に遭遇すると、「自己」だけをひっさげ、まわりの世界を蹴とばして、「自己」の自由を認めてくれる何か宇宙的なもの、さっきは子宮もそれだといいましたが、そういうものに同化してしまうんです。一見、あんまりやすやすとそれをするので、コミカルにも見えるくらいです。図々しくも見える。しかしそのあっけらかんとした姿自体が、「自由」そのものでもあるんだな。

具体的には、こうです。自己の自由を実現するために、邪魔になるあらゆるタブーをぶち破る過程で、ミラーはそのタブーの最大のもの、性的な行動と表現との規制に真っ向から挑戦します。ウルフには「恋」の悩みがあった。しかしミラーには「恋」の悩みなど（実際はあったんでしょうが）、社会的・道徳的なしがらみの上に成り立つものであって、「性」の充足こそが人生みたいなんです。彼は悩みなんぞは蹴とばして、ひたすら自己実現のために性の充足に突進する。少なくともそういう自己の姿を語ってみせる。語ることによって自己は拡大し、自由になるのです。

ミラーの文学では、「性」によって、物質化し矮小化した現実の世界を乗り越えようとする趣があります。そのためというべきか、女性が次から次へと主人公の「性」の対象になる。その結果、ミラーはセクシストとしてフェミニストから激しく批判されることにもなりました。ケイト・ミレットの『性の政治学』（一九七〇）は、その代表的な著作ですね。しかし、ミラーが性の表現を解き放ったからこそ、ミレットを含む後の人たちは性を自由に論じることができるようになったともいえます。おまけに性をめぐるミラーの記述は明かにトール・テールの伝統をふまえており、おおらかな笑いをともなっています。彼の作品の中での、「性」に突進する主人公の「自由」な姿は、ことさらに道化とも化しています。ミラーの一見してあっけらかんとした図々しさの裏には、本当のところ、複雑な屈折や、現実を乗り越えることへと自己命令もあったように思えます。そういうことへの理解もほしいですね。ともあれ、ヘンリー・ミラーは飢えにひんするような人々の最低限の生から生の拡充に乗り出し、その手がかりに「性」の追求をくりひろげて見せているわけで、従って内からのエネルギーが彼の文学を支え、躍動させており、外からの社会的・道徳的な批判は、容易にその根源を射抜くことにはなりにくいように思えます。

ミラーの生い立ち

さて、ヘンリー・ミラーの作品はいまいったように多くが自伝的ですから、トマス・ウルフの場合と同様、いささかくわしくその生い立ちを述べておきましょう。

ミラーはニューヨーク市のヨークヴィルに、ドイツ系移民（洋服仕立屋）の子として生まれました。翌年、ブルックリンの移民地区に引っ越します。移民の悪ガキどもと交わり、学校に入るまではドイツ語を話していたといいます。十六歳の時、ハイスクールの同級生に初恋をしたそうです。一九〇九年（十八歳）、ニューヨーク市立大学に入りましたが、二カ月で退学、いろんな職業を転々とすることになります。父からまた大学に入る学資をくすねたが、自分の倍ほどの年齢の女（ヴァージニア州出身のポーリーン・チャウトウ）とくっついて、行方をくらましたりもしました。一九一三年、西部を放浪中に、サン・ディエゴでアナキストのエマ・ゴールドマンと会い、強い影響をうけたらしい。ミラーには生涯、アナキスト的な要素が大きかったことは確かですね。翌年、ニューヨークに戻って、父の仕立職を手伝い、自分も職人になろうと努力したようです。そして一九一七年、彼は二十六歳ですね、ブルックリンのピアニスト、ビアトリス・シルヴァス・ウィキンズ（彼の作品中ではモードと呼ばれる女性）と結婚します。ミラーは非常な音楽好きだったんですよ。

ところがこの年、アメリカは第一次世界大戦に参加しますね。ミラーは兵役召集を逃れるため、ワシントンの陸軍省に職を得、郵便の整理係を勤めました。そして土地の新聞に短い記事を書いたりしていたらしい。しかし長続きしないんだな。そこをやめて、さまざまな職業につく――皿洗い、バスの車掌、新聞売り子、メッセンジャー・ボーイ、墓掘り人夫、本のセールスマン、ホテルのボーイ、といった具合ね。

そして一九二〇年、ニューヨーク市のウェスターン・ユニオン電信会社のメッセンジャー・ボーイとなり、数カ月後にその雇用係長になります。（作品中ではコズモデモーニック電信会社という、すさまじい名前になっています。）創作への野心はたかまり、いやいやながら仕事をしているうちに、二三年、ブロードウェイのダンスホールで、職業ダンサーのジューン・イーディス・スミスと知り合います。（作品中ではモナとかマーラと呼ばれる女性です。）そして二四年、すでに一女をもうけていたビアトリスと離婚、ジューンと結婚します。この時、彼はウェスターン・ユニオンを一言のことわりもなく辞め、職業作家として立つ決心をしたようです。

それより、ミラーは極貧の生活と戦いながら、文筆に精を出すんですが、いっこうに売れない。一九二七年には、グリニッチ・ヴィレッジで、ジューンともぐり酒場を経営したこともあるようですよ。同じ年、同じくヴィレッジの安レストランで水彩画の個展も開いています。彼は画才も大いにあったんだね。だが翌二八年、ジューンに好意を寄せるカモから金をせしめると、この夫婦は一年間のヨーロッパ旅行をします。二九年、ニューヨークに帰りましたが、ミラーはもう異境の甘露を味わってしまったんだな。三〇年、こんどは単身でヨーロッパに渡ります。ロンドンを経てパリに行き、一九三六年まで、六年余り同地に滞在、アナイス・ニン（一九〇三－七七）を含むさまざまな文学者と交わりながら、やはり極貧の生活の中で、創作に打ち込みました。

　そのようにして、ほぼ三年間かけて仕上げたのが『北回帰線』です。ただし、それをまた三分の一ほどに縮める。この作品は一九三四年、パリのオベリスク・プレスから出版されました。イギリスやアメリカでは日の目を見られそうにない本を出版していた本屋です。社主の息子がうけついで新たに起こしたオリンピア・プレスとともに、地下文学の愛好者には有難い本屋だったといえますね。

『北回帰線』

　さて、ではその『北回帰線』とはどういう作品か、ということになるのですが、これがなかなか説明しにくい。冒頭に「いまはパリに来てから二年目の秋だ」という文章がありますから、一九三一年の秋にこの作品を書き起こしたように思えます。そしてそれから一年間ぐらいのことがさまざまに綴られるのですが、それより前の一年間ぐらいのこともいろいろ出てきます。だから、これは作者がパリに住み始めて二年間ほどのことを題材とした自伝小説だと、いえばいえないこともない。しかしそれでは、説明したことにならないのです。

　この作品、小説には違いないんですが、一貫した流れがないんです。「私」という作者の行動、観察、感想などを書き綴ったノートに、短篇小説か短篇小説の一部と思えるものを織りまぜている。そういう形で、全体がさまざまな断片のモザイクになっているんですね。しかも、時間が過去にさかのぼったり、未来の方へすっとんだりして、整然とはしていない。作者の連想があちこちに展開して、内容も一見とりとめがない。モザイクといっても、流動的なモザイクなんです。作者はこれを細心の注意を払って構成したかもしれない。この作品を評価する人は、しばしばそういいます。だがそうでない人は、ちゃらんぽらんな内容だとけなします。どう受け取るべきかは難しいところですね。

いずれにしても、内容は「私」が語る形で展開します。彼はパリで貧しい生活をしている。きちんとした職業らしいものにはついていない。パリで出ている英字新聞の校正係にやとわれたり、高等学校の英語の臨時教員になったりして食いつなぐこともありますが、たいていは浮浪者同然、または友だちのところに転がり込んで、飲食をたかって生きておる。

いずれにしても貧乏な生活ですが、精神的には全く自由な生活をしています。画家とか、文学者とか、みんなまだ無名で悪戦苦闘している人たちですが、そういう人たちと交わって、喧嘩したり夢を語り合ったりしている。それから、パトロンみたいになってくれる人もいます。ところが、そういう友人の奥さんを奪ってしまうなんて話も出てきます。そんなことも平気の平左なんですね。いったい何人の女性と性的に交わるか分からない。私は最初、ノートをとったりして追跡していたんですが、途中で馬鹿らしくなってやめてしまいました。アメリカから妻のモナが出て来るんですが、うまく追い帰してしまいます。作品の三分の二ぐらい進んだところで、アメリカ人の外交官の見習いみたいな若い青年と知り合い、「私」は彼にたかって、仲良く放浪します。やがてその青年がフランス娘と仲良くなるんですが、その娘は結婚を要求しだす。青年は逃げ出したい。「私」はそれを手伝って、彼にフランスを去らせるあたりで作品は終わるのですけれども、その青年が娘への慰謝料のつもりで預けた金を、「私」は平然と自分のものにしてしまう。「私」が娼婦の金をくすねる話も出てきます。「私」はそういう話もあっけらかんと綴っていくんですね。でも、話はあっちこっちに飛んで、ストーリーはないも同然です。
ストーリーよりも、この作品に展開するのは語り手の「生」そのものですね。語り手は決して「よい子」ではない。それになろうともしていない。自由な生は、善も悪も含むものかもしれない。ここには、追いつめられた者の動物的な精気が展開している。それが、トール・テールをまじえて、あけすけに語られているのです。

この作品の初めの方に、「これは本なんてものではない。これは悪口であり、中傷であり、人格の毀損だ」という文章があります。要するに、一切の虚飾をはぎとった人間そのものを突き出して見せた作品がこれ、というわけですね。性がこの作品で大きな位置を占めるのも、このためでしょう。性を重んじ、それを直視しようとした作家というと、誰もが**D・H・ロレンス**を思い出します。ミラーもロレンスを尊敬していました。しかしロレンスは、性をどこかで神聖視していた。性は神秘的な力をもっているとし、崇高に表現していました。ミラーはそうじゃないんです。まったく日常的なこととして、服を着、物を食べるのと同様に、セックスの行為とか感情とかを描くのです。

さて、この作品にはそういう語り手の生が展開するのですが、その背後には、物質化し形式化して本当の生命を失った現代の文明に対する作者の怒りと反抗が展開しているのです。この作品は『北回帰線』と日本語に翻訳されていますが、原題は ***Tropic of Cancer*** で、地学の用語としては「北回帰線」ですが、直訳すれば「癌の地帯」ですね。この現代の世界は癌におかされている、という基本発想があるわけです。だから、さっきの引用にすぐ続いて、「この世界は自分自身を食いつくしている癌なんだ」という文章が出てきます。しかも、普通なら、こういう癌をどうやって治療しようということに関心が向くわけですが、この作者の場合は違う。行きつくところまで行って、早くこの世界に止めを刺した方がよい、というのです。

　百年かそれ以上もの間、世界は、われわれの世界は、死にひんしてきた。それなのに、この百年ほどの間、この天地のけつの穴に爆弾を仕掛けて、ぶっぱなすほどの気違いは一人としていなかった。世界はいま腐りはて、ばらばらになって死につつある。だが世界は止めの一撃《クー・ド・グラース》を必要としている。こっぱ微塵に吹きとばされることを必要としているのだ。

ところがですね、こうして現代文明の弾劾をしながら、この語り手はじつのところ楽しそうなんです。弾劾することが彼のエネルギーの放出であり、そのことが新しい世界の創造につながると信じているみたいなんだな。彼は自分の生き方をこんなふうにもいっています。

　とにかく何事にも期待をもつべきではないとわきまえたことは、わたしに有益な効果をもたらした。何週間も何カ月間も、何年間も、実際のところ、いままでの生涯ずっと、わたしは何事かが起こることを、わたしの人生を一変させるような事件が外で起こることを、待ち望んできていた。ところがいま不意に、あらゆることの絶対的な希望のなさに目覚めて、わたしはほっとした気分になった。肩から大きな重荷が取りのけられたような気分だった。……わたしは決心した、もう何ものにもすがるまい、何事も当てにすまい、これからは一個の動物として、猛獣として、浮浪者として、掠奪者として生きていこう、と。

（上）『北回帰線』（初版）の扉。
Cancerは「かに座」をも意味する。

（右）パリのカフェにおけるヘンリー・ミラー。

こういう、社会の組織や規範、世間一般の価値観から独立ないし超越してしまった生き方を、語り手は“I am a neutral.”（わたしは中立だ）という言葉であらわしてもいます。一種の開き直りですね。私は好意的に、しかしちょっと皮肉をこめて、この生き方を「超絶的中立性」transcendental neutralityとでも呼びたい。とにかく、この作品にはそういうたくましさみたいなものをもった「私」の生が、息づまるような雰囲気の中で、あっけらかんと展開していくのです。

さて、それではこの作品にテーマはないかといえば、それはあるのです。そのテーマとは、おかしな言い方ですが、この本を書くことなんです。ものすごい貧乏をしながらこの本を書く、その有様が、じつはこの作品全体に執拗に語られているのです。じゃあ、「私」が書くこの本とはどういう本かということが問題になる。それはすでにこの作品の初めのところで明かされます。「それは新しい聖書になるはずだ——『究極の書』だ」というんです。「私」はさらにこういいます。「何かいいたいことをもっている人はみんなこの本の中でそれをいうことになる——匿名で。この時代がいいつくされてしまうのだ。」「それを投げつけると、世界がふっ飛ぶことになる爆弾だ」と。そしてこのあと、先に引用した、天地のけつの穴に仕掛ける「爆弾」の必要を語る文章になるのです。

「私」はこういう駄法螺《だぼら》を吹くというか、夢想にふけるわけですが、彼はこれが「巨大なうぬぼれ気分」の産物であることも、はっきりと述べています。つまり彼は決して自己の現実を忘れているのではない。自分の卑小さをわきまえながら、「究極の書」を書くことを志しているのですね。ホイットマンに通じる、否定的現実から絶対的肯定への飛躍の精神の発露ともいえそうです。

では、この作品はそういう本になったか。そこは皆さん、ぜひ自分で読んで判定して下さい。ただ、私がいいたいのは、結果よりも過程こそがこの作品の内容だということです。『ハックルベリー・フインの冒険』で、ハック・フインは存在の自由を獲得したかというと、そうではなかった。しかしそういう自由の探求のプロセスの中に、彼は自由な生の素晴らしさを示したと私は述べました。『北回帰線』においても、語り手はこの本を書くこと自体によって、現在の状況を乗り切ろうとしている。その過程を生きる自己の姿によって、彼はこの腐っていく世界と対峙しているともいえそうです。

そう見てくると、この作品がさまざまな断片の流動的なモザイクで成り立っていることが、あらためて意味をもってくるように思えます。いま現に激しく生きようとしている語り手、ないし作者は、整然たる形ではとらえられないのです。右に左に流動しているのですね。そしてこの作品の表現は、そういう流動の集積としての爆弾的な力をもっています。じつはほとんど単純な言葉を連ねているのですが、既成の秩序をぶち破るヴァイオレントな言葉を織りまぜ、読む者をぶちのめします。そして、やがてアメリカ文学の流れ、あるいは世界の文学の流れを変える力になった、といえるように私は思います。

『南回帰線』

『北回帰線』はパリで出版されましたから、最初のうち読者は限られていました。しかしミラーと同じようにこの時代に反逆する少数の詩人・作家たちからは、高く評価されました。翌年、ミラーはとうとうジューンと離婚します。そして一九三六年には、『暗い春』をやはりオベリスク・プレスから出版しました。これはブルックリンの少年時代からパリ時代までを扱った自伝的短篇集です。ほかに旅行記なども出しましたが、次に取り上げたいのは、何といっても、一九三九年にオベリスク・プレスから出した『南回帰線』です。

『南回帰線』は、『北回帰線』の続編ということになりますが、内容は時代的にさかのぼって、作者がパリに出発するまで、つまりニューヨーク時代の話です。前半は、語り手がコズモデモーニック電信会社に就職して働きはじめた一九二〇年頃の話です。会社でのいかにも馬鹿ばかしい仕事に不満をもったり反抗したりしながら生活しています。妻との確執もたかまっていく。それから、彼の幼年時代、あるいは少年時代の回想がでてくる。友人との交わりとか、父親との対立とか、そんな話ね。後の方にいきますと、例のダンスホールの女、マーラと出会い、彼女にのめりこんでいくと同時に、創作への意欲もわき上がっていく。だいたいそこまでの話ですね。伝記に従えばマーラ(本名ジューン)を知ったのは一九二三年ですから、都合三年間ぐらいの話と思い出が展開するわけです。

こうして時と場所は違うわけですが、『北回帰線』と同様、作者は現代の世界の弾劾をくりひろげます。作家として立とうとするまでの話ですから、自己の探求というテーマは濃厚です。標題を*Tropic of Capricorn*というのは、ミラーが山羊座、つまりキャプリコーンの人だったからなんだそうで、つまりは「自己の世界」の意味のようです。それと、「北回帰線」とペアにする意味とで、「南回帰線」にしたんでしょう。ただし、作品中で語り手は、「北回帰線と南回帰線は想像上の線で仕切られているだけだ」といっています。作者としては、同じこの現代世界を表現しているつもりなんですね。

じっさい、ここにはアメリカ、ないしアメリカが代表する文明に対する断罪の文章が、随所に出てきます。冒頭部分から、「この大陸全体が最大多数の最大不幸を生み出す悪夢の国だ」、「わたしはアメリカがてっぺんから根元まで打ちくだかれ、壊滅するのを見たくてたまらなかった」といった文章が氾濫していま す。

しかし、そういう世界で、「私」は自己の存在を捉え、表現したいと、模索していくんですね。この作品には、ソローに近い考え方があちこちに出てきます。「この世には偉大な冒険といえるものがたった一つある。それは自己に向かって内に突き進むことだ」といった具合ね。そしてこうもいうんです。「わたしの知る限り、アメリカのいかなる街も、またその街に住むいかなる人も、自己の発見へとつながっていく力をもっていない。」

そういう文明の状況の中で、「私」はやはり開き直って、あの「超絶的中立性」を獲得していくんです。こんなふうにいいます。「どんな状況も、それ自体がわたしをおびやかすことはできなかった。……わたしはもし牢屋にぶちこまれても、そこを楽しむだろうなという感じがあった。なぜなら、わたしは抵抗しない方法を心得ていたからだと思う。他の連中はどたばた、じたばたして身も心もすり減らしてしまうけど、わたしの戦術は流れに身をまかせていくことなのだ。……わたしは世界の運命を身をもって生き抜こうとしてきた。」

さて、自己の探求がテーマとして表てに出てきたためか、この作品は『北回帰線』と違って一応のストーリーがあります。心が離れてしまった妻との確執、いろんな女性との交わり、電信会社での仕事、マーラとの出会いなどが、ある程度、時間の推移を追って語られるのです。それから文章も、シュルレアリスムの要素をもっていた『北回帰線』におけるよりも、ずっと叙述的になっています。構成も断片のモザイクではなく、直線的です。「性交《ファック》の国」を語るところは性の復活の前の混沌の世界が展開しますが、全体としてセックス描写は少なくなっています。これについて、ミラーは『性の世界』(一九四〇)という本で、『南回帰線』では猥褻なことの表現が比較的慎重になったけれども、それは小説という媒体の求める苛酷な条件が前よりもよく分かってきたためかもしれない、という意味のことを述べています。つまり、「新しい聖書」であろうとするよりも、これは「小説」であろうとしているわけですね。表現技法としては、いささかなりとも伝統的な形に戻ってきたといえるようです。また作者は、いぜんとして混沌の中にあるのですが、その中で自己を明確にし、それを積極的に表現しようともしているようです。扱った時代は『北回帰線』よりも過去にさかのぼりましたが、作者の態度は『北回帰線』以後の、新しい価値の確立の方に向いているような気がします。

そのことを最もあざやかに感じさせるのは、作品の最後の部分で、語り手がマーラと出会うところです。彼は結婚生活によって自己の実現をはばまれ、精神的にも混乱を重ねている時に、マーラと出会う。ダンスホールのすみで立っていると、マーラが近づいてくるのに気がつくのです。それが、「帆を広げて」やってくるようで、「一陣の風のように、不意にわき上がる微笑」を彼に投げかける。彼はもうぽーっとなってしまい、ダンスホールの外に出て、彼女が勤めを終えて出てくるのを待ち受ける。やがて彼女が、やはり「帆を広げて」出てくるわけですが、その姿態の描写はじつに躍動するようです。そしてその場所、つまり人々の雑踏する夜のブロードウェイの雰囲気と合わせて、こんなふうに表現しているんですよ。

ここはブロードウェイだ、ここはニューヨークだ、ここはアメリカだ。彼女は翼をつけセックスを備えたアメリカだ。……豊富さが彼女にはある、それから堂々さが。よかれ悪しかれ、これがアメリカなのだ。……アメリカを作ったものが何であれ、それが彼女を作ったのだ、骨も、血も、筋肉も、眼球も、歩きぶりも、リズムも、身のこなしも、自信も、厚かましさも、虚勢も。

作品の最後でこういう一種のクライマックスがあり、「私」はこの「アメリカ」女と新出発することになります。今までアメリカを弾劾してきたのが、一転してアメリカは素晴らしいということになったみたい。もちろん、じつはさらに「私の」苦悩は続くんですが、それでも闇を通り抜けて、光明を見出した感じはあります。『北回帰線』と比べて、どちらがいい作品かということになると、人によってさまざまでしょうが、小説としてはこちらの方が親しみやすいんじゃないかしら。文章と内容がのびのびしてもいます。しかし、新しい世界を文学において創造しようという時の緊張感となると、『北回帰線』の方が上だと私は思う。言葉の破壊的な力もあふれていた。『南回帰線』はその延長線上に味わうべきものでしょうね。

『薔薇の十字架』その他

もう時間がなくなってしまいました。大急ぎで話を進めようと思います。ミラーは『南回帰線』を出版した後、一九三九年六月からヨーロッパを旅行します。ところが第二次世界大戦が始まったものですから、四〇年一月に帰国。それから、彼は『薔薇の十字架』の執筆にとりかかります。この題の意味は、これは三部作なんですが、その第一作『セクサス』の冒頭にある、「わたしは三十三歳、キリストが十字架にかけられた年齢に近づいていた」という文章から想像できそうです。「新しい聖書」を書こうとした作者は、かつてのホイットマンのように、自分を現代のキリストになぞらえるところがあったんじゃないかな。機械化し、人間性を喪失した現代文明を、止めを刺すことによって救おうとする預言者ね。だが預言者は十字架にかけられざるをえない。美しい色をしていても刺のある薔薇の十字架、というわけじゃないかしら。

で、この作品は、『セクサス』(一九四九)、『プレクサス』(一九五三)、『ネクサス』(一九六〇)の三部から成ります。ともに長篇小説です。ただし『ネクサス』は、前半が出ただけで、未完で終わってしまいました。

内容は、またもや自伝的なものです。一九二三年、あのマーラとダンスホールで知り合ったあたりが『南回帰線』の結びの部分だったわけですが、それから二人は同棲し、語り手は妻と離婚、マーラと結婚、それからさまざまな貧乏生活をしながら、やがて一人でパリに出て行く、といったふうに内容は展開します。そしてその間に、例のごとく作者の思想、現代文明への呪詛、弾劾の文章が散りばめられています。

しかしこの三部作は、もはや前の二作の続篇とはいえません。作者はすでに作家として認められ、カリフォルニアのビッグ・サーに居を構え、一部の人には自由の聖者のごとくあがめられつつありました。あの「爆弾」の意欲は失せ、あの「超越的中立性」は超俗的な解脱の心境に転化していた趣があります。それに作品の中の出来事は、同時代的に語り手を締めつけるものではなくなっています。十年、二十年も前の出来事を回想しながら記述が進んでいく。それにさまざまなファンタジーが混じって、小説的な色彩が濃厚になっています。反対に、魂の叫びの要素は稀薄になっていきます。文章はますます叙述的で、会話などによる遊びが増え、とくに『セクサス』ではトール・テール的なセックス描写がえんえんとくり返されますが、作品の緊張感は失せています。破壊や創造の文学ではなく、大作家になった人の、自己ののびやかな再確認の営みの作品のような気が私にはします。

ヘンリー・ミラーには、このほかに紀行の形のギリシャ論『マルーシの巨像』（一九四一）や、アメリカ文明論『冷房装置の悪夢』（一九四五）――題を聞いただけで内容が想像できますね――、サーカスの道化師を主人公にした『梯子の下の微笑』（一九四八）その他の中篇・短篇小説など、すぐれた作品がいろいろあります。そして彼は、徹底した「自由」の人として、その存在自体が最後まで大きな意味をもちました。一九六一年、『北回帰線』がようやくアメリカで解禁された時のアメリカ社会の文学的解放感を、私は身近に痛切に感じたことをいまもはっきり思い出します。

4　ロマンス、戯曲、詩

ウェストとサロイヤン

一九三〇年代の文学者、またはこの時代に登場してきた文学者で、紹介したい人、紹介すべき人は、まだたくさんいます。紹介すべきだろうけど、あまり作品を読んでいなくて、紹介できない人も少なくない。そんな中で、いかにも三〇年代的だと思える小説家にあと二人だけ言及しておきましょう。ナサネエル・ウェストとウィリアム・サロイヤンです。

ナサネエル・ウェスト（一九〇三-四〇）はユダヤ系の作家です。ニューヨークに生まれ、ブラウン大学卒業後、雑誌の編集などをしながら小説を書いた。それからハリウッドへ行って、映画の台本を書きます。そこで晩年のフィッツジェラルドに才能を認められたんですが、フィッツジェラルドが死んだ翌日、彼も自動車事故で妻とともに死んでしまいました。まだ三十七歳です。そんなわけで、生前はあまり知られない存在でしたが、彼の作品には不況時代の暗いムードと、現代の生の空しさが、皮肉に、そして不気味に表現されていて、しだいに評価が高まってきているのです。

『ミス・ロンリーハーツ』（一九三三）は、日本語で『孤独な娘』という題の翻訳になっていたと思いますが、そういう名前で新聞の身の上相談欄を受け持つ中年男の物語です。彼は上役の皮肉や、もっと安定した地位を築いてほしいという恋人の要求をしりぞけ、現代のキリストのような気持で「恋に破れた」人たちに助言を送り続けるんですが、自分自身が心をすりへらし、投稿者の女性の誘惑に負けて、破滅してしまうのです。

もう一篇、『いなごの日』（一九三九）は、ハリウッドを舞台にし、そこに憧れてやってくるさまざまな人たちが、表面だけの華麗さにあざむかれ（この作品は、はじめ、『あざむかれた人々』という題にするつもりだったんです）、自己を見失って生きるさまを描いています。いわばアメリカン・ドリームが悪夢と化している現実を、痛烈にえぐり出しているのです。

ウィリアム・サロイヤン（一九〇八―八一）は、一見、もっとずっと明るい作風です。彼はアルメニア系移民の子で、カリフォルニア州フレズノに生まれました。父は早くに死に、子供の時から電信のメッセンジャー・ボーイなど、さまざまな仕事をしています。当然、人生の辛惨をなめたと思われるんですが、彼の場合、それを逆転させ、子供や弱者への善意、あるいはもっと広くヒューマニズムとでも呼ぶべきものを、前面に押し出すんだな。しばしば、センチメンタリズムに陥っている感じもするんですけれどもね。

出世作は『ブランコに乗った勇敢な若者』（一九三四）という短篇集で、本の題になった作品は、飢えて死ぬ青年作家の心を綴ったものです。ジョイスのような「意識の流れ」の文体ですが、ほとんど散文詩に近い。サロイヤンの文章は、この後、一見ますますナイーヴさを増し、澄みわたって、じつにやさしく快い。はじめて英語で小説を読もうという人なんかにぴったりですね。自伝的な短篇集『わが名はアラム』（一九四〇）が代表作かな。中篇小説『人間喜劇』（一九四三）は、第二次世界大戦中の生活を、フレズノを思わせるカリフォルニア州の田舎町で電報配達夫をしている少年の目を通して、あざやかに、しみじみと描いています。本当は暗い現実の世界ですが、みんな善意の人間ばかりでね。

サロイヤンは、スタインベックやコールドウェルと同じように、「地域主義」の作家と呼んでいいんでしょうが、彼ほどアメリカ、あるべきアメリカに、心を寄せていった文学者も珍らしい。それもへんなポーズをせず、両手をひろげ、抱きついて、頬ずりするんですよ。それが彼流の「参加」なんでしょうね。

『大地』と『風と共に去りぬ』

一九三〇年代には、大衆文学も大いに質を高めました。話が変わるようですが、この時代には映画がますます隆盛の道を進みます。大恐慌で生活が苦しくなればなるほど、大衆は比較的安い料金で夢の世界にひたれる映画に没入したのですね。折からトーキーになった映画は、その夢の世界を豪華で奥行きのあるものにすることができました。もちろん、社会の現実に直面しようとするたぐいの作品も作られます（チャップリンの事実上最後のサイレント映画『モダン・タイムズ』一九三六年など）。しかし、一介の小市民が金持の令嬢を救って幸せな結婚をしたり（フランク・キャプラの『或る夜の出来事』一九三四年）、デモクラシーの縮図であるような集団が危機にひんした時、合衆国の力（騎兵隊）によって救われる（ジョン・フォードの『駅馬車』一九三九年）といった内容の作品が、次々と観客の心をとらえていきました。

苦しい現実を乗り越える希望を、人々は文学にも求めて当然でしょう。そして、そういう思いにこたえる作品もたくさん現われたのです。いわゆる自然主義的なしんどい小説ではない。着実な観察やこまかな描写はしていても、ロマンスと呼ぶのにふさわしい、人生の波瀾と向上の夢にみちた小説です。その代表作を二篇だけあげるなら、パール・バックの『大地』と、マーガレット・ミッチェルの『風と共に去りぬ』でしょうね。ともに非常なベストセラーとなり、出版後間もなく映画化されてまた大きな評判を呼びました。ついでにいえば、この二作は日本でも翻訳されてベストセラーとなり、昭和初年、それによってはじめてアメリカ小説のスケールの大きさと面白さを知った人が多かったようです。

パール・バック（一八九二―一九七三）はウエスト・ヴァージニア州の出身ですが、父が宣教師でね、中国で育ったんです。アメリカに帰って大学教育をうけましたが、卒業後、また中国へ戻って大学の教師などをしました。中国語もよくできたようです。『大地』（一九三一）は、じつは『息子たち』（一九三二）および『分裂せる家』（一九三五）と合わせて、『土の家』と呼ばれる三部作の第一部になるものです。「土の家」というのは、中国の農民の畠の中の泥壁の家のことです。そういう家から身を起こした貧しい農民一家の三代の物語がこの三部作です。

『大地』には、小作農の息子が奴隷娘と結婚し、苦しい労働によってようやく生活が上向きになったと思ったら、未曾有の旱魃に見舞われ、赤ん坊をみずからの手で殺すほどの飢えにひんしながら、また身をもたげていく、という話が展開します。いったん富を築くと、主人公は女遊びにふけり出し、妻は忍従の生活を強いられ続けて、死去する。しかし一家は、かつて妻が奴隷になっていた大地主の家を手に入れて、移り住む――というところで作品は終わります。

読者は、この夫婦の苦闘に、不況に苦しむ自分たちの運命を重ね合わせて読んだんでしょうね。正直な勤勉は必ずむくわれる、という希望も与えられたでしょうし、富と贅沢は精神を堕落させる、という教訓も得たでしょう。『大地』は途方もなく歓迎され、ピューリッツァ賞も受賞しました。バックは次々と中国を舞台にした作品をあらわし、一九三八年にはノーベル文学賞を授けられました。

マーガレット・ミッチェル（一九〇〇―一九四九）は、ジョージア州出身で、『アトランタ・ジャーナル』の記者をしていた人です。『風と共に去りぬ』（一九三六）が、彼女の事実上唯一の作品といっていいんでしょうが、これがアメリカ文学史上、未曾有のベストセラーになった。そしてやはりピューリッツァ賞をうけています。南北戦争と戦後の再建期のジョージア州を舞台に、気丈に自己を貫こうとする女性の姿を描いたその内容は、みなさんのすでによくご存知のことと思います。「明日はまた明日の日が照るのだ」という、彼女の最後の思いも、ね。そしてこれまた、読者はこの人たちの苦闘や希望と、自分たちの現実を重ねて読んだんだと思います。

劇作家たち

一九三〇年代の小説の世界について、かなり長々と語ってきました――後の方はだいぶ端折りましたけれどもね。戯曲や詩についても、さらに端折らざるをえませんが、一応の概観をしておきたいと思います。前にも述べたことですが、芝居は上演されたものを見た上で紹介すべきでしょう。ところが私は、とくにこの三〇年代の劇作家たちの作品を、ほとんどまったく見たことがないのです。いくつかの戯曲を、文学として読んだことがあるだけ。しかし、とにかく、雰囲気だけでもお伝えするように努めたいと思います。

アメリカに近代劇を確立したユージン・オニールの後継者として、まず注目すべきは、エルマー・ライスとマックスウェル・アンダソンでしょうね。二人とも一九二〇年代に登場し、オニールの影響下に芸術的意欲を燃やしました。が、三〇年代に入ると、それぞれ流に社会問題への「参加」の姿勢を強めるのです。

エルマー・ライス（一八九二－一九六七）は、オニールの表現主義的手法をさらに発展させる形で、機械万能時代に生きる労働者のロボット化を諷刺した作品『計算器』（一九二三）によって、劇作家としての地位を確立しました。代表作『街の情景』（一九二九）では、ニューヨークのスラム街に生きる雑多な貧しい人たちの姿を、「集団的リアリズム」といわれる手法で描いています。古ぼけたアパートを舞台の中央にすえ、それぞれの部屋での有様を巧みに見せていくのです。終始、音の効果を用いて、二重の殺人を盛り上げていってもいます。しかしそんな事件があっても、人々はすぐにいつもの生活に戻っていってしまう、というわけです。

ところが三〇年代に入ると、ライスは大恐慌による生活の苦境や労働争議などを背景にして、『われら人民』（一九三三）や『アメリカの風景』（一九三八）などの社会劇を発表します。私はどちらも読んでいないんですが、題から内容が想像されそうな気もします。いまでは、あまり評価もされていないようですね。

マックスウェル・アンダソン（一八八八－一九五九）は、オニールの自然主義的な面を引きついだのかな。自分が住んだことのあるノース・ダコタを舞台にして、そこに抑圧されて生きる人々を描いた悲劇『白い砂漠』（一九二三）によって登場し、軍隊の裏面を暴露した『栄光の代価』（一九二四）で劇作家としての地位を確立しました。彼の芸術家的意欲は、二〇年代の末から詩劇を主張し、みずからもイギリスやアメリカの歴史に取材した作品を次々と発表したことにもあらわれているといえそうです。ただしこれまた、私は読んでいません。

いかにも三〇年代を思わせる彼の作品は、サッコ＝ヴァンゼッティ事件に取材した『ウィンターセット』（一九三五）でしょう。ニューヨークのスラム街を舞台にして、十三年前に「でっち上げ」事件で処刑された父の復讐を志す青年が、可憐な娘と恋に陥るんですが、それが殺人事件の目撃者の妹なんですね。だがその目撃者は臆病で、真相を告白できない。青年は真犯人を追及するうちに、いまはギャングの親分になっている真犯人とその手下に、恋人もろとも殺される、という韻文悲劇です。悩みながらも屈服することなく、強い敵に立ち向かう青年を洗練された言葉で描いて、どうやらこれがアンダソンの代表作でしょう。これに続く『高台《ハイ・トー》』（一九三六）は、金銭的な利益ばかり追求する社会に背を向けて生きようとする青年と、ビジネス本位のまわりの連中との対立を、幽霊なども登場させて描く幻想的喜劇で、この方がもっと直接的に社会問題への「参加」の作品といえるかもしれませんね。これも詩劇ですが、俗悪な連中が語るのは俗語まじりの散文で、面白く読んだ記憶です。

一九三〇年代に登場した劇作家では、クリフォード・オデッツ（一九〇六―六三）が一番目立つ存在でしょうね。ユダヤ系の移民の子で、フィラデルフィアとニューヨークで育ち、十五歳で高校をやめてラジオ放送の台本を書き、やがて俳優をしながら戯曲を書いたといいます。そしてニューヨークのタクシー・ストライキを題材にした一幕物『レフティを待ちながら』（一九三五）で、好評を博しました。労働組合の集会でね、指導者のレフティ（左翼の人、ね）を待つ間に、資本側のまわし者の男が労働者たちの意気をくじこうとする演説をぶっている。しかし同時に、フラッシュバックの方法で、資本側の不正を示すエピソードが次々と示されるんですよ。それから、資本側への反論もなされます。その果てに、レフティが殺されたという知らせが入り、ストライキへの熱気がたかまる、といった内容です。

この芝居で、オデッツはオニールやライスのあとをうけつぐ表現の実験を大胆に行なっています。フラッシュバックの手法もその一つですが、さらに注目したいのは、ほとんど何もない、むき出しの舞台装置ね。そして、舞台と客席との境界もとっぱらってしまったことです。いろんな演説が観客に向かってなされ、観客の中にも出演者がまじっていて、演説への野次や賛成の言葉を叫ぶんです。このオープン・ステージの手法は、ソーントン・ワイルダーの『わが町』でさらに発展させられることになります。

この時代には、戦闘的なプロパガンダ劇がたくさん上演されたようです。私は台本も読んでいないんですが、だいたいの想像はつきますよ、ね。オデッツは、しかし、むしろ生活基盤がゆらいだ中産階級の内面的な欺瞞や精神的な堕落の方に関心をもったようです。『目醒めてうたえ!』(一九三五)は、ニューヨークに住むユダヤ人一家の、金銭的な成功への欲求にかられて崩壊していく、そういう生の姿を自然主義的に描いています。もう一篇、しばしばオデッツの代表作とされる『ゴールデン・ボーイ』(一九三七)は、貧しいイタリア系移民の子が、音楽家を志していたのに、収入の得やすいプロボクサーの道を選び、物質的に恵まれた生活を獲得するんですが、結局は破滅する悲劇です。興行的にも非常な成功を収め、映画化もされました。

オデッツと並ぶこの時代の代表的な社会派的劇作家は、シドニー・キングズレイ(一九〇六-九五)でしょう。彼はニューヨークに生まれ育ち、コーネル大学で劇作を学んだようです。出世作の『白衣の人々』(一九三三)は、ニューヨークの大病院を舞台にし、そこに関係する人々をこまかに描いています。その中で、インターンとして修業中の主人公は、金持の娘と婚約していながら、つい看護婦と関係して、妊娠させてしまう。ドライサーの『あるアメリカ的な悲劇』の状況に似ていますね。ただ、悩んだあげく、彼はクライド・グリフィスと違って、貧しい看護婦と結婚する方を選びます。しかしこの女性が手術で死んでしまい、彼は真剣に医学の道を進む決意をする、といった内容です。キングズレイはドライサー同様、徹底的に事実を調べて書く自然主義者で、この作品のためにもずいぶん準備をしたらしい。そしてオデッツ同様、資本主義社会の仕組みに抗議をしています。しかし、いまのストーリーを聞いてもお分かりのように、窮極的には人道主義者なんですね。作品の構成にも、あまり新味がないような気がします。

けれども、代表作とされる『デッド・エンド』（一九三五）は、もっとはっきり、作者の社会問題への「参加」の姿勢をあらわしています。舞台はニューヨークのイースト・リヴァーに面した「行き止まり」のスラム街で、近くの金持たちの高級アパートと貧民たちのおんぼろアパートとが、効果的に対置されています。そこに住んで、「民衆の家」の建設を夢見ている足の悪い青年が主人公です。売春婦や、「デッド・エンド・キッド」と呼ばれる悪ガキたちや、ギャングなどが、彼をとりまいています。貧民街は悪の温床なんですね。しかし主人公は、非行少年なんぞ矯正所に送り込めばよいという金持の意見に激しく抗議するんですよ。

リリアン・ヘルマン（一九〇五―八四）にも、ここでふれておきましょう。彼女は、巷の噂に破滅させられる理想主義的な女性たちを扱った『子供の時間』（一九三四）や、人間の物欲のすさまじさをえぐり出した『小狐たち』（一九三九）で、まさに三〇年代的な社会的視野を打ち出して名声を確立しました。彼女は第二次世界大戦後も革新的姿勢をつらぬき、見事な光芒を放ち続けます。

最後に、もう一人だけ、ソーントン・ワイルダー（一八九七―一九七五）に言及しておきたい。彼は小説家としてもよく知られた人です。十八世紀のペルーを舞台にして、さまざまな人間の我執と、そんなものを無視するかのように神が人間に与える運命とを、皮肉に、しかし美しく綴ったロマンス『サン・ルイス・レイ橋』（一九二七）は、昔、感動をもって読んだ記憶があります。しかしここで紹介したいのは、彼の戯曲『わが町』

（一九三八）です。ワイルダーは三〇年代の写実的な社会派に背を向け、いわばロマンチックに美的世界を構築していました。作品の多くは、『サン・ルイス・レイ橋』のように、エキゾチックな外国を舞台とし、文章は洗練され、作風はクラシックです。この時代に、こういう作家も存在し、また非常な人気を博していたことも忘れてはならないと思います。『わが町』は、アメリカを舞台にした芝居ですが、いままで紹介した人たちの作風とはほとんど対極をなすんですよ。

これはニュー・イングランドの田舎町での、一九〇一年から一三年までの出来事ということになっています。新聞編集者と医者の二つの家庭を中心にして、町のいろんな職業の人が登場します。第一幕は「日常生活」と題して、出産、料理、登校などの姿。第二幕は「恋愛と結婚」で、先の両家の若い男女の求愛と結婚の有様。第三幕は「死」で、お産が悪くて妻は死ぬんですが、いわば幽霊として、すでに死んでいる者たちの助言によって永遠の生の準備をする思いを語るんです。まったく平凡な人間の人生のサイクルに、しみじみとした貴さが与えられるんですね。この芝居は舞台装置がほとんどなく、カーテンの仕切りもありません。そして舞台監督が語り手となったり劇中の人物になったりして、時間の流れを自由に動かして舞台を進行させ、全体として時空を越えた普遍的な生の真実を表現しようとしているみたいです。

詩人たち

ようやく、詩の話に入ろうと思います。私はいつもいうんですが、詩こそが文学のエッセンスだと思っています。小説が大きな比重を占め、ブロードウェイの芝居が世界中の人の話題になるようになった二十世紀のアメリカ文学でも、詩はやっぱり重要なんです。しかし、詩は原文でじっくり読まなければ、味わいが分かりません。それは小説でも戯曲でも同じでしょうけど、詩はとくにそうなんです。内容や思想を聞いても、まったく理解したことになりません。一つ一つの言葉の使い方の面白味が、詩の生命ですからね。

それに、二十世紀のアメリカの優れた詩人たちは、多くが、多彩な詩的世界を展開しています。十九世紀ですと、たとえばロングフェローとかポーとかというような第一級の詩人でも、その代表作を何篇か紹介することによって、その特色を伝えることがある程度まではできるかもしれません。しかし二十世紀の詩人になると、そういう作業が難しいのです。優れた詩人ほど、いろんな面をもっているんですね。だから、文学史などでそれぞれの詩人の世界をオールラウンドに語り、その作品の醍醐味を受け止めてもらうことは、不可能に近いような気がします。私としては、どうしても言及しておきたい詩人たちの特質の、私のとくに引かれる一面だけを、おおざっぱに語るだけにとどめざるをえません。

一九三〇年代には、詩の世界でも、社会問題への「参加」をうたうプロパガンダ的な作品が大量に発表されました。しかしいまではまったく忘れられてしまっています。ケネス・フェアリング（一九〇二－六一）とか、ミュリエル・ルーカイザー（一九一三－八〇）とか、ほんの二、三の詩人が辛うじて文学史に名前をとどめているだけです。

私は前に、二十世紀のアメリカ詩の出発をしるしたフロストや、サンドバーグなどのシカゴ派、パウンドやエリオットなどのコズモポリタン派の紹介をしたところで、詩の話を終えていましたので、この際、その後に活躍した代表的詩人たちに言及しておきましょう。三〇年代を中心にしますが、必ずしも三〇年代の詩人というわけではありません。

パウンドやエリオットが切り開いたモダニズムの詩風で、屹然《きつぜん》とそびえ立つのは、ウォーレス・スティーヴンズ（一八七九―一九五五）です。彼はこの二人よりも早く生まれており、ほとんど同じ頃から詩を書き始めて、一部の人には早くから認められていました。しかしハーヴァード大学を卒業し、やがてハートフォードに本社のある証券会社に勤め、副社長にまでなった人です。いわゆる詩壇的なつき合いはしなかったらしい。一九二三年、四十四歳の時、はじめての詩集『ハーモニウム』を出版するんですよ。足踏みオルガンのことですが、「調和」の意味も含んでいますね。エリオットと同じように、彼も現代を神が死んだ荒野と見ましたが、エリオットと違って、宗教的な救いを求めるのではなく、死を含む現実を、あるがままに受け止めようとします（代表作とされる「日曜日の朝」はそういう思いをうたっています）。彼はむしろ、詩こそが、あるいは詩を生む人間の想像力こそが、この混沌の世界に秩序をもたらすと信じたようです。

スティーヴンズの詩は、まさにそういう想像力に支えられて、斬新な表現に満ちています。彼はフランスの象徴主義詩人たちの影響を強くうけたんでしょうね、言葉を節約し、感覚の交換をくりひろげ、あざやかなイメージを通して読者を瞑想の世界に引きずり込むのです。ここでは、ごく初期の短い一篇だけを引用してみましょう。「壷の逸話《アネクドート》」（一九一六）という詩です。

I placed a jar in Tennessee,
And round it was, upon a hill.
It made the slovenly wilderness
Surround that hill.

The wilderness rose up to it,
And sprawled around, no longer wild.
The jar was round upon the ground
And tall and of a port in air.

It took dominion everywhere.
The jar was gray and bare.
It did not give of bird or bush,
Like nothing else in Tennessee.

わたしはテネシーに壷をおいた、
壷はまるかった、丘の上で。
するとだらしのない荒野が
その丘を取り巻いた。

荒野は丘まで盛り上がってきて、
まわりに寝そべった、もう荒れ野ではなくなって。
壷は大地にまるく立ち、

たけ高く堂々と空にそびえた。
それはあたりを支配した。
壺は灰色でむき出しだった。
それは鳥とも藪とも縁がなかった、
テネシーのほかのどんなものとも違って。

変な詩でしょ。テネシーのどこと区切らないから、テネシー全体の広大無辺の土地にぽつんと壺が一つおかれたみたい。ところが、すると、まわりの土地がむくむくと動き出して盛り上がり、壺は壺でにょきにょきと背がのびて、あたりを支配する感じになるのね。作者は「逸話《アネクドート》」と題していますが、一つのメルヘンのようでもありますね。読者はただその奇想を楽しめばよいのかもしれません。風景というか、私たちの世界は、ほんの一点にでも変化を与えることによって、全体の様相が一変するんですよ。しかも、この壺を荒野と対照的な人間の産物、詩だととると、さらに変化は意味深くなってきますね。アメリカの詩は、荒野におかれた壺かもしれない——なんて思ったりしてね。

『ハーモニウム』は百部足らず売れただけだそうで、スティーヴンズはしばらく沈黙しますが、一九三一年に増補版が出、その頃から彼はふたたび活発な詩作をします。しかし社会問題や政治問題には背を向け、鳥とも藪とも縁を切ったテネシーの壺のように、孤高を保って想像力の世界を構築するんです。しかし彼の詩はしだいに観念的な言葉が多くなり、抽象的に深遠にもなっていって、晩年は非常な尊敬をうけましたが、私にはいささか苦手です。

詩人や批評家たちによってスティーヴンズと並ぶ地位を認められている人に、マリアンヌ・ムーア（一八八七―一九七二）がいます。セント・ルイスの出身ですが、フィラデルフィアの近くの女子教育の名門ブリン・モア大学を出、教師をし、後にはニューヨークのブルックリンに住んで、図書館勤めをしながら、詩作にふけりました。政治や社会に背を向けていた点ではスティーヴンズに共通しますが、せまい自己の世界の中で自由に空想をひろげ、入念に新しい詩法を構築していた点では、エミリ・ディキンソンにつながるともいえそうです。

ムーアはたいへん知的なモダニズムの詩をすでに一九一〇年代から書いていたんですが、一九二一年、あのイマジストのH・Dなどが、本人の知らぬ間にロンドンで出してくれた『詩集』が、彼女の最初の本です。この辺の事情も、ディキンソンの場合とちょっと似ていますね。しかし一九二四年、こんどは彼女自身の手を経て、『観察』がニューヨークで出版され、これが『ダイアル』賞をうける。この辺から、ディキンソンとは違ってきます。『ダイアル』は当時の代表的なモダニズムの文芸雑誌だったんですが、それが廃刊になる一九二九年まで、ムーアはその編集をゆだねられるんです。彼女の批評態度は非常に尊敬されたけれども、表現の洗練を重んじるあまりに、ジェイムズ・ジョイスの原稿でも修正した上でなければ採用しなかったといいます。見事といえば見事です。そして一九三五年には、T・S・エリオットの序文をつけた『選詩集』が出版されました。

さて、ムーアは「詩」（一九二一）という作品で、詩は「本物の蟇《ひきがえる》がいる架空の庭」でなければいけない、とうたっています。私はふと、佐藤春夫が自分の小説を「根も華もある嘘八百」と呼んだという話を思い出しますが、ここの意味はそれとちょっと違うでしょうね。想像力を徹底してくりひろげた結果、リアリティが生じた世界、ということじゃないかしら。実際、ムーアの詩は想像力を駆使して人工的な世界を作り、そのリアリティを読者に知的に享受させようとするのです。そのためには、読者の意表をつく言葉を次々と持ち出し、厳密に計算した音数によって行を作り、単語を途中で切ったり冠詞を行末にもってきたりして韻を整える、というふうにして読者の日常的な感覚をへとへとにし、もうひとつ高次の美的世界に引きずり込んでいくのです。気が利いて、皮肉で、しかも優美な世界がそこには展開しています。

ただし、ムーアは当時から“poet's poet”（詩人の詩人）と呼ばれました。詩の技術に理解のない一般の読者には面白味が分からず、辟易させられるばかりなのです。

スティーヴンズもムーアも一九三〇年代の文学の「参加」の風潮にはわれ関せずといった態度でしたが、その風潮に積極的に対抗する姿勢を示したのは、この時代の概観のところで言及した『フュージティヴ』グループの人たちです。その指導者のジョン・クロウ・ランソム（一八八八―一九七四）はテネシー州の牧師の子で、州都ナッシュヴィルのヴァンダビルト大学で学び、一九一四年からそこの英文科で教鞭をとり、二二年から雑誌『フュージティヴ』を発行したのです。アレン・テイト（一八九九―一九七九）は、同じ年にヴァンダビルトを卒業し、その編集者となりました。ロバート・ペン・ウォーレン（一九〇五―八九）はまだ学生でしたが、そのグループに加わりました。もちろん、そのほかのメンバーもいます。彼らに共通の南部的農本主義については、すでに述べましたね。一九三〇年、彼らを中心にした十二人の南部派は、『わたしはわたしの立場を貫く』というアンソロジーを出版しました。これは資本主義や産業主義に反対し、農本主義の伝統を守り、知的な貴族主義を奉じる立場の宣言といえるものでした。

さて、ランソムは一番年長で、すでに一九一〇年代の末から詩集を出しています。彼はパウンドやエリオットを尊敬し、そのモダニズムを吸収しましたが、尊敬の本当の対象は、彼らの古典的教養であったかもしれない。ランソム自身の詩は、きちんと伝統的な詩形を守っています——ただ、用語や押韻の仕方に大胆さを見せるんです。そして南部の騎士道につながる精神をもとにして、自然を重んじ、田園の生活をなつかしむ、そんな思いを、さまざまに、機知と皮肉を織りまぜてなんですが、おだやかに表現するのです。

アレン・テイトは、一九二〇年代の末から三〇年代にかけて、ぞくぞくと詩集を出しました。私はあんまり読んでいないんですが、やはり古典的な形式を守りながら、ランソム以上にモダニズムの手法を駆使し、宗教的な象徴も用いて、深い思いの表現に心をつくしていたような気がします。

ウォーレンも、南部の腐敗した政治家を扱った『王様の家来ぜんぶでも』（一九四六——邦訳『すべて王の民』）などの小説でよく知られていますけれども、三〇年代から何冊もの詩集を出しています。彼の詩は野性的で、詩形も比較的自由ですが、西欧の文化に関心を寄せていったテイトと違って、南部の地域性に思いを寄せ続けたようです。ネイチャー・ライティング的な自然詩にも素晴らしいものがありますよ。

一九三七年、ランソムはオハイオ州のケニヨン大学に移り、三九年に『ケニヨン・レヴュー』を創刊しました。ほかの人たちも、ミネソタ大学とかイエール大学とか、各地に移って活躍します。そして彼らが、文学作品を政治性や社会性から独立させ、その内的な芸術性だけによって計ろうとする「ニュー・クリティシズム」の理論を主張し、ひろめていったことは、すでに述べた通りです。この理論はいろんな弊害も生じましたが、軽薄なプロパガンダ詩を斥け、古典的な教養をもとにした詩や、パウンドやエリオットにつながるモダニズムの詩の、理解と鑑賞を助けたことは事実でしょう。

T・S・エリオットは一九二一年に、自分たちの詩が難解にならざるをえないことにふれて、「われわれの文明は非常な多様さと複雑さをかかえ込んでおり、この多様さと複雑さが洗練された感性に働きかけると、多様で複雑な結果を生まざるをえないのだ」（「形而上詩人たち」）といいました。パウンドやエリオットの亜流のモダニズムの詩人たちは、こういう言葉に安易に乗っかったようです。世界の文明のさまざまな局面をさかしらに詩の中に取り込み、むやみと意味深げな遠まわしの表現をしたり、斬新さを気取って文章をひねくりまわしたりして、じつは中身の稀薄で難解な詩を氾濫させる事態となりました。『フュージティヴ』グループは、それに対しても抵抗の姿勢を示したといえますが、彼らの多くも西欧的な教養の持ち主で、しばしばその教養をくりひろげる誘惑に身を屈し、現実のアメリカの文明の問題に関してはアイロニカルな態度を抜け出すことがなかなかできませんでした。

こういう中で、ウォルト・ホイットマンにつながる、土着的なアメリカへの精神的な絆を再確認し、アメリカ文明の未来に希望をたくそうとする詩人も、じつはいたのです。ハート・クレイン（一八九九―一九三二）は、その最も際立った存在でした。彼はオハイオ州に菓子製造業者の子として生まれましたが、両親の離婚により、不幸な少年時代を送ったようです。一九一七年に詩人を志してニューヨークに出てきましたが、生活のためにクリーヴランドの父のもとに戻って、いろんな職についたりもします。その間に、パウンド、エリオット、イマジスト、ジョイス、それにフランスの世紀末詩人たちを読みあさり、モダニズムの影響を強くうけました。だが同時に、工場で油にまみれて働き、労働者との連帯を求める気持を抱き、現代のホイットマンたろうという意志も養うのですね。彼は精神も感情も分裂し、飲酒と同性愛的傾向がそれを助長して、破滅型の生活をくり返したのですが、何とかその間の融和をはかる努力が、彼の詩作の努力にもつながっていったようです。

彼の代表作は長詩『橋』(一九三〇)です。クレインはエリオットの『荒地』を読んで、大いに心ひかれながら、現代文明についてのその悲観的なメッセージに対抗し、ホイットマン的な肯定の精神をかき立て、「偉大なアメリカの詩」を書くことを志しました。機械文明の粋をつくして一八八三年に完成したブルックリン橋が、そのための中心的なメタファーとなります。ホイットマンが民衆にともに歩むことを呼びかけた魂の「大道《オープン・ロード》」(「大道の歌」)のように、この橋はアメリカを過去から未来へと、そして物質から精神へとつなぐのです。そしてこの詩には、コロンブス、ポカホンタス、リップ・ヴァン・ウィンクル、あるいはミシシッピー川、港、海を行く船乗り、宇宙を征服する飛行機など、さまざまなヴィジョンが現われ、「アメリカ」のエッセンスの発展をいろどっていく。たいへん凝縮した表現で、モダニズム的工夫がこらされ、しばしばやはり難解にも陥り、叙事詩としての一貫性にも欠けるんですが、高潮した抒情性があちこちにくりひろげられています。

クレインはこの作品によって雑誌『ポエトリ』の賞を受けましたが、批評家たちの反応は彼の期待通りでなかったようです。彼は三十三歳の若さで、メキシコ湾に汽船から身を投じてしまいました。もっと長生きしたら、一九三〇年代を代表する詩人になったような気がするんですけれどもね。

時間がなくなりましたが、最後にもう一人、ウィリアム・カーロス・ウィリアムズ（一八八三―一九六三）の名を逸するわけにはいきません。ウィリアムズはウォーレス・スティーヴンズと並んで、パウンド、エリオット以後のアメリカ詩を代表する巨人といえます。そして、モダニズム派というよりもホイットマンにつながるアメリカ土着派で、じつは、私の個人的な共鳴は一番この人に向けられているのです。

　ウィリアムズはペンシルヴェニア大学医学部に在学中、同じ大学の学生だったパウンドやH・Dと知り合っており、一九一〇年代から、パウンドの世話で詩集を出しています。詩人としてずいぶん古い出発をした人ですね。初期の作品には、イマジズムの影響が濃厚でした。ヨーロッパにもたびたび行き、国際的なモダニストともいえました。しかし、一九二三年に出した最初の重要な詩集『春、とかいろいろ』になると、アメリカの日常語で、アメリカの身辺のいろいろをうたう姿勢を明瞭に示しています。そして一九二五年には『アメリカの本質に』と題する評論を出し、アメリカの歴史をふり返って、アメリカ人のために生きた文化の伝統を再建することに詩的イマジネイションを集中してみせました。彼は自分の郷里であるニュー・ジャージー州ラザフォードに小児科医として開業し、週末にニューヨーク市へ出てスティーヴンズやムーアなどの芸術家仲間と会うほかは、ほとんど町を出なかったといいます。そして、仕事がすんだ夜に、詩を書き続けていたのです。一九三〇年代には、小説も書きました。しかし彼の畢生の大作は、ラザフォードのすぐそばの小都市の名を題にした長詩『パタソン』（一九四六―五八）です。その都市の発生から現状まで、そしてそこに生きる人々、そこに宿る地霊、ついにはその都市を体現した人間を、さまざまにうたい上げています。かつてホイットマンは、「ウォルト・ホイットマン、一個の宇宙、マンハッタンの子」（「わたし自身の歌」）と叫んで、マンハッタンから、アメリカ、宇宙へと視野をひろげていました。ウィリアムズも、パタソンのすべてをうたいながら、同じことをしようとしたように思えます——私の強引な読み方かもしれませんですけれども、ね。

　くり返しますが、詩法としては、ウィリアムズはモダニズムの特色を保っています。初期には、前にちょっと名前をあげただけでとうとう紹介できなかったE・E・カミングズのような、思い切った行別けのリズムの面白さを見せましたが、それは序の口で、表現のさまざまな前衛的実験をしているのです。しかし彼は、パウンドやエリオットが推し進めたような、象徴や暗示による抽象的な理念の詩的表現には、反対しました。あくまで、「もの」そのもの——しかも身近のありきたりのもの——によって表現するのです。それを彼は「客観主義《オブジェクティヴィズム》」と呼んでいます。

　やっぱり、時間が過ぎてしまったので、たいそう有名な短い詩を一篇だけ引用させて下さい。「赤い手押し車」（『春、とかいろいろ』所収）という題です。

so much depends

upon

a red wheel

barrow

glazed with rain

water

beside the white
chickens.

じつにいろいろが
よりかかっている

赤い手押し
車に

雨水で
つやつやした

白い鶏の
そばの

庭先の、白い鶏のそばの、雨にぬれた赤い手押し車。ごくありきたりの情景ですね——赤と白の対照はあざやかですけど。だがそんな手押し車に、何とも多くのものがよりかかっている。そんな手押し車が、たいへんな存在だ、というわけです。笑ってしまいそうな詩ですね。でも、そんな小さな「もの」に感動がある、と作者はいいたいようです。スティーヴンズの「壷の逸話」よりも、もっとあっけらかんとした「もの」主義です。

ウィリアムズは、ちょっと思想的なことをいいますと、エリオットの『荒地』の悲観主義を嫌悪しました。フロストの農村生活の詩にもあき足りませんでした。彼は移民や労働者が生きる小都市に希望をもとうとしたようです。この点では、ハート・クレインに通じます。もちろん、その先祖にはホイットマンがいますよね。そしてホイットマンのように、社会批判もアメリカの伝統としてはっきり認めていた。一九三〇年代には、あくまで伝統的な個人主義の立場からですけれども、社会改革を支持する姿勢をあらわしていました。孤高の人ですが、庶民精神を貫いていました。その詩法も、晩年、むしろいっそう自由になっていったような気がします。そして、芸術的貴族主義のモダニズムが難解の袋小路にはまりこみ、読者から遊離してしまった次の時代に、彼の詩は大きな影響力を発揮することになるのです。

II　戦後文学の出発

第二次世界大戦と冷戦

第二次世界大戦は、ヨーロッパでは一九三九年に始まりました。日本の真珠湾攻撃が一九四一年。で、アメリカも参戦して、結局、四五年に大戦は終わります。この第二次世界大戦は、アメリカにとって初めての対外的なトータル・ウオー、つまり総力戦だったといえそうです。

南北戦争は、内乱とはいえアメリカが経験した最大の戦争で、総力戦でした。しかしその他の戦争は、アメリカのすべてを注いだ戦争ではなかった。メキシコ戦争（米墨戦争）もスペイン戦争（米西戦争）も、対外戦争ではありましたが、国民の生活がそれによって直接的に影響をこうむる度合いは少なかった。じゃあ、第一次世界大戦はどうだったかというと、アメリカは、ヨーロッパでの戦争がもう終わりに近づいていた一九一七年になってからようやく参戦し、一年半後には終戦を迎えている。まあ、連合国側に「協力」した戦争という趣きがある。ところが第二次世界大戦では、真珠湾の攻撃をうけて、アメリカはまず手ひどい打撃をこうむる。それで、ヨーロッパの戦争にもすでに「協力」はしていたのですが、「真珠湾を忘れ《リメンバー・パール・ハ》るな《ーバー》」と称して、全力をあげて戦争遂行に突き進んだ。結局、それより三年半、アメリカが連合国側の中枢となって戦っていました。アメリカの戦死者の数は、第一次世界大戦の時は十一万二千、第二次世界大戦の時は三十二万二千ですから、三倍に近い。

ところが、第二次世界大戦はこのように大変だったのに、戦後、アメリカでは第一次世界大戦後のような文化的、思想的な幻滅とか混乱とかは起こらなかったように思えるのです。もちろん、いろいろ大きな変化は生じます。社会的な混乱も生じた。しかし、第一次世界大戦後に起こったような、たとえば、「ジャズ・エイジ」的な狂騒とか、「ロースト・ジネレイション」の作家たちが代表したような、アメリカ文明への幻滅感の表出とかというようなことは、一部にはあったんでしょうけど、どうも一般的な現象とはならなかった。もちろん、文学はしばしば社会意識の尖鋭な部分を反映しますから、幻滅や混乱も描き出し、そのためにさまざまな新しい表現上の工夫をし、変化の誇示もしましたけれども、アメリカ文学が第一次世界大戦後のように大きな、根本的ともいえる変貌を示すことはなかったと思います。

エズラ・パウンドとかT・S・エリオットとか、ユージン・オニールとか、あるいはロースト・ジェネレイションとか、そういった人たちが第一次世界大戦の前後から切り開いた文学におけるモダニズムの姿勢や表現法は、いろいろな方向に引っ張られ、変容はしましたが、第二次世界大戦後の作家たちにもうけつがれたように思えるのです。第二次世界大戦後になっても、エリオットは詩壇のほとんど神さまであり、ヘミングウェイ、フォークナー、あるいはドス・パソスなどは、小説界の巨匠として崇拝されるという現象がずっと続いたわけです。三〇年代を代表したスタインベックやコールドウェルも、大作家としてもてはやされ続けました。そして、ヘミングウェイを打倒しよう、スタインベックを乗り越えなければいけない、というような主張が激しく展開することはなかった。いったい、これはどうしてなのか。文学界だけでなく、文化や社会一般の現象として、どうして、こんな大戦争があったのに、第一次世界大戦後よりも変化が乏しかったのかしら。

これには、いろいろな解釈がありうると思います。私はその一つを述べるだけです。一九三九年九月、ナチス・ドイツがポーランドに侵攻したことが、第二次世界大戦を勃発させることになりました。その時、アメリカは中立を宣言します。これはヨーロッパの戦争だ、アメリカは中立を守るというわけですね。アメリカのこういう姿勢は、第一次世界大戦勃発の時も、同様でした。ヨーロッパで戦争が起こっても、時の大統領のウイルソンは、中立を宣言したのです。ウイルソンは、国際平和についての自分の理想主義からしても、孤立主義の強いアメリカの国内事情からしても、本当に中立を守ろうとしていた。だが第二次世界大戦が始まった時に、ナチス・ドイツの全体主義とその行動は、すでにアメリカにとってははっきり脅威となっていました。それで現実主義的なフランクリン・ローズヴェルト大統領は、中立を宣言しながらも、国民に対して、「考え方」(thought) においてまで中立を求めるわけではない、ということをはっきり述べております。つまり、ヨーロッパで猛威をふるっているナチスに対抗する「考え方」は養っておいて欲しい、というわけですね。アメリカにまだ残っていた孤立主義は、しだいに克服されていきます。

それから、一九四〇年は大統領選挙の年で、ローズヴェルトは三選されます。現在、アメリカ大統領は再選まで認められているだけですが、当時はそういう制限がなかったのです。で、当選するとすぐに、彼はアメリカが「デモクラシーの兵器廠」になるんだということを語ります。そして翌四一年一月には、年頭教書で「四つの自由」(言論の自由、信仰の自由、欠乏からの自由、恐怖からの自由) を説き、三月には中立を骨抜きにして武器貸与法を成立させます。

こういうわけで、第二次世界大戦にアメリカが実際に参加したのは日本軍の真珠湾攻撃によってであり、またそれがアメリカ人の戦意を一挙に高揚させたというのは事実なんでしょうが、精神的にアメリカ人はすでに早くからこの戦争に参加する準備を進めており、国家体制も整えていた。それで、第二次世界大戦は「正義」の戦争として、国民の圧倒的な支持のもとに遂行されることになったのです。第一次世界大戦の時は、アメリカは本当に中立を守ろうとし、いよいよ土壇場になってから参戦しましたから、国内に反対論も強く、国民はヨーロッパにまで戦争に出ていく精神的な準備ができていなかった。そのために政府は、一挙に戦意を高揚させるために、大宣伝を行ない、愛国心をかき立てました。アメリカ・デモクラシーの讃美論などもえらい勢いで展開するわけね。それで、若者たちはその興奮にのって戦争に参加した。ヘミングウェイもドス・パソスも、そういう仲間だったといっていいんじゃないかしら。だから、戦争の実態に会った時の幻滅感は、裏切られた思いとともに、非常に大きかったわけです。

つまり、第一次世界大戦の時は、アメリカ人はナイーヴな状態で戦争に入った。第二次世界大戦の時も、もちろんそういう精神状態で戦場に赴いた兵士は多かったでしょうけれども、「正義」の戦争の意識に動揺は少なかったように思われます。銃後の国民はますますそうですね。もちろん、知識人の一部は、戦争にも、アメリカの体制にも批判をもっていたでしょう。しかし彼らも、いわば経験をつんでいる。つまり第一次世界大戦の幻滅というものを、知識や意識を通して経験している。だから第二次世界大戦の体験に対して、どこかで醒めた態度であったように思われます。

それから、第二次世界大戦は、幻滅よりもむしろ、ナショナリズムを持続させる効用をもったようです。

それは、経済や社会の問題に関係します。一九三〇年代の大恐慌は、ローズヴェルト大統領のニュー・ディールによっても、本当のところ克服できなかった。景気の浮き沈みはありましたが、三〇年代を通して、アメリカは基本的に不況が続いていたのです。ところが、戦争によって、それからの脱出が可能になったんだな。「デモクラシーの兵器廠」になるために、生産活動は一挙に大車輪の活況を呈し、失業問題などもふっとんでしまう。まさに戦争景気の出現。戦争さまさまなんですね。

戦争がすんだ一九四五年には、政治力や軍事力はいうまでもなく、経済力も、あるいは文明力といったものまでひっくるめて、アメリカは世界に冠たる超大国になっていました。ドイツや日本の敗戦国はいうまでもありませんが、徹底的に破壊されたヨーロッパの連合国に対しても、アメリカは事実上の唯一の戦勝国としての姿を示すことになったわけです。そして戦後も、短期間のうちに国民の所得は倍増し、物質的な恩恵が行き渡ります。アメリカは「豊かな社会《アフルエント・ソサエティ》」を実現するわけです。もちろん第一次世界大戦の後にもアメリカは繁栄しましたが、その比じゃない。一九四一年二月、雑誌『タイム』や『ライフ』を主宰するヘンリー・ルースは、「アメリカの世紀」というエッセイを書いて、間接的に大戦への参加をうながしましたが、まさにその世紀が実現したかの観があります。

こんなわけで、第二次世界大戦後、知識人の間でも幻滅感が広まることは少なかった。それからさらに、これは文学や文化とも深く関係することになるのですが、第一次世界大戦後と根本的に違って、この戦争でアメリカは絶対的な勝利を得たのに、世界はすぐに冷戦時代に入るのです。戦争に勝ったと思って意気高揚した。ところが、気がついてみると、ソ連の脅威が目の前にそびえてきているんだな。戦争中、ソ連は東ヨーロッパに勢力をひろげました。ところが戦後もその占領地から撤退しない。形の上では撤退しても、事実上、支配したままなのです。それに対抗するために、アメリカは苦心惨憺しなければならない。一九四七年には、ソ連勢力と均衡を保つために、アメリカは西欧の自由主義諸国に大規模な経済援助を行う計画を立てる。有名なマーシャル・プランというのがそれです。また、ベルリンだけは戦勝四カ国の共同管理だったんですが、ソ連は米英仏三カ国の管理する西ベルリンへの陸上交通を封鎖してしまった。そこで一九四八年には、アメリカが中心になり、空輸によって住民の日常必要品を運ぶことにします。物凄い物量ですよね。

そんなふうにして、冷たい戦争が展開するのです。しかも形勢は、アメリカにとって必ずしも有利ではなかった。一九四九年九月には、ソ連も原爆を所有することが明らかになります。これはものすごい事件です。それまでアメリカは、アメリカだけが核兵器をもっていると信じ、その核の脅威によって平和を保つ姿勢をとってきたのですが、ソ連も核兵器をもつということになると、アメリカ自体が不安に怯えなければならないのです。その翌十月には、中華人民共和国が成立して、これもソ連の傘下に入る形になります。そして一九五〇年六月には、朝鮮戦争が勃発するのね。それまでアメリカは、ソ連などの共産主義勢力の「封じ込め」に躍起になっていたのですが、その封じ込め政策を武力で突き破られた感じなのです。三年近くかかって何とかこれを押し返しますが、そういうわけで、熱戦を含んだ激しい冷戦が続くのです。

一九二〇年代には、アメリカは孤立主義を奉じて、自国の経済的繁栄を享受できました。しかし第二次世界大戦の後、アメリカは否応なく国際的な役割を演じなければならなかった。そしてその役割は、必然的に、共産主義に対するデモクラシーの指導者というイデオロギーの色彩をおびたのです。そしてこのことは、文学・文化の動向にも結びついていったのです。

これには、余談かもしれませんが、こんな問題も関係してきます。従来、文化を求めるアメリカ人は、しばしばヨーロッパへ、あるいは世界へ出て行きましたね。たとえば「金めっき時代」には、その現象が顕著でした。アメリカ人の無垢さを愛していたヘンリー・ジェイムズも、イギリスに帰化してしまいました。第一次世界大戦後、ロースト・ジェネレイションの作家たちも、いわばモダンな生を求めてヨーロッパへ出て行き、自分たちを国籍離脱者《エクスパトリエイト》などと称した。ところが一九三〇年代以降、逆にヨーロッパからたくさんの知識人が、全体主義を逃れるとか、自由を求めるとかと、いろんな理由でアメリカに入って来るようになったのです。有名な文学者の名前だけあげても、トーマス・マン、ウラディミール・ナボコフ、ベルトルト・ブレヒト、W・H・オーデン、といったような人たちですね。いまや、アメリカが「世界」になってしまったんだな。

このことは、アメリカ人にかえって不安も与えたようです。アメリカの伝統的な価値観はいったいどうなってしまうんだ。ピューリタン的な道徳観とか、個人主義とか、自由の精神とか（本当はたいそう観念的なものなんですがね）は、よそから来た奴らに目茶苦茶にされちゃうんじゃないか。と、まあ、こういったような漠然とした不安感ね。アメリカがヨーロッパあるいは世界の辺境であるうちは、その辺境精神を守っていればよかった。だがアメリカが「世界」になると、本来の自分が失せてしまうような気がするんですね。この不安感が、共産主義への敵愾心《てきがいしん》と結びつきます。

ここに、「赤狩り」という異常事態が出現します。すでに一九三八年、連邦議会は「下院非米活動委員会」House Committee on Un-American Activities（略称ＨＵＡＣ）を組織して、反体制的破壊活動の取締りを始めていました。ただしこの時は、ナチス支持団体の調査が主眼でした。だが第二次世界大戦の終わった一九四五年、共和党が議会で多数を占めるとともに、後の大統領のリチャード・M・ニクソンなどの右翼的議員が、この委員会を「赤狩り」の拠点にするのです。これが、世間の受けをねらって大活躍するんだな。

一九四七年には、「ハリウッド・テン」と呼ばれる事件が起こりました。非米活動委員会は、民衆の間に影響力の大きいハリウッド映画を標的にし、その関係者を次々と聴聞会に召喚して、共産主義の浸透ぶりを調査したんです。その時、十人の映画人が憲法に保証された思想の自由をたてにして、証言を拒否するんですよ。そのために、彼らは映画界を追放されてしまいました。

ついでにいいますと一九五二年には、エリア・カザン――『ブルックリン横丁』（一九四五）で映画監督となり、人種差別問題と取り組んだ『紳士協定』（一九四七）を作り、舞台では、後から述べるアーサー・ミラーの『セールスマンの死』や、テネシー・ウイリアムズの『欲望という名の電車』の演出もした、当時最もすぐれた芸術家の一人――が召喚されます。が、彼はかつての仲間の名を、共産主義者だったとして証言してしまった。このために、彼はその後も見事な映画を作り続けたけれども、裏切者のレッテルがついてまわることになるのです。

「赤狩り」は、ついに、一九五〇年、ウィスコンシン州選出の共和党上院議員ジョーゼフ・マッカーシーの煽動もあって、国をあげての騒ぎになります。

いわゆる「マッカーシー旋風」が吹き荒れるのね。これについてはまた後の章で述べることになると思いますけれども、要するに、第二次世界大戦後のアメリカは、超大国「アメリカ」を背負いこんで、意外と緊張した意識を持続させていたといえそうなんです。

さて、こういう状況では、一九三〇年代に盛えたような、共産主義的、社会主義的な文学理論、社会問題への「参加」の主張は、影をひそめることになります。共産主義嫌いは議論の余地のない既定の事実となり、その他の政治的動機の強い文学観にも時代は背を向けてしまう。そしてたとえば、文学をそれ自体の審美的な価値によって受け止めようとするニュー・クリティシズム的姿勢が、勢力をひろめるのです。しかしこの派の人たちも、産業主義社会に対して農本主義を主張するという、本来の態度はどこかになくしてしまう。ニュー・クリティシズム派の末流たちは、全国の大学の文学教師となり、文学作品のもつアイロニーとか、ウィットとか、象徴とかの分析というような、批評技術の末端の指導にうつつをぬかすのです。現在の文化はそのまま受け入れて、それを改変しようとするような情熱は示さないのです。もちろん、少数の例外はいるんですけれどもね。

　詩の世界も、同様だったといってよい。「参加」派の詩人は後退し、もっと審美的なモダニズムの詩人たちが、いわば詩壇の主流になります。しかしこの人たちも、モダニズムが本来もっていた意識の拡大、表現の革新への努力を忘れ、チャールズ・オルソンという詩人・批評家の言葉を借りれば、「閉ざされた《クローズド・》形式《フォーム》」の中で詩的な美を競いました。それで、彼らの詩はひどく難解になって、理解できるのは当の詩人だけ、理解したふりをして喜ぶのはニュー・クリティシズムの教師だけ、という有様。大袈裟にいえば、ですけれどもね。もちろん、こういう傾向に批判を抱く人たちもいました。チャールズ・オルソンは「開かれ《オープン・》た形式《フォーム》」を説くんですよ。これについては、また後からふれようと思います。

　では、小説はどうであったか。戦争中から戦後間もなくの間のベストセラー・リストを見ますと、戦争小説が多いのは当然として（ノンフィクションの戦記物はさらに多い）、歴史小説の氾濫に目を見張ります。そんな中で、たとえばジョン・ハーシー（一九一四–九三）のノンフィクション『ヒロシマ』（一九四六）は、原爆にやられた広島市民の一人ひとりを人間として扱っていて、出色のものといえますが、イタリアを占領したアメリカ兵士たちを扱った小説『アダノの鐘』(一九四四)は、アメリカ人の善意のセンチメンタルな讃美に終わってしまっているような気がする。この時期、最大のベストセラー小説はロイド・ダグラス(一八七七―一九五一)の『聖衣』(一九四二)でしょうね。一九四五年になっても、ベストセラーの第二位にあがっています。それからダグラスは『大いなる漁夫』(一九四八)を出すんですが、これも二年続きでベストセラーの一位と二位になっています。ともに新約聖書時代を背景とした宗教ロマンスです。

私の読んだこの頃の大衆文学は限られているので、まあ、憶測の域を出ないんですが、この種のアメリカ文学の世界では、戦争に勝った者の自己満足や、ヒューマニズムへの陶酔や、難しい現実問題からのロマンスへの逃避などが、支配的だったような気がします。私は戦争の終わった年に中学校一年生で、アメリカの占領下に中学・高校時代を送った。まだそんな年齢でしたから、たいていは長篇であるアメリカの大衆文学を読んでいる余裕はほとんどなかったんですが、アメリカの映画には夢中になっていました。そんな中でひとつ感嘆したのは、ウィリアム・ワイラー監督の『我等の生涯の最良の年』(一九四六)です。戦争が終わって帰国する三人の兵士、軍隊での身分もさまざまだが、出身地での生活状況もさまざまな三人の兵士が、就職とか結婚とかをめぐり、誤解や偏見を乗り越えて、友情や愛情を確認していくという話で、デモクラシーのエッセンスとはこういうもんだと思って見ていた次第ですよ。その年のアカデミー賞をほとんど総なめした作品でした。しかしそんな良質の作品でも、いまから思い起こせば、カッコいい、アメリカという国の成り立ちに自己満足した内容だったと思う。アメリカの精一杯の良心でも、こういうムードの中にひたっていたんだなあと思うんですよ。

そういう文化状況の中で、しかし、真剣な文学者は、鋭く社会を観察し、本当はそれぞれの人間がかかえている不安を凝視していた。そして、非人間的な体制への反逆をあらわしたり、また孤独の恐怖の思いをえぐり出そうとしたりした。そういう人たちの文学にはじめて接した時の衝撃も、私は思い出すのです。戦後文学の出発は、もちろん多岐にわたるでしょう。しかし私にとっては、ノーマン・メイラーとトルーマン・カポーティの小説を読んだ時の感銘が、まさにその出発の道しるべとなります。彼らは、他の戦後の文学者たちと同様、一九五〇年代、あるいはそれ以後にも活躍します。しかしまずこの二人を、「戦後文学の出発」という題のもとにくくって、取り上げてみたいと思います。

1　ノーマン・メイラー

発禁事件の衝撃

まずノーマン・メイラー（一九二三－　）について話してみることにしましょう。彼の登場は、私の個人的な体験からいっても、「戦後」という思いと強く結びついているんですよ。メイラーは私より九歳年上ですが、この辺から、私にとって同時代の作家という思いもしてくるんだな。

個人的な体験といったって、たいしたことじゃない。ノーマン・メイラーの『裸者と死者』という小説の翻訳が、昭和二十四年十二月から翌二十五年の七月にかけて、三巻本で出版されました。その上巻は、奥付では十二月二十五日出版となっています。この本が、二十五年一月の十七日、警視庁によって発禁処分をうけたんです。それで、店頭に出ていた本も全部没収されちゃった。当然、新聞に大きく報じられました。新制高校二年生の私も関心をそそられましたですね。ところが、当時はまだアメリカの占領中ですから、翻訳書を出版する時には占領軍総司令部（ＧＨＱ）の許可をもらっていた。『裸者と死者』もその手続をとって出版していました。それで、二日ほどして、ＧＨＱが発禁処分は「民主主義に反する」という声明を出し、警視庁はあわてて発禁を解除したんです。そんな事件があったんで、私はこの本を読んでみたんですね。そして、発禁処分などということを越えて大きな衝撃をうけた。そしてメイラーの文学、いやアメリカ文学ってすごいなあと思ったのです。

発禁の理由は、何か猥褻な表現があるということだった。おかしなことに、アースキン・コールドウェルの『タバコ・ロード』、あの本はＧＨＱが翻訳を許可しなかったそうなんですよ。アメリカの貧困を描いていますので、そんな本を読ませてはいけないということだったんでしょうね。ところが『裸者と死者』は翻訳を許可した。なんで許可したか。猥褻的表現はアメリカでも問題になりました。それに軍隊とかアメリカの体制の批判もこの本はしています。それなのに翻訳を許可したのは、この本が出版直後から非常に評判になり、ＧＨＱもそれに圧倒されて、不許可にできなかったのかもしれない。あるいは、当時のＧＨＱには「民主主義」派が深く浸透していましたから、この本に建設的要素を見出したのかもしれません。ともあれ、この事件のおかげで、日本の田舎の一少年はアメリカ文化や文学に不思議な力、「驚異《ワンダー》」を感じ、猥褻さも含むあけすけな表現に魅せられていったように思います。

「偉大な戦争小説」を目指す

ノーマン・メイラーは、ニュー・ジャージー州に生まれました。父親は第一次世界大戦後アメリカに移住してきたロシア系のユダヤ人で、職業は会計士でした。メイラーが四歳の時、一家はニューヨークのブルックリンに引っ越します。ブルックリンは「ユダヤ人にとってアメリカで最も安全な環境」だったとメイラーは自分でいっています。一九三九年、彼は十六歳でハーヴァード大学に入学、航空工学を専攻しました。しかしこの頃から文学に目覚めたらしく、『スタッズ・ロニガン』、『Ｕ・Ｓ・Ａ』、『怒りの葡萄』、それからトマス・ウルフ、ヘミングウェイ、フォークナーらの小説を読みあさり、自分も大作家になることを夢見たそうです。まだ三〇年代の「参加」の文学の影響が強く残っており、社会主義にもひかれたようですね。それから、ヘミングウェイのようなマッチョになりたい、とも思ったらしい。ボクシングをやったりする。

一九四三年、彼はハーヴァード大学を卒業して、四四年三月に在学中から愛していた女性と結婚します。それから間もなく、徴兵に応じて、軍隊に入った。大学出は、自分が志願すれば士官になれる道があったみたいですが、ミラーはこの時、意図的に二等兵から始めた。立派な愛国者になる気はなかったが、「偉大な戦争小説」を書きたい思いからだった、といいます。そのためには二等兵から始めるのがよい、というわけね。もう、文学の為に生きるという思いがあったみたいですね。

こうして、彼は太平洋戦線に送られ、フィリピンのルソン島侵攻作戦に従軍します。そこでも、進んで山岳地帯での戦闘に加わったそうです。四五年には戦争が終わりますから、従軍期間は短かったけれども、激戦を体験したでしょうね。戦後、日本占領に参加しますが、四六年に除隊。そして帰国後、著作に専念、十五カ月間かけて、『裸者と死者』を書き上げるのです。これが一九四八年の五月に出版されると、一年間で二十万部近く売れるベストセラーになった。メイラーはまだ二十五歳前でした。

『裸者と死者』

では、その『裸者と死者』とはどういう作品か。内容をちょっと説明してみましょうね。開戦当初は、日本軍に押されていたアメリカ軍が、南太平洋で反攻に出る。そのアメリカ軍の一個師団が、アナポペイ島という架空の島に上陸します。司令官はエドワード・カミングズ将軍といって、有能な職業軍人ですが、兵士

(上)『裸者と死者』(1948) の表紙カバー。

(右) ノーマン・メイラー。1945年，日本にて。

たちを機械のように扱おうとする権力主義者です。カミングズ付きの副官のハーン中尉は、ハーヴァード出のインテリで、青白いけれども理想家的なところがあり、カミングズに自分の心まで勝手に扱われることが堪えられず、反抗的態度を示すようになります。ハーンは作者の代弁者かもしれません。

このアナポペイ島の前線に、偵察小隊が派遣されています。いま指揮をしているクロフト軍曹は、歴戦の軍人で、勇敢だが冷酷なところがある。とくに、自分の妻が不貞を働いていることを知ってからは、極限まで力をふるって戦うことに熱中しています。本来の冷酷さをますます強く発揮するんだな。ほかの兵士たちの有様も、如実に描かれていきます。

ハーンはこの小隊に送り込まれることになります。彼はカミングズ将軍の邪魔になり、危険な前線に差し向けられたわけですね。で、ハーンが小隊長となって、彼らは日本軍の背後を探る任務を与えられる。作品の後半はこの偵察行にさかれ、いろんな話が出てきます。たとえば一人の兵士が負傷し、他の兵士たちが彼を担架で後送することになる。ジャングルの中ですから、苦心惨憺するんですが、結局、負傷した兵士は川に落ちて流されてしまうだけ。いっさいは空しい。しかしそういう戦争行為が次から次へと展開していくんですね。そして、ハーン中尉も、それまで握っていた指揮権を彼に奪われたクロフト軍曹の計略で、日本軍に撃ち殺されてしまう。指揮権を回復したクロフトは強引に作戦を続けますが、熊蜂の襲撃に会って敗走することになります。戦闘は、こうして、カミングズ将軍が不在で、兵士たちが空しい苦労を重ねているうちに、じつは日本軍はとっくに壊滅してしまっていたことが分かって、終わります。そういう皮肉な結末です。

ここに描かれるのは、戦争という行為の徹底的な無意味さですね。そして軍隊という組織、体制が、人間的なものを虫けらのように圧殺する、そういう仕組みの冷酷さです。つまりこの作品では、戦争ないし軍隊を通して、現代の機構においては、人間はすべて裸で頼りない存在にされ、死とつながっていることが描き出されているように思われます。

この作品の中に、ひとつ有名なエピソードがあります。例のハーン中尉がカミングズ将軍に対する反抗心から、将軍の立派なテントの床にタバコの吸い殻を捨てて、靴で踏みにじるのです。幼稚な反抗心の表現なんですが、そのことを知った将軍は、ハーンの目の前で自分が吸っているタバコを捨てて、それをハーンに拾わせる。ハーンは屈辱感に身を震わせながらも、結局、「身をかがめて」それを拾うというわけ。このエピソードには、続きがあります。メイラー自身の日本占領中の体験として、こんなことがありました。彼はある時、上官を面と向かって批判したらしい。が、結局そのために、「ハーンがしたように」上官に身をかがめて謝罪しなければならなくなってしまった。しかし彼はハーンと違って、翌日、もう軍人なんぞやめようというので、袖章《そでしょう》を返したいと上官に申し出た。すると上官は、こういったらしい――「お前が返すのではない。俺が取り上げるのだ！」ってね。これこそ体制の権威というやつね。で、メイラーはこの体験を語りながら、「この時、『裸者と死者』の骨格が出来上がった」と述べています。

これが本当の話かどうか、私には分かりませんが、メイラーはこれ以後、自分の文学者の態度として、「袖章」を突っ返すという試みをし続けた、といえるんじゃないかという気がします。つまり、袖章を突っ返すというのは、軍隊と縁を切るということなんですが、文学者としてのメイラーは、アメリカの体制と縁を切る、ということをし続けた。ただし、そうし続けながらも、何度か「身をかがめる」局面に追い詰められもしたでしょうね。いずれにしても、ノーマン・メイラーは大作家になるということと、アメリカの体制に対決するということを、自分の生きる方針としていったように思われます。

『裸者と死者』について、もうひとつだけお話しておきたいことがあります。この小説で、作者は戦争とか軍隊の機構が人間をとことんまで蔑視し、破壊するものであることをえぐり出すため、さまざまな技巧をこらしています。たとえば、「タイム・マシン」という方法を用いている。これは、個々の兵士たちの過去の生き方をフラッシュバックして描いていく、一種の伝記的な記述法です。クロフト軍曹の率いる兵士たちはぜんぶこの方法で過去から現在までが語られます。そうしますと、例の大恐慌の影響だとか、セックス・ライフでのさまざまなフラストレイションとかが、彼らの「人間」を惨めなものにしてきたことが浮き出てきます。その惨めさが、軍隊でさまざまな逆転した自己表現をするということにもなってくるのです。

それから、「コーラス」という方法も用いられます。これはちょっとしたドラマ形式の会話で、それが随所に挿入されているのです。時には生き生きと、時には沈痛に、それぞれの人物の内面が表現されていきます。最後のところではミュート・コーラス、つまり無言の会話にもなっています。

こういう技巧をこらすのですが、この二つの方法についていえば、ドス・パソスの『U・S・A』を読んだ人だったら、そこで用いられた方法の模倣というか、影響を濃厚にこうむっていることがすぐにお分かりだと思う。本当は、とくに新しい方法というのではないのです。作品全体としても、雰囲気はモダニズム的ですが、自然主義的な観察が支配的です。ただ、もっと注目したいことがある。それは、ヘンリー・ミラーのところでもいいましたが、ヴァイオレントな言葉、破壊的な表現を展開していることです。とくに、かなり大胆なセックス描写があります。それもミラーのように性行為を描くというよりも、セックスについての従来のタブーを破る勢いで、性への直接的な言及をしているのです。登場人物はほとんどが兵士たちですから、当然、猥褻な会話をするんですけれども、それをそのまま表現していくようなわけですね。ただ、"fuck" という言葉は出版社が反対したものですから、"fug" という言葉をそれに代えて使っております。これはちょっと珍妙だなあ。しかしほかの卑語は避けることなく用いた。こういう言葉の迫力は、相当なものがあります。

『裸者と死者』は、こうして、洗練された入念な作品でも、文学表現に革命をもたらすたぐいの作品でもありませんでしたが、むしろその逆の力、粗野な荒々しい破壊的な力があふれた作品でした。二十五歳の青年作家が全力をあげてアメリカの体制に立ち向かっていく姿が見事にあらわれた小説だと思います。ですから、先に話しました戦後のアメリカの重苦しい状況の中で、そこに一つの新しいくさびを打ち込むことになった。そういう意味で、戦後文学のほとんど最初の代表的な作品になったといえると思います。

ここで、『裸者と死者』と比べる意味で、第二次世界大戦がすんだ後、同じように評判になった戦争小説を紹介しておきましょう。二冊だけね。一つはアーウィン・ショー(一九一三-八四)の『若き獅子たち』(一九四八)です。二人のアメリカ兵と一人のドイツ兵を登場させ、戦争体験による人間の変わりようを描いていくんです。たとえば作者と同じくユダヤ系のアメリカ兵は、軍隊の内部にもあるユダヤ人排斥の動きに苦しみながら、強い精神をもって戦っていくわけね。それからもう一つは、ジェイムズ・ジョーンズ(一九二一-七七)の『地上より永遠に』(一九五一)です。これは日本軍が真珠湾を攻撃する前のハワイでの軍隊の有様を描いています。上官が勝手に部下を使い、抵抗する者は営倉にぶち込んで平気、といったようなね。その間に娼婦との恋愛なんかもからまります。両方とも、軍隊とか戦争とかを讃美するのではなく、どちらかというとそれに厳しく対峙しています。

しかし、『若き獅子たち』では、差別されている主人公の一人が、悩みを乗り越えて前進していくようなところには、一種の調子よさが目立ちます。作品の構成も人工的すぎる。ショーは短篇小説の方が断然いいですね。『地上より永遠に』は、ヘミングウェイやドス・パソスの軍隊小説を模倣した感じがありますが、内容はもっとセンチメンタルで、しかも粗雑なところがある。どちらも、ノーマン・メイラーの『裸者と死者』と比べると、ずっと落ちるといわなければなりません。軍隊という体制を見る視野の広さも、それに対決する姿勢の厳しさも、表現の力強さも、『裸者と死者』の方が断然すばらしいと私は思います。

余計な話ですが、ジェイムズ・ジョーンズに『ＷＷⅡ（第二次世界大戦）』（一九七六）という本があってね、この戦争に取材したさまざまな絵画の解説をしながら、戦史とともに著者の戦争観を語ったものなんですが、私は読んでいて悲しくなったね。普通の市民がプロの兵士になっていく過程を重んじて描く。それはいいんですが、アメリカ兵の場合はその過程を美化してヒロイックに描き、ドイツ兵や日本兵のその過程は醜いものにして語るのね。文学者はこういうふうに堕落してくるものなんだな、と思いましたよ。

『バーバリの岸辺』

ノーマン・メイラーのこれに続く作品を紹介していきたいと思います。例の袖章を突っ返す、アメリカという国家の組織に突っ返す、そういう行動、というよりも精神が、彼の小説の推進力となり続けます。が、メイラーは大作家たろうと思ったけれども、自分の思いを行動によって示そうともした人なんです。だから、純粋な作家としてよりも、行動人としての活躍が目立つことにもなります。

『裸者と死者』を出版した時は、メイラーは妻とともにパリ大学に留学していました。当時、戦争に従軍した兵士、GIといいますね、それを対象にしたGIビル（退役軍人優遇法）という法律が作られまして、GIには特別な奨学金みたいなものが出て、それで大学などで研究できることになった。メイラーはそれを利用したんだな。そして出版の二カ月後、四八年の七月にアメリカに帰ってきた。そしたら、もう新進作家としてたいへんな評判になっていたのね。ある朝、目がさめたら自分は有名になっていたという、バイロン風な体験をメイラーもするわけです。

一九四八年は、ちょうど大統領選挙の年です。メイラーは前から社会主義に関心をもっていました。折から、あらたに進歩党《プログレシヴ・パーティ》という政党が組織された。トルーマン政権の対ソ強硬政策に反対の民主党員や知識人たちが結集し、社会主義的な改革もしようとした政党です。そして、ローズヴェルト大統領の時に副大統領を勤めたヘンリー・ウオーレスを大統領候補にかついだ。で、ノーマン・メイラーはその応援に一生懸命になるのです。もちろん惨敗します。が、それに加えて、彼は政党というものがどんなに党利党略、利害打算に走るものかということも身をもって知り、政党への幻滅を味わうことにもなりました。

それからどうするかというと、『裸者と死者』を映画化する話が出てきたらしく、彼は四九年にハリウッドへ行くのです。が、映画化の話は立ち消えになったようで、彼はオリジナルの脚本を書くんですが、採用されない。それじゃあというので、独力で映画を作ろうとするんですが、これも失敗。この辺は、一挙に有名になった男のひとりよがりの活動ぶりを感じさせもしますね。こうして、ようやく、小説こそが自分の本領だということを確認し直すんだな。そして一九五一年に、第二作『バーバリの岸辺』を出版します。

この作品の表題のバーバリというのは、地中海のアフリカ側の沿岸地方の名前です。そこは昔、海賊が横行した地域でした。で、その地名をもってきて、この小説の舞台であるニューヨークはマンハッタンのイースト・リヴァーの対岸、ブルックリン・ハイツにあてはめたのです。文学者や芸術家もたむろしたニューヨークのそういう住宅地が、現代のバーバリ海岸というわけでしょうね。

そのブルックリン・ハイツの一軒の薄汚れた下宿屋が、この作品のおもな舞台です。そこに、語り手が登場する。彼は第二次世界大戦で頭に負傷したおかげで記憶喪失になっているんですが、小説を書きたいと思っている。どこかで作者自身を反映した人物です。彼はここで何人かの人物に出会います。一人はもちろん下宿屋の女主人。男たらしで物欲の盛んな中年女性で、語り手はちょっとした情事をもったりします。が、話の中心はそこに下宿している二人の男性です。一人はマクラウドといって、もとは共産党でかなりの地位にあるトロツキストだったが、ひそかにスターリンの子分になり、スパイみたいなこともやっていた人物です。スペイン内乱の時、共和派を裏切ったらしく、良心の呵責にさいなまれています。もう一人はアメリカのFBIかCIAか、その種の組織から派遣されてきているホリングズワースという人物です。これが冷酷で、バイセクシュアル、つまり異性愛と同性愛の両方にふける、サディスティックな男です。かれはマクラウドをさぐっているんだな。この二人の人物の隠れた対決が、作品中に展開します。マクラウドはしだいに、アメリカもソ連も口では立派なことをいっているけれども、搾取的な独裁国家だということを口にするようになる。語り手は、その思想に共鳴するものを感じていく。しかしやがて、連邦警察が下宿を襲撃するんだな。マクラウドはホリングズワースに殴り殺されてしまいます。作品は、語り手が暗い小道を走って逃げるところで終わります。

これも、国家の体制によって生命力を失ってしまった人たちの物語というべきでしょうか。すべての登場人物がそうですが、語り手も例外ではない。現代の不毛さが浮き出されます。しかし、この小説はなんとなくぱっとしない。ドストエフスキーの『地下生活者の手記』を思わせるところがありますが、マクラウドの話は議論に走りすぎたりしてね、登場人物の生き方に『地下生活者の手記』におけるような生の意欲が感じられない。この作品の全体に何か絶望的な暗さが支配するんです。まあ、失敗作というべきでしょうね。一九五〇年頃の暗さを表現しようとしたのでしょうが、意欲余って筆が及ばなかった、という気がします。

ヘンリー・ミラーの『北回帰線』について話した時、あの小説の主題は作者があの本を書くことだった、というようなことをいいましたね。この小説でも、作者は本を書こうとして登場します。しかし『北回帰線』では、作者はとにかく目指す本を書いた、さあ読んでくれ、というふうに読者に提示して見せたんですけども、この小説では本は仕上がらないで、語り手は最後に路地を逃げていく。比喩的にいえば、袖章をアメリカの体制に突っ返して、自分の人間性を認めさせることができないわけです。作者自身も、屈辱を体験して終わったんじゃないですかね。視点を変えれば、現代人の運命はそれだけ厳しくなっているというべきかもしれませんが。

『鹿の園』

メイラーは次に、一九五五年、もうひとつの小説『鹿の園』を発表しました。私はこれは『裸者と死者』に迫る傑作だと思います。『バーバリの岸辺』は失敗作だと、メイラー自身も思ったんでしょうね。反響も悪かった。で、こんどは推敲に推敲を重ねて仕上げた作品です。題に「鹿の園」というのは、フランスのルイ十五世がヴェルサイユ宮殿の一角に設けた場所で、フランス語では“La Parc aux Cerfs”という。そこに貴族の夫人から高級売春婦までが、集まってというか集められてというか、淫蕩のかぎりを尽くしたそうです。ルイ十五世はこの館に国富を傾け、それがフランス革命の原因の一つになったともいいます。私は正確なことを知らないんですけれども、そういう酒池肉林の退廃の場所の名前を、メイラーはアメリカにもってきた。

「映画の首都」といっていますから、もちろんハリウッドなんですが、そこからおよそ二百マイル離れた所に、「デザート・ドール」（金の砂漠）という町がある。映画関係者が多く住む歓楽郷です。そこがこの小説のおもな舞台で、つまりアメリカの「鹿の園」なんですね。どうも、ハリウッド映画人のリゾート地でもあるパーム・ストリングズがモデルになっているようです。

この作品でも、作者自身を思わせる「私」という人物が登場する。大戦中に空軍のパイロットだったんですが、緊張の連続のためもあるし、孤児出身の自分が空襲によって孤児を殺すというようなことに堪えられない思いもあって、性的不能に陥っています。ただ、ギャンブルで一万四千ドルも儲かったものですから、ふらっとこのデザート・ドールへやってきたんですね。この町で彼は、ほとんどが映画関係者であるいろいろな人物と知り合い、さまざまな退廃の姿に接する。とくに性的な退廃ですね。そんなわけで彼は何の目的もなく生きているのですが、そのうちに一人の人物に敬意をもっていきます。

それがチャールズ・アイテルという映画監督です。非常にすぐれた監督だった人ですが、彼は例の非米活動委員会、あの「赤狩り」の委員会に喚問された時、協力を拒否したもんだから、映画界から追放された形で、いまは失意と無為の日々を送っています。彼がはなやかだった頃には、彼に腰巾着のようにくっついていたコリー・マンシンという男が、映画界のタイクーン（大君）に取り入って、その娘と結婚し、いまはプロデューサーとして成功しているんですが、こいつが妻に内緒でかかえていた愛人のことが妻にばれそうになり、アイテルにその愛人の保護を頼みます。アイテルはやむなくそれを引き受けるのですが、教養はないけれども素直なところのあるその愛人エレナと、しだいに愛し合うようになっていきます。

語り手、つまり「私」は、そういうごちゃごちゃした人間関係の中に入っていくうちに、アイテルの昔の妻、ルル・マイヤーズという美しい女優と、ふとしたことから仲良くなる。ルル・マイヤーズは自分のセックス・アッピールだけを利用しようとする映画界に不満をもっていたので、元軍人である「私」の素朴さにひかれたのかもしれません。（余計なことかもしれませんが、このルル・マイヤーズは、マリリン・モンローをモデルにしている節があります。もしそうだとすると、彼女と別れた監督のアイテルはアーサー・ミラーに当たることが考えられますが、アーサー・ミラーの非米活動委員会における証言拒否事件やモンローとの離婚はこの小説の出版より後ですから、つじつまが合いません。アイテルのモデルは、後から話すことを考え合わせると、部分的にエリア・カザンかもしれません。要するに、フィクションがたっぷり入っているのです。）ともあれ、ルル・マイヤーズのモンロー風の肉体美とか性格的な魅力とかはかなり力をこめて表現されています。そして「私」は彼女によって性的能力を回復するのです。

さて、しかし、アイテルとエレナ、および「私」とルル・マイヤーズという二組の、ある種の愛情をもった結びつきは、この悪徳の世界では長続きしません。高級な客相手の女衒《ピンプ》、コールガール、男色、映画関係者たちの酒池肉林のパーティ、もっぱら金銭のための映画制作機構などが展開する世界で、二組の愛、というか結びつきは、崩壊してしまうのです。

アイテルは、収入のない生活は辛いし、仕事がしたい。それで、非米活動委員会から再度の喚問をうけると、とうとう屈伏してしまう。屈伏し、委員会の要求するように証言して、映画界に復帰するんですね。しかしそれは、芸術家としての良心を捨てたことになります。エレナはこの間にしだいに独立心を養っていって、自分一人で生きることを決意する。そして自分からすすんで娼婦になる。自立することが娼婦になることというのも、すさまじいですね。こうして、二人は別れることになります。

ルル・マイヤーズも、奔放に生きながら、「私」から去っていく。そんな時、「私」はプロデューサーのマンシンから俳優になることを勧められます。空軍の活躍を扱う軍隊讃美みたいな映画に、パイロットとして出演させようというわけね。「私」は、それは単に自分の経歴が利用されるだけだと分かっていますから、アイテルに相談した上でことわるんですが、その時に二人はこういう会話をかわします。

「僕は、どうも作家になりたいんですよ。誰かほかの連中から、自分をどういうふうに表現せよなんて、つべこべ命令されたくないんです。」

「君の才能を信じるんだな。」アイテルはいって、それから顔をしかめた。「わたしはやっぱり救いようのない楽天家なんだなあ。」

こうして「私」はデザート・ドールを去る。彼はメキシコを放浪し、その体験をもとにして闘牛小説を書きはじめます。これは明かにヘミングウェイの真似で、自分でもそのことは分かっているのですが、しかし書いているうちに、彼は自分が強くなっていくことを自覚します。その「私」に、いまは芸術家としての良心を捨ててつまらない映画を作っているアイテルが、次のようにいうところで作品は終わります。

「芸術家の誇りをもって、君はこの世に存在するあらゆる権力の壁に向かって、君の挑戦の小さなラッパを吹くべきだよ。」

ハリウッドという華麗な悪徳の世界を扱っているので、この作品はセンセーショナルな内容を売り物にしているように見えます。しかし、これはじつはかなり伝統的な内容の小説ですね。つまり、こういう現代の世界の中での、「私」の自己探求、自己発見が、究極的なテーマなんですよ。いわば教養小説の一種ですね。作品の構成も伝統的なものです。『裸者と死者』はまだ新しそうな技巧を使っていましたが、この作品は始終、奇をてらわない叙述文で通しています。ただ、当時としてはかなり大胆なセックス描写もあるんですが、アイテルとエレナの性の喜びの発見、ルル・マイヤーズと「私」との関係など、こまやかに表現されています。とくに、権力に屈伏してしまったアイテルの屈辱感とか、娼婦になって独立しようとするエレナの気持とかの表現になりますと、三十三歳の若者の筆とは思えない円熟味を備えていると思います。

この小説で、いったん権力に挑戦して挫折するアイテルは、あのハーン中尉やマクラウドにつながる存在ですね。彼はせめて「私」を精神的に応援しようとしますが、全体としては、「権力の壁」の強さを痛感しています。「私」はアイテルの意志をつぎ、これから文学者として立っていこうとしていますが、袖章を突っ返すことができるだろうか。作家としてのメイラーのこれ以後の展開は、そんな点でも関心をひきます。

『アメリカの夢』とその後

ノーマン・メイラーは、アメリカの体制に袖章を突っ返すには、どうも小説というものは限界があると感じたんじゃないかしら。彼はいぜんとして、社会的な行動で自己を顕示したり、ジャーナリスティックな作品で自分の思いを表現しようとしたりするのです。その有様は、またあとの章で眺めてみたいと思います。ここでは、作家としての彼のその後の活動をもう少し追跡してみたい。が、それは、失望すべき結果にいたるように私には思えるんです。

一九六五年、メイラーは小説『アメリカの夢』を出版しました。久しぶりの本格的な創作です。題も魅力的ですね。が、中身は何というか、すさまじいんですよ。

主人公はスティーヴン・ロージャックという、作家でテレビの司会なんかもしている有名人です。第二次世界大戦の英雄で、前国会議員で、J・F・ケネディの友人でもあった男（ケネディはもう死んでいるんですけれどもね）。彼は、大金持の娘で自分を支配しようとしてきた妻を殺し、ニューヨークのパーク・アヴェニューの豪華なアパートの窓から投げ落として、自殺と見せかけます。そして警察の訊問にも堪えぬくんだな。妻がやとっていたいかめしい女中とソドミーにふけったり、妻が後援していた凶暴な黒人のジャズ・シンガーをやっつけたり、妻の父に殺されかかりながら逃れたりもします。妻の葬式に参列することは拒否する。そして、ナイト・クラブの歌手のチェリーを愛し、短いロマンチックな関係をもつんですが、彼女は殺されてしまいます。ロージャックはニューヨークを去り、アメリカの西部をさまよい、ラス・ヴェガス郊外の砂漠の中で公衆電話を見つけ、チェリーと会話を交わす幻想にふける。チェリーは、ここ（天国）は素敵な女の子たちがおり、「マリリンがハローっていってるわ」と話すんですよ。

ロージャックは、妻や妻の父が代表するアメリカの体制、あるいはさまざまな破壊的な力に対抗し、自己を創造しようとする人物といえるかもしれません。しかし、彼の目指す方向が分からない。彼は「文明」に対して「自然」を守ろうとしているようにも見える。しかしこの「自然」が、かえって破壊力をふるいもする。ロージャックが妻を殺して残虐に屍体を処分するのは、その手初めですよね。彼はどうも狂気によって自己を創造できるだけであり、彼を支えるのは、死んだチェリーと、その背後にいるらしいマリリン・モンローだけのようです。アメリカの現実は「悪夢」であり、アメリカの「夢」ははるかなる幻想と化している、ということでしょうか。それにしても、次から次へとセンセーショナルな事件が起こるストーリーで、文章は荒っぽい。内容も表現もすさまじさが目立って、読者は主人公にも作者にも共感を寄せるのが難しいんじゃないか、という気がします。

メイラーはその後も小説を書きました。しかし袖章を突っ返す試みは、それ自体が暴力を伴うようになっていったかのようで、『タフ・ガイは踊らない』（一九八四）などになると、内容も表現も混乱をきわめているように私には思える。『裸者と死者』や『鹿の園』と後年の彼の作品を比べる時、私はこの人に痛ましい気持を感じざるをえないくらいです。

2　トルーマン・カポーティ

孤独な生い立ち

　トルーマン・カポーティ（一九二四―八四）の文学界への登場も鮮烈でした。アメリカの体制に真っ向から挑戦したノーマン・メイラーのように、ヴァイオレントな力でもって読者に自分を見せつけるのではない。文学者であるよりも社会的な存在になっていったメイラーと違って、カポーティは芸術家の道を選んだ。文学の社会性なんてものには一見――一見ですよ――背を向けたようにして、一人の人間としての自己の中の闇の世界、というか暗い孤独な自己の存在の中に深く入っていく。そしてその実と虚の境のところに人間存在の真と美を見出し、非常に洗練された繊細な文章で、珠玉のような作品を書いた。メイラーのような派手さはない。しかしその文学の世界は、やはり戦後文学の「天才」の登場を感じさせました。

　カポーティの本名はトルーマン・ストレックファス・パーソンズ。メイラーより一歳若く、ニュー・オーリンズに生まれました。四歳の時に両親が離婚し、彼は母親の方に引き取られるんですが、母親が再婚し（その夫の性がカポーティだったわけです）、彼はアラバマ州の田舎に住むずっと年上の従姉のもとに預けられるなど、南部を転々として成長したようです。

　カポーティは、だから、孤独な生い立ちだったでしょうね。高校を卒業するとすぐに自活の道を選んで、さまざまな仕事に従事しました。ダンサーとか、占い師もやったらしい。やがてニューヨークに出て、雑誌

『ニューヨーカー』に雑用係として勤めます。そして一九四三年、短篇小説「夜の樹」を書いたことになっている。もしそうだとすると、カポーティはまだ十九歳です。もっとも実際に発表されたのは一九四五年ですが、いずれにしてもたいそう若い。しかもこれが、すでにカポーティ独自の文学の世界をくっきりとあらわした名品です。ちょっと紹介してみましょうね。

「夜の樹」

これは、アラバマ地方を走る夜行列車が舞台になっています。まずその雰囲気が見事に描かれています。通路に、読み捨てた新聞とか食べ物の残骸みたいなものが散らばって、饐《す》えたような匂いが立ち込めている感じね。天井には銅製のランプが一つついているだけ。乗客は眠っている。あるいはぼそぼそしゃべっている。誰かが不意に突拍子もなくハーモニカを吹いたりする。私なんかも学生時代に親しんでいた夜行列車のそういう雰囲気が、ほんの十行くらいで彷彿とさせられています。

主人公はケイという女子大生です。いま十九歳でもうすぐ二十歳になるという。彼女が列車に乗り込むところからこの物語は始まります。彼女は田舎町へ叔父の葬式に行ってきたところです。まず席を探す。ひとつだけ空いていたのは、向かい側に男の人と女の人が座っている席です。女の人は年の頃が五十歳から五十五歳ぐらい。極端に背が低くて、足は床に届かなくてぶらんぶらんしている。それに頭がたいそう大きく、紅を塗りたくった顔で、服装は貧しそう。男は始終一言も話さない。しだいに分かってくるのですが、この人は白痴なんです。腕時計にはミッキー・マウスが画いてある。こういう二人で、不気味な感じがする。そして、女の方は明らかに酔っている。前に座ったケイにも安物のジンをすすめます。男は無表情なのに、不意にすっと手を延ばして、ケイの頬をなでようとする。

ケイははじめのうち、品よく社交的にふるまっていたんですが、とうとう居たたまれなくなって、席を立とうとします。じつは別の席に知人が乗っているので、そちらに移りたい、と嘘をつくんですね。が、たちまち女に見破られて、引き止められる。女はケイにお世辞をいったり、自分の身の上話をしたりして、懸命に引き止めるんですよ。それから、あなたにいいものを見せましょうといって、袋を手探りして出して見せてくれたのが、一枚の宣伝ビラです。つまり、この夫婦は――夫婦なんでしょうね――、二人だけで「ラザロ――生きながら葬られた男」という見世物の巡業をしている。男の方が、聖書に出てくる、葬られて四日目にイエスの手で復活したことになっているラザロを演じるわけですね。葬られた男だから、彼は身じろぎもしないんでいるんでしょう。それで、与太者たちにいじめられる、そういうなりわいを一生懸命しゃべっているうちに、女は生活の辛さを感じてきて、泣き出してしまいます。

とその時、男が不意に桃の種にニスを塗った物を取り出して、ケイに見せびらかす。買ってくれというわけです。貧しいショーの人たちは、こういうチャーム（お守り）を売って、収入の足しにしているんですよ。ケイはそんな物は欲しくない。しかしあくまで品よくふるまおうとしていますから、一応、いいものですね、などというにはいうが、お金をもっていないからといって断ります。男は頭を下げて懇願のかっこうをし、女の方も、たった一ドルよ、それで幸せになれたらいいじゃないの、というようなことをいう。ケイはとうとういたたまれなくなって席を立つ。

ケイは、列車の最後尾の展望台へ逃げていきます。が、冬ですから寒い。寒さにふるえ、小さなランプで手を暖めながら、すすり泣きしている。そこへ、男が追いかけてくるのね。ケイはぞっとしますわね。が、無表情に立つ男を見つめているうちに、彼女は自分が最初に席に座った時から男に感じていたものの実体が分かってくるような気がするんです。その男への恐怖感の源が、自分の子供の頃の記憶にあるってこと、がね。田舎の自分の家の前に、大きな樹が立っていた。枝がひろがり、夜になると、家の人々から、あの樹には悪魔が潜んでいるのだよといって脅かされた。その樹のおかげで、彼女は自分の世界が何かよく分からぬ恐怖に満ちているように感じていた。その恐怖が、いま白痴の男を通して、よみがえってきたんですね。

しかし男は、さあどうぞ、戻りましょうよ、といった仕草をする。それでケイは男といっしょに席に戻るのです。車内は、客たちがみんな眠って静まり返っています。ケイは、自分が恐怖の叫び声をあげたら、目を覚ましてくれるだろうか、と不安になる。みんな死んじゃっているような気がするんですね。それで叫ぶこともできない。とうとう、チャームを買うわ、といいます。が、もう女も男も知らん顔。沈黙のうちに、ケイは疲れ果てたんでしょうね、自分も眠りに沈んでいく。だいたいこういうストーリーです。

これだけ説明しても、しかし、実際に読んでもらわないないと、この作品の味わいは分かりません。カポーティは、ゴシック小説の伝統を見事に引きついでいたようです。恐怖の雰囲気をじつによく出している。けれども、これはゴシック小説ということで片付けるには、もっと奥深いものがあるような気がする。この作品の途中まで、ケイの相手の男女はグロテスクで、厭な人間たちに思えます。ケイのおかれた状況に、読者は同情したくなるでしょうね。ところが、よく読むと、嘘をついているのはケイなんですよ。友だちがあちらの席にいるとか、一ドルもお金をもっていないとか。ケイは普通の社会人なんです。それに比べると、相手の男女の方が人間的かもしれない。辛い生活を続けており、チャームを売りつけようとするのも生きていくためです。とくに女は、孤独に耐えかねているのじゃないか。だからこそ、ケイになんとかそばにいてもらいたい。彼女はケイにサービスして、懸命にしゃべっていたのじゃないか。少くとも、ひょっとしてそうじゃないかなあという気持に、読者は少しずつ引き込まれていくような気がします。偽りの世界に生きているのはケイかもしれない。

さて、そのケイは、二人のおかげで、自分の意識の底にひそんでいた夜の樹を思い出すのです。夜の樹の恐怖、あれは人間の存在の恐怖とでもいうべきものだったのですが、ケイは社交的な生き方の中で忘れちゃっていた。しかしそういう恐怖こそが真実であるかもしれない。それにケイは直面してしまったんです。でも、やっぱり忘れたい。チャームを買っても忘れたい。作者としては、こういう人間の存在の実と虚、そしてその実と虚の間の不安定な生の闇の部分を、描こうとしたのではないかという気が私はします。ほんの二十ページぐらいの短い小説なんですが、何か人間存在の本質みたいなものを垣間見させる作品になっている。ごく普通の平叙体の文章で、手法としては何の新しさもないのですが、これまでの自然主義的な小説とは別種の芸術世界を作り出した作品といえそうです。

カポーティは、こういう作風をもって文学界に登場しました。一九四五年というと、戦争がすんだ年ですね。同じ年の六月に、彼は「ミリアム」という短篇小説も発表しました。これはニューヨークが舞台ですが、やはり非常に幻想味をもって、人間の生の虚と実の間を描いた珠玉の一篇です。これによって、彼はオー・ヘンリー賞を受賞する。もう注目の的になってきたのね。そして一九四八年、長編小説『遠い声　遠い部屋』を発表します。これによって、カポーティは戦後文学の輝ける新星として騒がれることになる。ただ、これ、なかなか説明しにくい作品です。

YOUNG U.S. WRITERS

A REFRESHING GROUP OF NEWCOMERS ON THE LITERARY SCENE IS READY TO TACKLE ALMOST ANYTHING

（上） まだ本を一冊も出していないトルーマン・カポーティを「若きアメリカ作家」として大きく取り上げた『ライフ』（1947年6月2日）の記事。

（右） マリリン・モンローと踊る流行作家トルーマン・カポーティ。（1954年，ニューヨーク）

『遠い声　遠い部屋』

とにかく、一応、ストーリーを話してみましょう。主人公はジョエルという十三歳の少年です。六月から十月までの物語ということになっています。彼はニュー・オーリンズの叔母に引き取られていたのですが、一度も会ったことのない父親という人から、不意に手紙をもらい、その父親に会いに一人でスカリーズ・ランディングという所へいく。アラバマ州の僻地と思われます。「骸骨の上陸地点」という名前の場所は、世間から隔絶した土地で、屋敷の名前でもあります。ゴシック小説にぴったりの不気味さに満ちた屋敷で、エドガー・アラン・ポーのアッシャー館の雰囲気をもっています。そこに行ってみると、父の妻と称するミス・エイミーという中年の女性と、その従弟のランドルフという男の人が住んでいるんですが、言を左右にして父に会わせてくれない。黒人の女中たちも住んでいますがね。

ミス・エイミーは華やかだった昔の南部の思い出に生きている。ランドルフもニュー・オーリンズのマルディ・グラ（謝肉祭）で伯爵夫人に扮して以来、女装を愛している人で、いまもかつて愛したプロ・ボクサーのペペ・アルヴァレスに、世界中の郵便局気付けで手紙を出し続けている。同性愛者なんですね。そのペペのマネージャーをしていたのが、ジョエルの父のエドワード・サムソンなんです。ランドルフはある時、ペペへの嫉妬に狂ってピストルを撃ち、エドワードを傷つけてしまった。そこで従姉のエイミーを呼んで、エドワードの妻として看護をさせているわけです。

やがてジョエルは父親のエドワード・サムソンに会わせてもらうのですが、エドワードは生ける屍のように、二つの目玉が空しく開いているだけ。ジョエルは、孤独感からさらに絶望感へと追いやられていく。そして「遠い声　遠い部屋」に慰めを求める。原書の題は *Other Voices, Other Rooms* で、「別の声、別の部屋」ですね。まわりの現実の世界とは違う、時間の外の別の世界に自分が属するような気持になるのじゃないかしら。クラウド・ホテルという、いまは廃墟になった建物の存在に気を惹かれるのも、そのあらわれかもしれません。

しかしジョエルは、近くに住むプア・ホワイトの双子の姉妹との交情も深めます。姉の方は上品な子ですが、赤毛の妹のアイダベルは野性的で、いわばジョエルと対極の世界の子なんですね。このアイダベルに彼は心惹かれていく。そしてついに求愛までしています。十三歳の少年の求愛ね。もちろんこれは簡単に拒絶されるのですが、しかし二人は仲良くなって、とうとう一緒に家出することになるのです。それから、ジョエルは巡回ショーに巻き込まれ、落雷に会い、アイダベルとはぐれて、家に連れ戻されます。そして高熱を発するんですが、熱が下がった時、心は一種澄み渡った状態になっている。「ぼくはぼくなんだ」と思って、いよいよ新しい出発をはじめるところで作品は終わります。

これが大体のストーリーです。といっても一見とりとめがなく、内容を追跡するだけでも難しい。それに、ゴシック趣味というか、陰鬱な雰囲気が作品を支配しています。ミス・エイミーもランドルフも正体不明で、ようやく会えた父も死の存在です。しかし、とりとめないストーリーと混濁した状況をなんとか見通していくと、どうもこれは主人公のジョエルのイニシエイション、人生への出発の物語じゃないかという気がしてきます。父親探しの気持が全編を貫いているのですが、その父親と絆を断ち切ることによって、主人公は自分の人生を摑もうという気持に到達していくみたい。というとありきたりの話になっちゃうんですが、それがおもに少年の意識を通して、非常に微妙に語られているんですよ。少年の心の動揺、何も知らなかった少年が複雑な人生、それも多分に倒錯的な、過去にしがみついた大人たちの生にふれて揺さぶられる心の展開といったものが、見事に描かれているんだな。そしてね、舞台設定が手がこんでいるんですよ。荒涼たる風景、不気味な屋敷、神秘的な荒れ果てたホテル、それに時代にとり残されたプア・ホワイトの家族とか、正体不明の預言者的な隠者とか、無知な召使の女の子とか、いろいろな人物が主人公の心とからまるのです。それで読んでいて困惑もするのですが、最終的にはそういう風景や人物も、少年の心の闇の底のところを豊かに彩る材料になっているように思えます。

この作品が出版された時、支離滅裂な内容ということで、非常に厳しい批判も一部にはあったそうです。しかし無類の美しさということで、絶賛する声も大いにあがったらしい。後者についていえば、この作品がやはりアメリカ文学の主流であった自然主義的なリアリズムと甚だしく違う豊かな幻想性をもって心理の展開を追い、美的な世界を構築したということなんでしょうね。研究者たちは、さらに、たとえば、この作品に出てくる風景や建物や人物から、鏡とか雷雨とかといったものにまで、いちいちそれを何かの象徴として精神分析的な解釈をほどこすことに熱中する傾きもあります。そういう努力を誘う奥行きも、この作品にはあるんでしょう。しかしこれは、満二十三歳の青年の作品です。どんなに「天才」の作品としても、あんまり深読みしてはいけないような気が、私にはします。

私としては、これがメイラーの『裸者と死者』と同じ年に出たことに、単なる偶然以上の意味を感じるんですよ。メイラーは、アメリカの体制に挑戦的な態度を示した。カポーティのこの小説は、すでに述べたように、一見、文学の社会性なんてことには何らの関心も示さず、個人の心の中の問題にかかずらっているだけです。しかしこの主人公の少年にとって、まわりの現実はやはり体制というべきものかもしれない。彼はいったん、それに背を向け、「遠い声、遠い部屋」に沈潜します。孤独な自分の心の中の闇の世界に閉じこもるといってよいかもしれない。そして、そうすることによって、彼はじつに豊かな感情を心の中に養うのです。しかも、彼は最後に、闇を突き抜けるようにして、現実の世界に出てくる。つまり、この作品は、メイラーの作品と対極のところで、この時代に対峙する人間のもう一つのあり方を、描き出しているともいえるような気が私にはします。これはもちろん強引な解釈です。しかし私などは、まだ大学生頃だったか、この作品をはじめて読んだ時、ここに展開する作者の美意識に、よくは分からないけれども何か鮮烈な、抵抗の精神のようなものを感じたような気がします。

『草の竪琴』

『遠い声　遠い部屋』で注目をあびて三年後の一九五一年、カポーティは次に『草の竪琴』を出版します。これは、もっとずっと分かりやすい物語になっています。私流にいいますと、あの闇を突き抜けた後の少年の物語なんだな、これは。で、やはりアメリカ南部の田舎に住むたいへん感じやすい少年の世界を描いているんですが、前作の無気味さ、この世の、あるいは人間の心の中の不気味さは薄れて、より多く自伝的な要素を取り入れて、より明快な筋立てになっている。いわゆる大人の社会人の世界と、それからはじき出されながら、純粋な自然人的な生を守ろうとする人たちの姿を、牧歌的に、しかもユーモアを織りまぜて、しみじみと、しかも楽しく描いています。文章はますます洗練されてきている。作者はもう第一級のストーリー・テラーですね。

こんどは一人称で「私」が語る形になっています。名前はコリン・フェンウイック。十一歳の時に両親が死んだものですから、父の従姉で美しい実業家のヴェリーナ・タルボに引き取られて生活することになった。舞台はやはりアラバマ州の田舎町でしょうね。コリンは、ヴェリーナの姉で、ヴェリーナと対照的に内気で心やさしく、ほとんど空想の中で生きている六十歳のドリーに、はじめて会った時から「恋」に陥ったと述べています。(コリンは十六歳の時にこの話を語っている形です。)

ドリーは、親切にしてやったジプシーから野草を調合して水腫《すいしゅ》を治療する薬を作る方法を教わり、それをびん詰にして売って、わずかな収入にしています。ところが、そのことを知ったヴェリーナは、シカゴから医師を連れてきて、この薬を大々的に売って一儲けしようとする。ドリーはそんな気持のまったくない人ですから、はじめてヴェリーナに反対するんですが、聞き入れられないため、ちょっとしたいさかいの後、家出することになってしまう。そして、町はずれの大きな木の上に作られていた小屋に住むことになります。コリンと、無知な黒人の女中だがドリーだけは大好きなキャサリンもついていく。この三人が木の上の小屋で共同生活をするわけね。するとそこに、町の派手者だが、外見ばかり重んじる連中に反逆している青年のライリーと、つまらぬ社会人になってしまった息子たちに嫌気がさしている七十歳の元裁判官のジャッジ・クールも参加する。

こうして、「木の上の五人の馬鹿者たち《フール》」の生活が始まります。この生活は、どうも、『ハックルベリー・フィンの冒険』の筏の上の生活が連想されているようですね。ハック・フィンとジムとの、社会からはみ出した牧歌的な自由の生活ね。みんなの小屋が、「木の葉の海に浮かぶ筏」などと表現されてもいるんですよ。

当然、このフールたちを町に連れ戻そうとする勢力もあります。ヴェリーナに頼まれた町の保安官と、いつも自分の利益だけを考えている牧師がその代表です。彼らは暴力を用いてもそれを実行しようとします。で、いろいろな事件が起こります。キャサリンは留置場に入れられ、ライリーは負傷しますが、描き方はやはり牧歌的です。その間に、元裁判官がドリーに求愛したりもする。十五人の子供を連れて流浪しながら信仰復興の説教をしてまわる中年女性の話も、愉快に展開します。要するに、自然主義的な重苦しいテーマのはずなのに、全体として、何か夢見心地の楽しい話になっているのですね。

しかし結末は、現実的になります。ドリーの妹のヴェリーナは、本当は孤独な女性だったのですね。で、ドリーに戻ってもらわないと耐えられないという思いを、とうとう正直に告白する。するとドリーは、それまでの頑張りも失せて、ヴェリーナと仲直りして家に戻って行く。そしてやがて静かに死ぬのです。もともと誇り高い女性だったキャサリンは独立して生き、ライリーは実業家として町の人々の尊敬を得るようになっていく。語り手のコリンはジャッジ・クールのように法律家になろうと思い、北の都市（ニューヨーク）へと出て行くことになります。みんな、社会的な勢力に妥協していくかのようですが、ドリーの存在によって、自分の中に自然の生を育てている。この講義を通しての私の関心からいえば、この作品も「自然」と「文明」の対立をテーマとし、「自然」の讃歌となっているのです。標題の「草の竪琴」というのも、五人が住んだ木の立つあたりの草に吹く風の音をさしますが、つまりは人間の声をつつみこんだ「自然」の声ということです。ただし、この竪琴の音が、文明の中で生きる人たちの中でも聞こえるという結末の扱い方に、作者の感性のしなやかさがうかがえます。

こういうわけで、カポーティは『草の竪琴』で社会と対決するといっても、ノーマン・メイラーのようにアメリカの体制全体と対決しようというのではない。小さな田舎町の個々の人々の心の動き、その非常にプライベートな世界の内面の揺れ方をこそ描いて、自然の生をいつくしむのです。しかも文章に非常なこまやかさが漲っていて、何というか、芸術の力を感じさせるのです。

『ティファニーで朝食を』

次に、ようやく、皆さん待望の『ティファニーで朝食を』の出版ということになります。ただしこの作品は、一九五八年に出た。『草の竪琴』から七年たっています。この間に、短篇やソヴィエト旅行記の発表はあったけれども、カポーティの本格的な小説としては、アメリカの読者も待望していた久しぶりのものだったでしょう。で、その待望の作品を見て読者は驚いたに違いない。これまでは南部的な雰囲気を濃厚に出していたカポーティなのですが、この作品はニューヨークが舞台になっている。おまけに、現実の社会の動きが作品の中に取り入れられているのです。これはいったいどういうことか。南部性ということについては、すぐ後からまたふれたいと思います。現実の社会とのつながりが生じてきたことについては、審美的な芸術家のカポーティも、これまた後から話します一九五〇年代という時代を生きたんだなあ、と私は感じざるをえない。

ここで一言だけいっておきますと、カポーティの文学の繊細さはよく説かれ、私も語ってきましたけれども、彼自身には案外ずぶといところもあって、だからこそ、心の中の闇の世界を突き抜けもした。そしてその延長線上の、心の世界の拡大を彼はなし、現実の社会の直接的な取り込みも行うようになった、と私は思うのですよ。彼が南部から抜け出してきたことも、これと関係することなんじゃないかしら。しかもなおかつ、この『ティファニーで朝食を』は、カポーティの本領である生の美意識と、彼がしだいに育ててきた軽やかな生の把握とを、絶妙に調和させていると思います。ともあれ、簡単に内容を紹介してみましょう。

作家志望の青年である「私」が語るという形になっています。またもや、作者の代弁者みたいな人ですね。「私」はニューヨークのアパートで同じ建物に住む風変わりな女性と知り合う。ホリデイ（通称ホリー）・ゴーライトリーという名前です。彼女は社交界に出没するプレイボーイたちを相手に暮らしている。よく男たちをアパートに連れて来もします。しかし、そういう生活を苦にしているふうもない。彼女はハリウッドの映画スターとして世に出ようと思えば、そのチャンスはあった。つまり芸能エージェントのO・J・バーマンに追いかけられていたんですが、それを逃げてニューヨークへ来たのです。ホリーは、自分には「属する」ところがないという思いを抱いている。だから百万長者に求婚されても、受け入れないで、彼をアゴで使っている。彼女は男たちを支配しながら、しかも何かに追われているように感じています。もちろん彼女にも夢はあります。が、夢を実現するには自分のエゴを捨てなければならない。それはしたくない。こんなふうに彼女は思うんですね。

お金持ちで有名になるのが嫌というわけじゃないわ。そうなることはもうちゃんとわたしのスケジュールに入っているの。そのうちに実現しようと思ってます。けど、そうなった時でも、わたしのエゴがちゃんとそれにくっついていてほしいの。ある朝目が覚めてティファニーで朝食をとる、なんてことになった時でも、わたしはやっぱりわたしでいたいんです。

この最後のところは、「ある朝目が覚めたら有名になっていた」というバイロンのあの有名な文句をふまえていますね。ただし皆さんのご存じのように、ティファニーは宝石店であって、レストランなんかそこにはない。だからこれはちょっとひねった、ユーモアを含んだ表現なんでしょうね。ホリーは自分の名刺に「ミス・ホリデイ・ゴーライトリー／トラヴェリング」（いつも祭りの心で軽々と行く人／旅行中）と刷っています。そしてこういうんです――「つまりね、わたしはあしたどこに住んでいるか分からない人なんですものね」。彼女はこんなふうにして、自分のエゴだけつれてさすらっているわけなんだな。そして、つまらぬ女に捨てられたブラジル出身の情けない男のホセを愛したりするんです。

そんなある日、「私」は一人の老人に会い、この人の話から、ホリーは結婚したことがあることを知ります。ホリーは十四歳の時、両親を結核で失って孤児になり、弟のフレッドと二人で飢えにひんしながらテキサスをさまよっていた。その時、二人を助けてくれた獣医のゴーライトリーと結婚したのです。けれども、ホリーはその人に大切にされていたのに、ふっと行方不明になっちゃった。それから彼女は、ハリウッドに行ったり、いろいろしたんでしょう。夫のゴーライトリー医師は、ようやくホリーがニューヨークのここに住んでいることを探しあてて出てきた。それがこの老人であるわけです。ホリーはもとの夫に会い、優しく接しますが、彼のもとに帰ろうとはしません。やがて弟のフレッドが戦死したという報せが入り、気が狂ったようになる。それから、あのホセの子をみごもり、結婚を待ちわびるという生き方です。

ところがホリーは、国際麻薬団に巻き込まれ検挙される。O・J・バーマンの尽力で保釈にはなりますが、流産してしまう。ホセは彼女を捨てて去って行く。するとホリーはホセと一緒に行くつもりで買っておいた切符で、ブラジルへ飛ぼうとする。もうこれでアメリカに帰ることはできなくなるだろうけど、ブラジルで名士たちとの夜の友となって生きようと思う、というのね。その後、ホリーはブラジルから一度だけ「私」のところへ葉書をくれたけれども、杳《よう》として消息を絶ってしまった。アフリカへ渡ったらしいんだが、というのが結末です。

この作品は、第二次世界大戦中の話ということになっています。それを反映した事柄がストーリーの中に出てきます。しかしまたここでノーマン・メイラーの作品と比較しますと、メイラーのように戦争とか軍隊とかに真っ向から対決する姿勢は、カポーティにはやはりないですね。ただ、戦争の時代の中での精神と生の崩壊といったものを、一人の女性を通して描いたといえる面は、この作品にあるのじゃないか。といっても、自然主義風に悲劇を仕立てているのではない。むしろその崩壊を一つの美として描いているといえそうな気がします。

ホリーは、ある意味では『草の竪琴』のコリン・フェンウィックの延長線上にあります。自分のエゴを守って、自由に生きようとしている。「属する」ところがないというのは、あらゆる体制から自由だということです。しかし、現実の世界でエゴを守って生きようとすると、まわりの人には狂気の沙汰になります。ホリー自身も混乱し、ついに精神と生の崩壊の姿を呈してしまう。しかし彼女は、孤独感を自分の中にたっぷりかかえながら、名前の通りにゴーライトリーに、軽やかに生きていく。そこが魅力なんですね。

この、「属する」ところがない現代人の運命という点で、いまふと、ユージン・オニールの戯曲『毛猿』(一九二二)を思い出しました。一人の下級の船乗りが毛深くて粗野な自分に気づかされた時、自分の属するところが分からなくなってしまって、それを探し求めていくうちに、とうとう動物園の猿の檻の中に入ってしまうという筋立てでしたね。ミス・ゴーライトリーも、自由でいたいと思いながら、知らぬ間に自分の属するところを求めて、あちこち放浪しているようです。つまらぬ男と衝動的に結婚しようとするのもそのあらわれでしょう。そしてその過程で、愛の不毛、性の不毛、人間の本質的な孤独という現代の状況が浮き出されます。しかし、自然主義的にこれでもかこれでもかと主人公を追いつめていくオニールの作品と違って、カポーティの作品は、主人公の放浪ぶりを人間のひとつの美としてとらえ、どちらかというとほとんど楽しげに表現しているんだな。これも、現代の不毛さを乗り越えるひとつのあり方かもしれない。そう思うと、この作者の精神もたくましいものに感じられてきますね。

それからもうひとつ。カポーティの作品には、いつも人間の虚と実の境い目の不分明な狭間が、人間存在の真実として把握されていましたね。『ティファニーで朝食を』のミス・ゴーライトリーも、最後まで本当のところ何者だか分からない。その分からないところに、彼女の生の真実があり、美があるのじゃないか。その真と美が、アラバマの無気味な屋敷でも牧歌的な木の上でもなく、モダンな都市のニューヨークで展開する。これもこの作品の魅力ですよね。

『冷血』

カポーティの文学は、つい作品をこまごまと語りたくなってしまう、そういう特質をもっているらしくて、ストーリーばかり追っているうちに時間がなくなってきました。それでも、もう一篇、『冷血』(一九六六)にはふれておかなければなりません。彼はもうすっかり流行作家になってしまった。それが、彼には重荷になったかもしれません。時代はすでに、あとからまた話すつもりですが、狂乱の六〇年代に入っています。

彼の得意とする、繊細な感情の織りなす美的世界を作ることは、難しくなっていたと思われます。カポーティはしばらく創作面での不振のあと、一挙にそれまでの自分を乗り越えようとするような大作を試みた。それが『冷血』だといっていいんでしょう。作者はこれを「ノンフィクション・ノヴェル」と呼んでいます。

一九五九年十一月十五日から十六日かけて、カンザス州のフォルコムという農村で人望のある豊かな農場主一家四人が全員惨殺された。当主のクラター氏とその妻、および息子と娘の四人がロープで縛り上げられ、口にガム・テープを貼られて、至近距離から猟銃で撃たれていたわけです。しかも、めぼしいものは何も盗まれていない。従って殺人の動機はまったくわからない。世間は大騒ぎをしました。

カポーティはこの事件の報道を『ニューヨーク・タイムズ』で読み、特別の関心を抱いたようです。自分の文学上の行き詰まりを打開するものがここにあると、直感的に思ったのかもしれませんね。彼はさっそく調査に乗り出した。事件に関係があると思われるあらゆる人にインタビューをし、犯人が逮捕されるとその足跡もすべて調査、三年かけて収集したデータはノートブックで六千ページに及んだといいます。それからこれを徹底的に整理し、三百四十三ページの作品――しかも単なる「ドキュメンタリー作品」ではなく、「ノヴェル」、つまり芸術作品に仕上げた。それが『冷血』であるわけです。いままで紹介した三冊は中篇小説というべきものですが、これは長篇です。非常な力作であると同時に、素晴らしい内容になっています。とくに驚嘆すべきは、ドキュメントの整理の仕方と、入念な構成による全体の盛り上げ方です。

作品は十一月十五日の四人の被害者の個々の状況や行動の、こまやかな追跡と描写から始まります。それから、こんどは一転して、やがて犯行におよぶ二人の男の行動の描写に移る。そして、被害者と犯人の描写が交互になされることになります。被害者一家は、カンザスの田舎の平凡な農村風景に調和するような生活をしている。妻の神経症やら、娘の恋愛やらと、小さな悩みはありますけど、まずは平和で幸せな生活を展開しているわけです。犯人の方も、最初はありきたりの放浪生活をしている人物のように見えます。が、しだいに、この二人が刑務所で一緒になった前科者であること、しかも人を殺すことを屁とも思わない「冷血」の持ち主であることが示唆されていく。そしてその二人が、いま被害者のクラター家の方に車を進めていることが分かってくる。描写が交互になされることによって、この二つのグループの世界の違いが浮き彫りにされ、緊張がたかまっていきます。

そして一転して、翌朝の有様になる。日曜日なので、いつもクラター家の車で教会に連れていってもらう近所の娘が訪れ、惨劇のあとを発見する。この場面転換もまことに見事なんだな。作者はまったく登場せず、いわば客観的な描写の断片を積み重ねていくだけですが、強烈な劇的効果が出ています。

いよいよ捜査が始まる。KDE(カンザス州捜査局)から派遣されてきたアルヴィン・デューイが捜査側の中心人物で、その人柄や考え方、行動のしかたなどがこまかく表現されます。もちろん、しかし、関心の的は二人の犯人であるわけで、やはり客観的な事実だけを伝える文章ですが、彼らの内面の真実が探られていきます。犯人の一人のディックは、貧しいけれどもまともな両親のもとでハイスクールまで出たが、女好きで早々と結婚して失敗し、いろんな悪に手を染めていった人物。表面は社交的だが、およそ感情というもののない合理家で、詐欺師の才能をもっている。徹底的な自己中心主義者です。こんどの犯行は、このディックが同じ刑務所で知り合ったペリーを誘って、実行したわけです。しかし作者の関心は、より多くペリーの方に注がれるみたいです。どうも、ペリーの方が複雑な人間で、内面が分かり難いからなんでしょうね。彼の父はアイルランド人で、ロデオ乗りから密造酒造りまで何でもやっていた男です。母は純血のインディアンで、やはり見世物で生きていた人ですが、夫と衝突して離婚した。ペリーは両親の間を行ったり来たりして、小学校は三年生まで。その後は少年院に入ったり出たりしていた。彼は上半身は立派なんですが、足が異常に短く、そのコンプレクスのせいでこうなったのかもしれません。ただし記録マニアの面もあり、もらった手紙などはよく保存し、獄中日記のようなものも書いています。冷酷な人間であることはディックと同じなんですが、デューイ捜査官はすでに犯行現場を検証した時から、犯人の一人（ペリー）は残虐な殺人をしながらも被害者にどこか微妙な心遣いをしていることに気づくのです。たとえば同じ殺すにしても、マットの上で殺してやる、といった具合ね。後の方で分かってくるのですが、ディックが被害者の娘をレイプしようとした時も、ペリーは止めているのです。そんなところに、デューイ捜査官は——そして作者もなんですが——特別な興味を覚えるのです。人間っていったい何だろう、というわけね。

さて、ディックとペリーは、犯行後メキシコまで逃げていくんですが、またカンザスに舞い戻ってくる。二人はなにか物見遊山をしているような気分で、自分たちが途方もないことをしたという自覚はないみたいなんですね。その有様も、二人の行動とか会話とかによって生き生きと描かれます。はじめは迷宮入りだと思われていた事件が意外に早く解決するのも、ディックがまだ刑務所に入っていた時、囚人仲間に、クラター家を襲って金を強奪し、犯行を晦ますために家族を皆殺しにすると話していた、と証言する者が現れたからです。のんびりしたものなんだな。

それから裁判になる。シオドア・ドライサーの『あるアメリカ的な悲劇』のところでも話しましたが、アメリカは陪審制度のせいもあって、裁判シーンがドラマになるんだな。この作品もそうです。デューイ捜査官は——そして作者も——二人の犯人の内面を把握したくて懸命になる。強盗に入って残虐に人を殺し、そのくせ金は何百ドルかを取っただけで、いい気になってのんびり旅行してまわっている。その二人の精神の真実を知りたいと思うのね。だが結局は分からない。裁判中に、ペリーははじめのうち、ディックが二人の女性を殺したといっていたのに、途中で自分から進んで、四人とも自分が殺したといい出す。なぜだろう。ディックの母親にペリーは哀れみを感じ出したのかもしれない。しかし要するに分からない。二人はともに死刑の判決をうけますが、人間はつまるところ闇の存在だという思いが、作品を通してたかまります。

この「ノンフィクション・ノヴェル」は、確かにフィクションの要素を排除しています。ホルコムの村人たちから、捜査官や裁判に関係する人たち、それにもちろん犯人の親族たちも含めて、すべての人の反応、思考や行動が、ドキュメントとして伝えられていくだけです。しかしそういう材料が綿密に構築されて、人間の本質をさぐるものすごいドラマになっているんだな。といって、人間不信を打ち出しているんじゃないんですよ。デューイ捜査官の誠実さをはじめとして、人間のよい面もいっぱい出てくる。そういうものを含めて、人間の「総体」を把握しようとし、追究し、それをトータルに表現しようとする作者の芸術心が、この作品を支配しているように思います。

南部文学の伝統と現代社会

トルーマン・カポーティの文学は、一九三〇年代的な「参加」の文学がまだ影響力を残し、自然主義的なリアリズムが支配的だった時に、そのあとを発展させた形のノーマン・メイラーと対照的に、まずは幻想的な美意識をもって登場し、現代人の心の奥の孤独と、真実の生を求める感情を繊細に描く作品で新風を吹き込みました。彼の文学には、産業革命が進行してきた時代に背を向けて美の世界を構築しようとしたエドガー・アラン・ポーや、第一次世界大戦後の精神的混乱の中で人間存在の意識の根底を探っていったウィリアム・フォークナーなどの文学に通じるところがあるような気がします。一九三〇年代には、南部出身の『フュージティヴ』グループが時代の大勢である産業資本主義に抵抗し、文学の審美的価値を主張しましたね。その姿勢にも通じます。カポーティは、第二次世界大戦の前後から大きなたかまりを見せてきたいわゆる「南部文学復興《サザン・ルネッサンス》」の旗手として、あざやかな活動をしたといえるように思います。

私はその南部文学復興の有様も語りたいと思っていたのですが、時間がつきてしまったものですから、主要な作家の主要な作品名だけをあげておきます。キャサリン・アン・ポーター（一八九〇―一九八〇）は私の大好きな作家ですが、すでに一九三〇年頃から活躍した先輩格なので、もうちょっと時代を下って、三人の作家にしぼってみましょう。ユードラ・ウェルティ（一九〇九―　）は、ミシシッピー州の人で、しばしばフォークナーと比べられます。『デルタの結婚式』（一九四六）は、大農園主一家の生活を描いて、じつに興味深い。とくにまとまったストーリーはないんですが、微妙に対立しつつまとまっている保守的な大家族のいろんな人物の姿が、あざやかに、アイロニーをこめて綴られていくんです。カーソン・マッカラーズ（一九一七―六七）はジョージア州の人で、『心は孤独な狩人』（一九四〇）でまさに人々の孤独な心を描き、『悲しい酒場の唄』（一九五一）では人間の愛憎をグロテスクな物語に仕立てました。もう一人だけ、フラナリー・オコーナー（一九二五―六四）は、これもジョージアの人で、『賢い血』（一九五二）と短篇集の『善人は見つけにくい』（一九五五）などをあらわしただけで早世しましたが、その作品には、南部の辺境を背景にして、狂信者などの殺人や暴力がくりひろげられ、グロテスクな雰囲気がかもし出されて、しかも土地への愛着と、救済を求める宗教感情が表現されており、いま評価が高まっています。

この人たち、たまたま女性ばかりですが、これは必ずしも偶然のせいだけではないかもしれないですね。女性は、アメリカ合衆国における南部のような存在ではないのかな。つまり二重の意味で、心の中の孤独感とか不安感をかかえている。彼女たちは、それを見事に描き出したといえると思うんですよ。もちろん、男性も含めてほかにも大勢の作家が現れましたが、私の読んだ少しばかりの作品からも、南部の文学がこんなにも豊かだったのか、という思いを私は抱きます。そういう中で、もっとも颯爽と気を吐いたのが、カポーティだったといえるのじゃないか。

さて、しかし、カポーティは南部の文学からしだいに脱出した。心の闇を抱えながらも、しだいに軽妙に生の姿を描いてみせ、ついには不分明な人間の本質をトータルに描く試みにも乗り出したわけです。カポーティは多彩な作家で、短篇小説は相変わらずの名手でしたが、演劇だとか、映画のシナリオだとか、才にまかせていろんな方面に進出し、「ノンフィクション・ノヴェル」でも見事に成功してみせたわけです。これに刺激された部分も大いにあって、アメリカにはこの頃から「ニュー・ジャーナリズム」といわれる分野が発展します。つまり、事件を単に報道するのでなくて、それを一種の「ノヴェル」というか、芸術的な読み物として提供する文学ジャンルです。

ただ、多方面に才能を発揮するうちに、カポーティはテレビのトーク・ショーや映画に出演したりし、社交界の人気者になっていきます。知らぬ間に、ノーマン・メイラーがみずから進んでやったような社会的な存在になってしまった。しかもそれが、彼には重荷にもなったんじゃないかな。本来は孤独を重んじる作家だったはずですが、一九七〇年代の後半から強度なアルコールと薬物中毒になり、「小さな厄介者《タイニー・テラー》」と呼ばれるほどに、スキャンダルをまき散らしもします。作品はなかなかできなくなり、必死に頑張って『叶えられた祈り』という大作を書き進めるんですが、未完のまま急死してしまいました。本当は芸術家としての生をまっとうしようとしていたように私には思えるのですが、アメリカ社会の俗な部分に出るとともに、それに巻き込まれていってしまった。その意味では、彼自身が現代人の運命をどこかで象徴しているというべきかもしれませんね。

III　一九五〇年代——自己の探求

「大人の時代」と若者の焦燥

今回から一九五〇年代の文学を中心にした話に入ります。一九五〇年代の文学といっても、前回まで話してきた「戦後文学の出発」の状況と、きっちり区切られるわけではありません。多くの文学者は、前の時代から活躍していました。そして次の時代にも、活動を展開するのです。

しかし一九五〇年代は、やはり一つの画然とした時代でした。第二次世界大戦によって世界の超大国となったアメリカですが、前にもいったように、ソ連との冷戦や核の脅威に直面し、政治的・経済的・軍事的な力の維持に加えて、精神的にも、権威の確保に腐心した時代でした。そこにさまざまな矛盾や混乱が生じ、権威への抵抗もしだいに強く現われてきます。とくに、真剣な文学者は、自由への願望の声をあげざるをえなくなる。文化的・文学的には、その辺のせめぎ合いが関心をひく時代であったといえそうな気がします。

いま、冷戦への対応から生まれた矛盾や混乱ということをいいました。文化・文学に関係することでは、

「赤狩り」がその顕著なあらわれの一つでした。五〇年代の初頭には、それが「マッカーシー旋風」というやつになって、吹き荒れることになります。

一九五〇年、ウィスコンシン州選出の共和党上院議員ジョーゼフ・マッカーシーが、たぶん二年後の上院再選のための戦術でしょうね、突然、国務省に共産党員が二百五名いるって、わめき出した。しかも、そのリストをここにもっているっていうんだな。もってなんかいやしない。だがそうわめくことによって、彼は一挙に合衆国の注目を集めるんです。共和党も、民主党政権の攻撃にこれを利用した節がある。マッカーシーは反共のヒーローになってしまいます。

一九五二年の選挙で再選されると――この時、共和党のアイゼンハワーが政権をとり、議会も共和党が多数派を占めました――マッカーシーは「政府内共産主義活動調査小委員会」（通称マッカーシー委員会）の委員長になって、次々と聴聞会を開き、赤狩りに狂奔します。典型的なデマゴーグの手を使ったらしい。つまりセンセーショナルなやり方でマスコミや民衆を煽動して、いろんな人に「赤」のレッテルをはり、それを攻撃して、自分は正義の代弁者になるんですよ。ただ、彼は調子に乗ってやりすぎ、共和党政権にとってもしだいに厄介者になってきた。そして一九五四年、とうとう上院がマッカーシー議員の非難決議を行い、彼は政治生命を失いました。

しかし、マッカーシー個人は消えていっても、社会一般の反共ムードは、五〇年代を通して、いやその後も長く、続くのです。前にも述べた下院の「非米活動委員会」というやつ、あれが一九五六年に劇作家のアーサー・ミラーを招喚して、共産主義や共産主義者との関係を査問し、ついには議会侮辱罪で難くせをつけようとしたことなどは、その一つのあらわれにすぎません。

しかも、問題はそれだけではない。前に南北戦争後の社会の状況を話した時、産業の急速な発達にともない、資本と政治が癒着したことを指摘しました。そこから、「金めっき時代」の文化の悪い面も生じることになりました。第二次世界大戦後の一九五〇年代には、それに軍部の力が加わります。軍人出身の大統領のアイゼンハワーでさえ、一九六一年、ホワイト・ハウスを去る前に、「軍部・産業複合体」が不当に勢力を拡大することに警告を発しなければならない有様でした。文化の世界では、軍部と大学の癒着というのかな、軍学複合現象が生じていた。アイゼンハワーは、連邦政府によって科学的研究が左右される危険をも指摘しています。

アメリカは、ソ連を中心とする共産圏諸国に対して、デモクラシーと自由主義を主張しました。じっさい、リベラルな意見もアメリカで広く説かれていたんですよ。しかし、何といっても、伝統的なアメリカを守ろうという権威主義が支配的だった。そして経済的な繁栄がそれを支えるんです。J・K・ガルブレイスのいう「豊かな社会」にアメリカはなっているんだな。そういう社会では、一般庶民は現状を謳歌しますよね。リベラルな経済学者のガルブレイスは、まさにその『豊かな社会』(一九五八)という本で、アメリカは豊かさを公共の生活の向上などに有効に利用すべきことを説くんですけれどもね。

こんなわけで、一九五〇年代のアメリカは、いわば大人の権威が社会や文化を支配した。よくいわれるように、それは「大人の時代」でした。と同時に、それは「沈黙の時代」でもあった。一九三〇年代のように、労働者や貧しい人たちが集団で騒がしい要求の叫びをあげる時代ではなかった。知識人たちも、赤呼ばわりなどされないように、体制の中でおとなしく生きるように注意した。学生も、職と地位を求めて勉強したんだな。デイヴィッド・リースマンの『孤独な群衆』(一九五〇)、ウィリアム・ホワイトの『組織の中の人間』（一九五六）、ヴァンス・パッカードの『地位を求める人たち』（一九五九）などは、そういうアメリカ人の有様を、社会学の観点から、そして多かれ少なかれリベラルな立場で、苦渋や皮肉をこめて描いています。私の狭い視野でいうと、十九世紀末のソースタイン・ヴェブレンが『有閑階級論』で開拓した「読ませる」社会分析の本の伝統が、花開いた感じがありますね。

もちろん、物質生活は向上し、大衆文化はますます発達します。日本でもひと頃いわれた国民総中産階級化というやつね、それがアメリカでは五〇年代に実現した――本当は、黒人やインディアンやヒスパニックや、その他もろもろのマイノリティはそうではなかったわけですが、この時代にはそういう現実はまだほとんど表面に出なかった。彼らは「見えない人間」だったんです。見える人間は中産階級で、組織に属し、他人にならって行動しながら、そういう文化に自己満足していた、と一般的にはいえるように思います。

こうなると、あの「金めっき時代」と同じで、一九五〇年代の文化はつまらないものだった、という見方が出てくるかもしれない。じっさい、そういう主張もなされました。文学に視野をしぼって見ますと、ロースト・ジェネレイションにつながっていたマルコム・カウリーは、『文学的状況』（一九五四）という本で、私も前にいったことなんですが、第一次世界大戦後の作家たちは偉大な文学的実験を展開したのに、第二次世界大戦後は伝統的なリアリズムの枠を破る気配の乏しいことに不満を示し、その原因として、作家たちが組織の中に収まってしまっていることを指摘しています。小説家も詩人も批評家も、多くが大学教師になっちゃったりして、ね。アーヴィング・ハウ（一九二〇-九三）という若い世代の左翼的な批評家は、「大衆社会とポストモダン小説」（一九五九）というエッセイで、比較的居心地がよくて、人々が何事にも消極的になってしまっているこういう社会では、優れた文学は生まれないと嘆いています。

さて、しかし、やっぱり「金めっき時代」と同じで、こういう保守的ムードの中で、それへの不満や批判は胎動していたのです。大人の文化に対する若者の不安や焦燥が渦巻いていた。反逆というと分かりやすいけれども、それが広く社会的に噴出するのは次の一九六〇年代でしょうね。もっと漠然とした形での、そういうものへの胎動があったというべきでしょう。いや、胎動というと目に見えない動きですが、それがあちらこちらで、目に見える動きとして現われてもいたのです。

大衆文化のレベルでいうと、皆さんは笑うかもしれませんが、マリリン・モンローは、たぶん自分でも知らぬ間にこの時代のムードに対する大衆の不満に訴えて、彼らのヒロインになったんじゃないかしら。「大人の時代」は、「上品な伝統」のムードを復活させていた。その中で、モンローは自分の肉体と自然な感情をのびのびと表現しましたね。ジャーナリズムは彼女を「セックス・シンボル」と呼んでさげすみましたけれども、彼女はむしろ「自由な生のシンボル」になったと私は思うんですよ。

当時、有名なキンゼー報告（『男性の性的行動』一九四七、『女性の性的行動』一九五三）をそのまま是認することは、一般の人たちにとって恥ずかしいことだったかもしれません。しかしモンローがあのカレンダーのヌードは自分ですと平然と認めたこと（一九五一―五二年）から、「赤狩り」にあっている夫のアーサー・ミラーに堂々と付き添ったことまでを、好ましい姿として支持することは、彼らにも喜んでできたんですね。そしてスクリーンの上では、モンローは因襲的な秩序を突き破って、天真爛漫なヤンキー娘の魅力を発揮し、いわばアメリカの若返りの先頭を切った。一九五〇年代のアメリカを、私は「モンロー時代」と呼びたいくらいなんです。

もっと文学に直結した分野で、この時代への焦燥と反逆のチャンピオンとなった人というと、私はノーマン・メイラーの名をあげたい。彼が『マリリン——一つの伝記』（一九七三）という本を出した時、週刊誌の『タイム』（七月十六日）は「モンロー、メイラーに会う」という特集をし、「二つの神話が合一——NM、MMを発見」と題する記事をのせましたが、メイラーもまた、その文学を越えて、一つの神話的存在となっていた人なんですね。

メイラーが文学作品でアメリカの体制に「袖章」を突っ返す試みをし続けたことは、すでに話しました。しかし彼はそれだけで満足できず、行動でもっても表現しようとした。もっとも単に自分勝手というべき行動も多かったと思うんですがね。一九五一年に彼は最初の妻と離婚、五四年に美しいスペイン系のペルー人画家と再婚しました。が、しだいにアルコールと麻薬に強い刺戟を求めるようになり、乱痴気パーティをくり返し、一九六〇年には妻をペンナイフで刺して重傷を負わせるようなこともしでかします。この年、彼はニューヨーク市長に立候補しようとしていた。知識人のほかに、売春婦、麻薬常習者、警察の暴力の犠牲者といった、彼のいう「第三世界」の人の票を得ようとしたらしい。その立候補を非公式に宣言するためのパーティの後で刺したんだな。それで精神病院に入れられた。彼がプロヴィンスタウンで、警察のパトカーを「タクシー！」と呼んで警官と喧嘩し、棍棒で頭をなぐられた上に豚箱に入れられたというのも、この前後のはずです。ナイトクラブでの支払いをめぐっての喧嘩で逮捕、なんてこともあった。妻とは六二年に別れましたが、同年すぐにイギリスの新聞界の大立者の娘でレディーの称号をもつ女性と結婚しました。が、またすぐ別れる。もうこんな話、あほらしいから止しましょうね。一九六一年には、ニューヨークのユダヤ青年会（YMHA）の詩の朗読会で、わざと猥褻な詩を読んで混乱を引き起こしたりもしています。

要するに、奇行の連続なんです。だがこういう奇行によって、体制というか、時代の常識をぶち破ろうとしていたといえなくもない。そしてじっさい、この間に目覚ましいジャーナリスティックな仕事をしてもいるんですよ。一九五四年には、彼はニューヨークのグリニッチ・ヴィレッジを根城にした政治と芸術の前衛的週刊紙『ヴィレッジ・ヴォイス』の創刊に参加した。この新聞は反体制的文化運動の一つの松明《たいまつ》になるんです。

一九五七年には、『ディセント』という、これまた体制への異議《ディセント》を標榜する雑誌に、「白い黒人《ザ・ホワイト・ニグロ》——ヒップスターに関する皮相な考察」と題するエッセイを発表しました。これは自伝的記述を含む彼の評論集『ぼく自身のための広告』（一九五九）の中核をなす作品で、この頃から登場してきたヒップスターと呼ばれる若者たち、重苦しい機械的な体制に対して人間の本能的な感情を激しくぶっつけようとする若者たちに、都市の黒人に通じる生命を見出し、共鳴をあらわしたものです。

そして、一九六〇年代に入りますけれども、自分も応援したケネディの大統領選挙を中心とする『大統領のための白書』（一九六三）、六七年のヴェトナム反戦のペンタゴン・デモを扱った『夜の軍隊』（一九六八）、それから六八年の大統領選挙における候補者選出のための共和党（マイアミ）と民主党（シカゴ）の党大会を扱った『マイアミとシカゴの包囲』（一九六八）などを出版します。これらの作品で、メイラーは普通のジャーナリストのように、単に事件を報じているのではない。みずからその真っ只中に入り、まるで指揮官のようになって活動しているのです。ペンタゴン・デモでは逮捕され、反戦のためのシカゴ「包囲」の運動でも民主党の保守派によって徹底的に弾圧されます。しかもメイラーは、自分たちの力がどんなに弱いかもよく知っているのです。そしてそういう弱い連中の猪突猛進ぶりを、どこかで滑稽化し、笑いながら描くんだな。そこに、一種の実存主義文学のような迫力があるんです。

メイラーは、一般の人たちから見ればスキャンダラスな存在でした。すでに述べたことですけれども、彼の純粋な文学作品は、しだいに内容を稀薄で粗雑にしていったように私は思います。しかし五〇年代の文化の新しい胎動を知るには、社会的存在としての彼は不可欠の人なんでしょうね。

さて、ではもっといわば文学的な文学者たちはどうだったか。外見と違って、伝統的リアリズムの傘下に安住していたわけではない。真剣な文学者たちは、やはり、精神と表現との両方で、不安を意識し、解放を求めてもがいていたのです。その「もがき」が、この時代の文学をダイナミックにしていたように私には思えます。そしてこの時代に悪戦苦闘していた人たちが、いまではアメリカ現代文学の古典、最近はやりの言葉でいえば新しいキャノンになっているといってよいような気がします。

1　J・D・サリンジャー

若者たちのアイドル

まず、J・D・サリンジャー（一九一九―　）の話から始めようと思います。私は最初、彼も「戦後文学の出発」の章に入れようと思ったんですが、代表作の『ライ麦畑でつかまえて』が一九五一年の出版なので、五〇年代の章に移したんです。文学史における人物や事項の配列は重要な問題だけど、どうやっても無理が生じ、いじくり出すときりがない時もある。もっと重要なのは作品そのものなんで、配列は二の次だと思って下さい。

サリンジャーはニューヨーク市に生まれました。父はユダヤ系の裕福な商人でした。祖父はユダヤ教の牧師《ラビ》だったそうです。しかし母はスコットランド系アイルランド人。そんなこともあってか、サリンジャーは人種的な事柄にはそれほどかかずらわないで創作活動をしています。

ペンシルヴェニア州ヴァレー・フォージの陸軍幼年学校、つまり全寮制で軍隊式の教育をする高等学校に学びました。『ライ麦畑でつかまえて』の主人公が学ぶプレプ・スクールは、これがモデルになっているらしい。ここに在学中、すでに短篇小説を書き始めたようです。それからニューヨーク大学などで学び、父の商売（ハムの輸入）のためのヨーロッパ旅行についていったりし、一九三九年、コロンビア大学に入り直して、創作コースをとります。そして翌四〇年から、短篇小説が雑誌にのり始めるんですね。結局、大学を卒業はしなかった。

一九四二年、もう戦争中ですね、サリンジャーは陸軍に入った。そして四四年にはヨーロッパに派遣され、ノルマンディー上陸作戦にも参加しました。それからパリ入城をし、その地でヘミングウェイを訪れています。四五年の終戦後、疲労のためかな、ドイツで病院に入り、フランス人の女医と結婚しましたが、八カ月で解消、四六年、帰国しました。

この間も、彼は短篇小説を発表し続けていました。世間が注目し始めたのは、雑誌『ニューヨーカー』の一九四八年一月三十一号に発表した「バナナ・フィッシュに最良の日」あたりからかしら。サリンジャーの特色が見事に出ている作品なので、まずこの紹介をすべきですが、サリンジャー・ブームをまき起こし、彼を若者たちのアイドルにしたのは、一九五一年に出した『ライ麦畑でつかまえて』なので、まずこの作品のことをちょっと話しましょう。戦後文学の中で、現在まで最もよく読まれ続けている作品の一つ、あるいはその筆頭といってもよい小説ですから、皆さんもよくご存知でしょう。内容の紹介は簡単にします。

『ライ麦畑でつかまえて』

これは、主人公である十六歳の少年ホールデン・コールフィールドが、自分の言葉で語る形になっています。彼はプレプ・スクール（大学準備の全寮制高校）の二年生なんですが、学校に適応できず、クリスマス休暇を前にして、ニューヨークに帰ってしまう。そして安ホテルに泊り、つまらぬ女たちと踊ったり、大人ぶって娼婦を呼ぶけれども何もできずに金をとられたり、ガール・フレンドを電話で呼び出してデートしたが喧嘩別れに終わったり、とそんな空しい冒険をくり返す。孤独で、落ち着きがなく、人との本当の接觸を懸命に求めているんですがね。ついに、彼はこっそり両親の家に帰り、妹のフィービと会います。この小さな少女は、「お兄ちゃんは、いま起こってることは何にも好きになれないのよ」とたしなめます。ホールデンは「そんなことないよ」と抗弁するけれども、自分が何を好きになれるか、結局、分からないんですね。で、ふと今日耳にした歌の文句から、ライ麦畑で遊ぶ子供たちなら自分は好きだ、自分の仕事は、その子供たちが危ない崖から落ちないように「つかまえて」やることなんだ、と語るのです。その後、ホールデンは西部へ旅立とうとするのですが、フィービが一緒に行くといってついてくる、そのやさしい心に決意がゆらぎ、ともに家へ帰ることになります。

ライ麦畑の子供たちをめぐる話は、ロバート・バーンズ原作の有名な歌の中身をホールデンが間違えて理解しており、それが作品の題にもなっているわけです。サリンジャーの小説は常にその発表の時に時代を設定しており、この作品も本当は十年ほどかけて完成にいたったものなんですが、だいたい一九五〇年頃の物語ととってよいでしょう。すでにさんざん話しましたように、アメリカは「大人の時代」で、高校も社会も卑俗な権威主義が支配しています。ホールデンはそういう世の中のあらゆるものを"phony"(いんちき)と感じ、真実を求めてさすらうわけです。本物の自分を求めてさすらうといってもよい。ここには、大人の秩序に対する若者の不安と焦燥と反逆、「もがき」の思いが、じつに生き生きと表現されています。

とくに注目したいのは、ホールデンの語り口です。彼は当時の高校生や大学生の日常語を、いわば俗語的に用いています。そこにはトール的な表現もたっぷり出てくる。たいへん柔軟な心の持主ですが、自分の感情を剝き出しにし、饒舌にしゃべりまくる観もあります。そこに、若者の無垢《イノセンス》さが出てもいます。そう、

J. D. SALINGER

The Catcher in the Rye

Little, Brown and Company · Boston

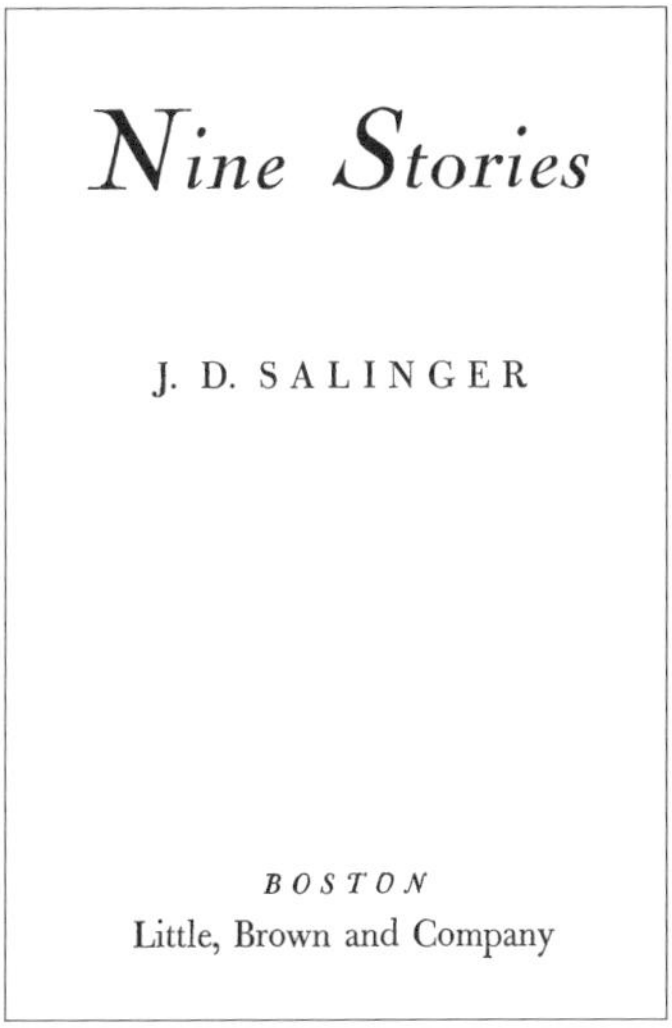

Nine Stories

J. D. SALINGER

BOSTON
Little, Brown and Company

（左上）『ライ麦畑でつかまえて』（1945）の扉。

（左下）『九つの物語』（1948）の扉。単純の極致。

（下）『ライ麦畑でつかまえて』ペイパーバック版（1953）の表紙。サリンジャーは肖像写真が少ないためか，主人公のホールデンを描いたジェイムズ・アヴァティのこの絵が彼の本のイラストによく用いられる。

すでに多くの人が指摘していることですが、これはハックルベリー・フィンの語り口を思い出させます。この物語は、『ハックルベリー・フィンの冒険』の舞台であるミシシッピー川沿岸を現代のニューヨーク市に移し、こういう機械文明化した大都市に自由で平和なホームを求める現代人の運命を追求してみせているともいえそうです。自由と平和は見出せず、ホールデンはどうやらいま精神病院みたいな所で思い出を語っているらしいんですけれどもね。若者たちはこのホールデンに自分自身を見出し、圧倒的な共感を寄せたわけです。

『九つの物語』

『ライ麦畑でつかまえて』がたいへんな評判になって、サリンジャーは一躍、流行作家になりました。しかし彼は寡作な人で、流行作家になったからといってすぐに大量生産するなんてことはしないんだな。雑誌『ニューヨーカー』などに、少しずつ自分のペースで短篇小説を発表します。そして一九五三年に、『九つの物語』という短篇集を出版しました。*Nine Stories*――シンプルな題ですよね。もうちょっと気取った題をつけるのが普通だと思うんですが、このシンプルさが作者の姿勢なんです。イノセンス、そしてシンプルシティというのが、サリンジャーの拠り所なんだな。アメリカはいま経済的に非常な繁栄の時代に入ってきていますが、その文化はたいへん俗悪にもなっている。それへの抵抗の姿勢が書名にも反映していると、ちょっと強引でしょうけれども私は思いたい。サリンジャーはさっきも話したように戦争中から小説を発表していましたが、それは除外して、「バナナ・フィッシュに最良の日」以後の精選した作品九篇をこの本に収めました。

こういう時代にイノセンスやシンプリシティを守ろうとする人の、心の揺れとか、精神のさすらいといったものを作者は表現していくのですが、それがじつに微妙になされている。それで、読者もよほど心を研ぎ澄ましていないと、面白みが分からない、そういう短篇集です。批評家たちはいろいろ理屈をつけて説明してくれているのですが、本当はそんな理屈のつかない微妙な所を作者は表現しようとしているのではないか。この本の冒頭に、エピグラフといいますね、銘詞が添えられているのですが、それが白隠禅師の有名な禅の公案で、「両手の鳴る音は知る/片手の鳴る音はいかに？」という文句なんです。両手を打つとぱんと音がする。では片手の音はどうなんだ、という禅問答ね。要するに、物事の真実を、理屈ではなくて阿吽《あうん》の呼吸でとらえるという、そういうような認識態度がこの本の基調になっているといっていいでしょう。

で、その具体的な有様を、「バナナ・フィッシュに最良の日」にうかがってみようと思います。これは、ストーリーを紹介しても、じつはあんまり意味がない。カポーティの「夜の樹」についてもいったことなんですが、実作品を読んで、文章を味わってもらわないといけない。しかしだいたいこういう内容です。

発表の時点から考えて、作品の時代は一九四七年の秋頃に設定されているでしょうね。舞台はフロリダの海岸のリゾート・ホテル。ミュリエルという女性がニューヨークに住んでいる母親と長距離電話で長話をします。それが作品の前半なんです。もっぱら会話が続く。その間にミュリエルがどういう恰好でどういうふうに動いているかが描かれ、電話の内容とあいまって、彼女の性格や状況が想像つくのです。作者は一言もいっていないのですが、明らかに美しくて、俗物の女性です。

彼女は戦争がすんで帰国してきた夫のシーモアとバカンスにきたわけです。幸せなはずの旅行ですね。しかし母親は非常に心配している。どうしてかというと、シーモアがどうも戦地で精神に異常をきたしたらしい。いろいろおかしな行動をする。ミュリエルに、出征する時だったかな、「今世紀で唯一の偉大な詩人」の詩集を与えていった。たぶんリルケの詩集でしょうね。けれどもドイツ語で書かれているから、ミュリエルには読めなくて、ほっておいた。帰国後にそのことを知ったシーモアは、翻訳を買うかドイツ語を学ぶべきだったなどといい、彼女を「ミス精神浮浪者《スピリチュアル・トランプ》」と呼んだりする。母親からすると、とんでもないお婿さんということになる。もっと日常的なことでも、へんてこなことをしたり言ったりしているように、彼女には思えます。で、とにかく二人をバカンスに送り出したけれども心配でしょうがなく、電話でこまごまと様子を聞いたり、いつまでもぐちをこぼしたりするのね。それが何とも愚かしくなってくるのです。ミュリエルもミュリエルで、「お母さん、私はシーモアを怖いとは思っていないわよ」というのですが、シーモアを愛しているとはいわない。この辺が微妙に描かれているのです。結局、二人の会話を通して、ミュリエルもシーモアの心をぜんぜん理解していないことが浮き彫りになってくる。そして、シーモアというのはどういう人物かしらという関心が、しだいにたかまってくるわけです。

舞台は一転して、こんどは海岸べりになります。シーモアがシビルという五歳ぐらいの少女と話をしている。これも会話とちょっとした仕草ばかりで進行し、作者は何らの説明もしていないのですが、批評家にならって理屈をつけると、シーモアはもう妻に絶望し、現在の世界にも絶望して、この少女のイノセントさにふれて「生」への転機をつかもうとしているようです。ところがシビルは、こんなに幼くても、もうエゴセントリックな子になっているんですよ。シーモアがほかの女の子に親切にしてやると不満で、その子に激しい敵意をあらわしたりするんです。

それを何とかなだめて、二人は浮袋に乗って沖の方へ出ていく。その間に、シーモアがバナナ・フィッシュの話をシビルにするんですね。もちろん架空の魚ですけど、バナナ・フィッシュは豚のように貪欲な魚で、バナナを食べまくって、そのために太ってしまって自分の穴から出られなくなるという魚なんだな。この魚も、理屈をつければ現代文明の象徴かもしれませんね。そんな話をしながら沖へ向かっていく途中に、シビルがその魚を見つけたといい出す。バナナを六本、口にくわえていた、ともいう。それを聞いたとたんに、それまでシビルのご機嫌をとっていたシーモアが方向転換し、強引に彼女を岸に連れ戻す。そしてひとり、ホテルの部屋へ戻っていくのです。

最後はほんの二ページくらいの記述です。シーモアは部屋へ戻る。ミュリエルは社交的な女性たちとおしゃべりか何かをするために部屋にはいない。シーモアはピストルをこめかみにあてて自殺します。

なんだこれは、と当惑ないし落胆する読者が多いかもしれません。批評家たちは、これは現代文明に絶望して死んだのだ、とかいろいろいいます。でもそんな深刻な話はぜんぜん出てきません。じつに微妙な心の動きそのまんまを表現したような作品。たぶん、大部分の読者には、なぜこの人死んだのだろうといぶかって当然な、いわく言いがたい心の動きが示されているのです。「生」と「死」との間の微妙な転機の動きとでもいうのかな。しかしいずれにしろ、孤独で、誰にも心が通わない人の、寒々とした精神風景が展開しているような気がします。そしてどこかで、シーモアの死に現代人の運命をほのかに感じさせるような内容になっていると思います。

この小説が発表と同時にある程度注目されたのは、読者にも、こういう精神風景を自分のものとする人たちがいたということでしょうか。じつは作者のサリンジャー自身も、この小説を書くことによって、シーモアを発見したといえるかもしれない。マーク・トウェインは『トム・ソーヤの冒険』を書くことによってハックルベリー・フィンを発見し、だんだんと彼自身がハックに夢中になって、ついに『ハックルベリー・フィンの冒険』を書きましたね。サリンジャーはシーモアを登場させると同時に殺してしまいましたが、この後の短篇小説でシーモアを精神的に復活させ、彼を長男とするグラース家の物語を構築していくことになるのです。

グラース家はニューヨークの芸人一家ですが、サリンジャーの家と重なる要素が多いようです。シーモアはその天才的な長男だったということになる。さっきも述べたように、サリンジャーの作品はたいてい発表時点の物語ですから、死んだシーモアは過去の人ですが、「バナナ・フィッシュ」に続く作品で、グラース家のいろんな人がシーモアの話を語りついでいくのです。そしてフォークナーの「ヨクナパトーファ年代記《サーガ》」のように、シーモアを軸にした「グラース家年代記《サーガ》」とでも呼べるものが出来ていくのです。

『九つの物語』からもう一篇だけあげると、「小舟にて」という作品があります。これはグラース家の長女でシーモアの妹、愛称ブー・ブーという女性が主人公です。彼女はニューヨークの富裕なユダヤ人の妻となっている。そしていま、湖のほとりへ避暑に来ているのですが、ライオネルという二人の間の男の子が家出をしちゃうんだな。やはりイノセントな子で、何かいいたいことがあると、黙って家出をすることによって自己主張する。で、今回は湖のボートまで家出して、そこに坐り込んで、ボートから出て来ない。その子をブー・ブーはなんとか説得して出て来させようとする、その様子が表現されていくわけです。グラース家は知と情のそろったすぐれた一家なんだな。ブー・ブーも子供の気持ちを非常によく察して、彼が自分から進んで出て来るようにさせようとし、必死になるのです。たとえば、ライオネルはボートに乗っていますから、つい自分が水兵のような気持ちになっている。そこでブー・ブーは、私も水兵よといって、敬礼したり、ラッパを吹く真似をしてみせたりするんですよ。

お母さんが一生懸命に彼を誘えば誘うほど、ライオネルはお母さんのもとに戻りたいんだが、そういう自分の気持ちに反抗もするんですね。で、そのあらわれとして、舟の中にあった水中眼鏡を水の中にぽいと捨ててしまう。ブー・ブーは、それはシーモア伯父さんのもっていた水中眼鏡だと告げます。すると、ライオネルは、あの伯父さんのを捨ててしまった、大変だ、と思うんですね。それで、彼は自分が大事にしていたキーホルダーを水中に捨てる。いわば埋め合わせをするんですね。しかしそうすることによって、彼ははじめて素直になれるんです。そういう心の動きを、この作品は見事に表現しています。

『フラニーとズーイ』その他

こういう短篇集が、『九つの物語』です。これも、『ライ麦畑でつかまえて』ほどではありませんが、ベストセラーになりました。ジャーナリズムは彼のところへ押しかけてきます。サリンジャーは、ジャーナリズムによって自分の精神や生活が侵犯されることを徹底的に嫌いました。彼はニュー・ハンプシャー州の田舎に住居を移しただけでなく、自分の家のまわりに塀をめぐらし、まったく姿を隠してしまいます。そうして、一九六一年に『フラニーとズーイ』を出版しました。もともとは「フラニー」という短篇小説と「ズーイ」という中編小説の形で発表したのを、まとめて単行本にしたものです。このフラニーもズーイもグラース家の弟妹たちです。

「フラニー」は一九五四年十一月のある日、という設定です。主人公のフラニーは演劇志望の女子大生。久しぶりにボーイ・フレンドのレインと会って、あるレストランで食事をする。その会話が「フラニー」の内容の大部分です。レインはプリンストン大学の学生でね、自分のいいところを見せたがって、気取った話を次から次へとしていく。フラニーはなんとかこのレインと心を通わせたいと思い、懸命に対応するんですが、いたたまれなくてタバコばかり吸ってしまい、ついには辛抱できなくなってトイレに逃げ、そこで休息して戻ってきて、話題を転換しようとする。けれどもレインは、秀才かもしれんが無神経で——皆さんの周りにもよくいるでしょ、こういうの——相変わらず自分のいい話ばかりしている。フラニーはまたトイレに立って、そこで倒れてしまうんだな。

この会話がまことにすばらしく綴られているのです。ああ、大学生ってこうなんだ、とほんとに思えるんですよ。たとえばレインは、いま評判の本を読んでいることをひけらかす。教師を軽蔑してみせる。料理通のふりをする。そのくせ、フラニーが話すことは頭の中を素通りさせている。逆にフラニーは敏感な子で、心の中の孤独を深めていく。そしてそのことを反省する。こういうふうではいけないんだわ、何とかしなくちゃと思って努力するんですが、うまく言葉が出てこない。そういう会話が生き生きと展開するんですよ——フラニーにとっては悪夢のようなものなんですがね。

「ズーイ」はその続きです。ズーイはフラニーの兄で、ブー・ブーの弟です。いまはテレビの仕事をしているんですが、将来の方針については彼も迷っている。しかし彼が家に帰ってくると、フラニーがデートから帰ったまま倒れて寝たままの状態だから、なんとかあの子の気持ちをときほぐしてほしいと母親から頼まれるんですね。それで、彼はフラニーを懸命に立ち直らせようとする。その会話が作品の内容の主要部分なんです。ズーイとしては全力をあげて、フラニーを元気づけようとする。それは同時に、自分自身を元気づけようとしていることでもあるのですね。自分もこの世界に不満とか幻滅とかをもっている。だがなんとかそれを乗り越えて、ちっぽけな自我を解き放ち、もっと大きな生の感覚の中に入ることが必要だ、といった思いももっており、それを語るんですね。それはフラニーに語っているんですが、自分で自分を納得させる努力にもなっているんですよ。彼の努力には、現代文明批判的なものがある。批判するだけじゃない。どうやって現代文明を救うかということも彼は考える。すると、東洋思想的なものが出てきます。禅の話もでてくる。西洋思想では、聖フランシスのやさしさの意味などが出てくる。小説としてはいささか面倒くさい議論が続き、私なんかは閉口もするんですが、サリンジャーの文学世界を知るにはすばらしい材料です。

これらの作品にも、シーモアは登場するのです。シーモア兄さんはこういった、ああだった、というふうにね。しかしサリンジャーはさらに、『大工よ、屋根の梁を高く上げよ・シーモア序章』(一九六三)を出して、グラース家とシーモアの話を綴りました。興味深いのは、語られるシーモアがしだいに若くなって、それにつれて彼の天才性もたかまっていくことです。世界のさまざまな宗教を結集した叡知の化身のようになっていくんだな。

もう時間がないのでひとっとびにまとめますと、サリンジャーは、まるで精神病院に入っちゃったホールデンの後を託すかのように、シーモアの物語を構築して、絶望的な現代に希望をもつとはどういうことか、といったことを表現しようとしたように思われます。内容はしだいに深遠さを増し、宗教味もおびていった。しかし、生ま身の人間を描く文学としては、進展しなくなっていったんじゃないか。というよりも、現代の人間の運命の方向が、サリンジャーにも見きわめられなくなっていったんじゃないか。いずれにしろ、サリンジャーは世間から姿を隠しただけでなく、待っても待っても、作品を発表しなくなってしまいました。

それにしても、しかし、一九五〇年代から六〇年代初頭までのアメリカの社会や文化を念頭におく時、ホールデン・コールフィールドや、シーモアらのグラース家の人々の世界は、崩壊を胎み、一見か弱く揺らぎながらも、懸命に時勢に対峙していたといえるんじゃないか。その人々の心を、サリンジャーはこまやかに生き生きと描いたのでした。

2 ソール・ベロー

ヒューマニズムの作家

今回はソール・ベロー（一九一五―　）の話をします。ソール・ベローも戦後文学でひときわ目立つ存在になった人ですが、年齢的にいうとノーマン・メイラーやカポーティよりも一時代前に生まれ、サリンジャーと同様、すでに戦争中から小説を発表していました。ただし、同じユダヤ系の作家ですが、時代への対峙の仕方において、サリンジャーが東洋的な神秘思想へ傾いていったのに対して、ベローは西欧的ヒューマニズムの伝統に立とうとしていたように思える。その方向の違いも私には興味深いんですよ。

ベローはカナダでユダヤ系ロシア人の移民の子として生まれ、九歳までモントリオールの貧しい地区で成長しました。一九二四年に一家はシカゴへ移住しましたが、大恐慌時代にもなり、やはり辛い生活だったでしょうね。三三年、ベローはシカゴ大学に入りましたが、途中でノースウェスタン大学に転じ、社会学・人類学を専攻、三七年に優秀な成績で卒業しました。それからウィスコンシン大学の大学院に奨学金を得て入りましたが、その年の暮に恋人と結婚し、大学には戻らなかったようです。でも四八年、というともう戦後ですが、グッゲンハイム奨学金を得て一年間ヨーロッパを旅行し、帰国後、ミネソタ大学、プリンストン大学、ニューヨーク大学などで教えた後、シカゴ大学教授を長いあいだ勤めました。本職はもちろん作家というべきでしょうが、知識人、国際人としても活躍した人ですね。

いまもちょっと述べましたが、ベローはヒューマニズム探求の作家ということになっている。この現代文明にあって、本当にヒューマニズムは成り立ちうるのか、といった問題に取り組んでいったわけね。それは自己探求でもあり、自己と世界との関係の探求でもあります。なんだかくそ真面目な人みたい。しかしこういう問題を考えることは、アメリカ文学の最も正統的な伝統でもありますよね。しかも彼は、それを頭でっかちな観念でやったのではない。自己は現実の世界と衝突し、しばしば挫折します。その姿を自然主義的に描きながら、さらにそこから発展したいという願望も作品中に織りこんでいく。ヒューマニズムなんていうのは、いまどき気恥ずかしくて使いにくい言葉みたいですが、ベローのこういう特色は、本当のヒューマニズムを感じさせますね。

『宙ぶらりんの男』

ソール・ベローの出世作は『宙ぶらりんの男』。まだ戦争中の一九四四年の出版で、作者は二十八、九歳でしょう。内容は、アメリカ陸軍の徴募に応じた二十七歳の青年——どうやらベロー自身を思わせる人物です——が、カナダ国籍のために何やら審査に手間取り、シカゴ市内の下宿で入隊通知書が来るのをもう七カ月間も待ってるんですが、いっこうに通知が来なくてね、それからさらに五カ月間続いた「宙ぶらりん」の心の内面を、日記体で書き綴ったものです。

彼、ジョーゼフは、大学出の知識人で、ハードボイルド派——ヘミングウェイ流のマッチョ的な、おれは逞しいぞということを示そうとする連中——を軽蔑しています。彼は内面の自由を求め、外面的なお付き合いとか、権力に尻尾を振るような生き方とかを拒否し、孤高の生活を守ろうとしています。ところが、それは強がりの恰好だけで、内面の生活がじつは不毛であることを、いろんな機会に気づかされる。自分の方が他の連中よりすぐれているのだと思うんだけれども、じゃあ自分は何を産み出しているのか、といえば何も産み出していない。貧乏な生活で収入がないから、女房に食わせてもらっている。兄が生活費の援助を申し出てくれると、自負心から退けるけれども、お金がないとやはり生活できない。そういう心の誇りと現実とのギャップがあって、自分の生きる姿勢の不毛さを認識せざるをえないのですね。また同時に、自分が軍隊にいっていないので、生命の危険をおかしている者への罪の意識みたいなものも感じざるをえない。

ジョーゼフはしだいに受け身になっていく。そのくせまた妙に反抗的になったりする。ヒステリックな態度で人と喧嘩する。自分から進んで未来を切り開こうという積極さを失っていく。そしてとうとう、物質的にもだけれども、精神的にどん詰まり状態になる。ただ、そのいちばん最後のところで、自分ひとりで背伸びして頑張るのでなくて、自分を外のもっと大いなる存在に委ねよう、とそういう生き方に目覚めるのです。それはつまり、自分の自由を放棄することですね。しかしじつは、そうすることによって本当の自由をつかもう、ということのようです。サリンジャーの思想にもあった、ちっぽけな自我の放棄に通じる姿勢かもしれません。ジョーゼフは最後に、軍隊からの通知を待つのではなく、こちらからすすんで志願兵として軍隊に参加しようとする。そしていよいよ入隊する日の次の言葉で作品は終わるのです。

ぼくはもう自分自身に責任をもたなくていい。有り難い気持ちだ。ぼくはほかの人たちの手の中にある。自由なんてものは放棄して、自分で自分の運命を決定することから解き放たれたのだ。

ここは非常に微妙で、また重要なところだと思います。私たちは、皆さんもそうだと思いますが、人間の自由ということをずっと主張してきています。私の見方では、アメリカ文学の伝統の大きな部分も、ハックルベリー・フィンの冒険につながって、自由の探求にあった。ベローはそれを否定しているんだろうか。ベローは自由を空しいとし、自己の敗北を描いたのだろうか。そういう疑問が出てくるところなんですが、私はそうではないと思う。作者、というかジョーゼフのまわりは、圧倒的に俗物の世界です。物質主義的で、精神の価値なんか重んじていない。そういう世界にひとり立ち向かって行く時に、自己崩壊してしまうか、何とかして自己を生き延びさせるか、その二者択一を迫られた状態が続くわけです。その最後の選択肢として、とにかく生き延びるんだという姿勢、そしてより大きな物に自分を委ねるんだという姿勢を主人公はつかみとるんですね。ジョーゼフは、「ぼくは本当の自分は何かということを知らなければいけない」とも書いています。ですから、この作品は自己や自己の自由について否定的であるのではなく、逆に積極的、肯定的で、やはりこれは自己探求、自己のアイデンティティの追求の小説だと思うんです。戦争中という難しい状況の中で、自己を見つめ、自己をぎりぎりのところまで追いつめながら、一種逆説的に、自己の解放をはかる努力を綴ってみせた作品のように思います。

『犠牲者』

アメリカの思想家や文学者は、伝統的に、自己を本質的に自由で崇高なものとする努力をしてきましたが、ソール・ベローは、自己をいったん極限まで落としてみせた。そしてそこから新たに出発していく。この後の彼の文学は、そういう新たな自己探求を展開していくことになるように思えます。

一九四七年、ベローは戦後の第一作『犠牲者』を発表しました。これはユダヤ人の意識の問題を正面に出してきた小説です。ニューヨークの群衆の中でちっぽけに生きているユダヤ人の主人公が、不意に、お前のせいで失職したと主張するユダヤ人排斥者に苦しめられ、自分の方こそ犠牲者だといって責任を拒否するのですが、しだいにより大きな人間的絆《きずな》を悟り、罪の意識を覚えていくといった内容です。つまり加害者と犠牲者が入れかわって、生の認識が深まるわけです。これも、やはり自己探求の小説であり、より大きな自己の発見への出発の小説といえるように思います。

『オーギー・マーチの冒険』

次の『オーギー・マーチの冒険』(一九五三)は、思索的というよりも、一転して人生の「冒険」を力強く語る大作です。たぶん、自伝的な要素の強い作品でしょうね。しかも、その題を聞いただけで、『ハックルベリー・フィンの冒険』を思い出します。この自伝的要素とハック・フィン的要素は、作品の中で合体していると思います。つまり、ハック・フィンがミシシッピー川の周辺で追求したようなことを、作者の代弁者である主人公は、シカゴという現代の都会で追求しようとしているのじゃないかしら。ただし、同じような追求をニューヨークでしたホールデン・コールフィールドとこの主人公とは、性格がずいぶん違います。オーギー・マーチはたくましいんです。ここでは、ちょっと、『ハックルベリー・フィンの冒険』と比べながら、話を進めてみましょう。

舞台は、はじめは一九二〇年代から三〇年代のシカゴです。ハック・フィンの深南部を腐敗した貴族たちが支配していたように、ここにも富裕階級の貴族社会があります。と同時に、深南部では貧しい農民たちがほとんど獣的に無秩序な生活をしていたように、ここでは移民やその子供たちからなる貧しくて無知で欲望を剝き出しにした階層がひしめいています。オーギーはもともとスラム街の出身ですが、ハック・フィンが貴族社会に入ってははね返され、農民社会に入っておぞましさを感じさせられたように、彼も上流階級と貧しい移民階級の間を右往左往し、幻滅を味わい続けます。

オーギーは「よりよい運命《ベター・フェイト》」を求めて、なんとか現在の状況から脱出しようと思うんですね。そして放浪、探求をする。が、失敗してまた脱出、放浪、探求。そういう「冒険」が、非常なスピードで、万華鏡のように展開する。そして彼は、それをハック・フィンと同じように、俗語まじりで饒舌に語るのです。ハックの語り口ほどのユーモアはなく、リアリズム的な描写が多いですけれどもね。

オーギーは貧しい移民の子ですから、さまざまな雑役的な仕事に従事しているうちに、ある高級運動具店の経営者夫婦に「養子」にされそうになります。それは貧しい生活から脱出するチャンスですから、オーギーもいったんはそうしようと思うのですが、やはりハック・フィンと同様で、「文明」の窮屈から逃れるようにして、脱走してしまいます。そういうことを次から次へとくり返して、彼は成長していくんですね。青年になった後、金持ちですが野性もある女性の愛人となってメキシコに渡ることもあります。そして鷲を訓練して大とかげを捕らえさせる仕事に熱中するんですが、見事に失敗する。このへんはハック・フィンがインディアン地区に脱出したいと思うところを彷彿とさせます。オーギーはアメリカに消滅したフロンティアをメキシコに求めて、そこに自由と自然な人間性を回復しようと試みるわけなんだな。しかしその試みが失敗に終わる。で、彼はまた新たな脱出をしようとする。話はそういうふうに展開して、オーギーは第二次世界大戦中にはパリへ行き、そこで不貞の妻と暮らしながら、なにか国際的ないかがわしい商売をする、といった具合です。

ところで問題は、さっきの「よりよい運命」とはいったい何かということでしょう。それは作品中で、生きることの「自由」という言葉であらわされているような気がしますが、さてその具体的な有様になるとよく分からない。いったい「自由」って何かということにもなりますね。金持ちの女についてメキシコまで行って大とかげを捕る、それが「自由」かというと、どうやらそうではなかった。そして作品の終わり近くなっても、オーギーはこんなことを述べています——「ぼくは人生がひどく複雑な状態、異常な力にとりつかれている状態の時は、それを打ち負かして自分のものにするチャンスのあんまりないことを知っている。だからぼくは、もっと低くて単純なところから出発したいんだ」と。これでは『宙ぶらりんの男』と同じ認識ですよ、ね。結局、作品の最後までいっても、「よりよい運命」とは、「自由」とは何か、よく分からないんです。だから実現もしない。それは、ハック・フィンが結局「自由」を獲得できなかったことと相通じるといっていいでしょう。しかし、ハック・フィンは「自由」を探求することそれ自体によって、みずからの「自由」を証明し、またその生の営みを奔放にしゃべりまくることによって、生の証しをたてました。オーギー・マーチもまた同じで、果敢に生き、その有様を果敢にしゃべることによって、「よりよい運命」の存在と、それを求める生の素晴らしさを証明しているといえそうな気がします。この小説はベストセラーになり、全米図書賞を受けました。

『雨の王ヘンダーソン』

私は『オーギー・マーチの冒険』をソール・ベローの代表作と受け止めたい。しかし、その後を受け継ぐもう一篇の奇抜な快作があります。『雨の王ヘンダーソン』(一九五九)という題です。この作品は自伝的とはいえませんが、オーギー・マーチのその後といっていいような人物が主人公になり、いま五十五歳です。彼は自分の妻と妻が代表する文明社会のアメリカに嫌気がさして、そこを脱出する。そしてアフリカまで来て、「よりよい運命」を探求するんですね。自然なままの自由な生を求めて、放浪する。

奇想天外な話が出てきます。原住民たちの中に入って一緒に生活しているうちに、彼は「雨の王」にされちゃう。いわば自分が自然現象になるのです。それからまた、彼はライオンと同じ心をもつことを教えられる。これも自然と一体になることでしょうね。ちっぽけな自我から自己を解放することでもあります。だが最後のところで、彼は、王は原住民に殺されることになっており、自分がその王の後継者にされていることを知って、文明世界に帰ってくる——せめてのことに子供のライオンを抱きかかえて帰ってくるんですがね。

結局、やはり、真の自由なんてないということになります。しかしここでも、自由をつかもうと思って努力することが自由そのものなんですよね。そしてたぶん、そのことによって彼の内面は大きくなっているわけです。ヘンダーソンには、いつも自分の内面からの欲求があります。彼はいつも "**I want, I want, I want**" という思いを抱いている。具体的には何を want しているのか、自分でも分からない。しかしこの **I** wantという心の底の叫びがあって、彼は生きているんだな。そして現実には失敗ばっかりしても、彼は大きくなるんですよ。よくいわれるソール・ベローのヒューマニズムも、根源のところはその辺にあるような気がします。

『ハーツォグ』以後

ソール・ベローは一作ごとに新機軸を出しいく努力家だったようです。じつは、ついとばしてしまったんですが、『オーギー・マーチの冒険』と『雨の王ヘンダーソン』の中間に『その日をつかめ』（一九五六）という中篇小説があって、人生の苦い味を、情けない中年男のモノローグの中に描き出しています。主人公はオーギーや「雨の王」の若々しい行動力をもたない、失業して妻とも別居中の男でね、その男のニューヨークにおけるわずか半日の生活の姿の中に、「その日をつかめ」（現在を把握せよ）などといわれても、そんなことのできっこない悲哀感や孤絶感がにじみ出ているんですよ。

こういうふうにして、ベローは沈潜した心と昂揚した感情を織りまぜて、作品を展開できた人なんだな。一九六〇年代以降の彼を簡単に述べますと、まず大作『ハーツォグ』（一九六四）があります。これは、ニューヨークで歴史の教授をしていたユダヤ系の知識人の、妻に離婚された後の混乱の一週間を描いています。娘が虐待されていると聞いてシカゴに飛び、娘を守るためには別れた妻やその愛人を殺そうとまで思うんですが、思いがけないことが次々と起こって果たせない。本人は真剣なんですが、第三者から見るとコミカルでもあります。彼はそれまで、いろんな人に手紙を書くことに熱中していました——生きている人だけでなく、死んだ過去の人にも書いていた。そういうことで心をまぎらせていたんだな。が、最後には、誰にもメッセージなど伝えなくったって、あるがままの状況を受け止めよう、という心境になります。

これも、小さな自我からの脱却の精神ですね。しかしこの精神は、現実への絶望をもとにしているのではなく、いわばそれを乗り越える意欲がもとになっている。しかも作者は、主人公のそういう精神の展開を喜劇仕立てにできる余裕があるんですね。この後、ベローはさらに、『サムラー氏の惑星』（一九七〇）で、後からまた述べたいと思う一九六〇年代の動乱によって荒地と化していくアメリカの社会と文化を描き、『フンボルトの贈り物』（一九七五）で、現代文明における詩精神の喪失を扱い、『学生部長の十二月』（一九八二）では、ルーマニアのブカレスト（まだチャウシェスクの独裁政権下にありました）とシカゴとの二都物語の形で、やはり弾圧（前者）と荒廃（後者）の状況を展開しましたが、常に、そういう状況を乗り越えようともがく人間の可能性を追求してきているように思えます。基本的には、彼は楽観主義を守ろうとしているんだな。そして一九七六年には、ノーベル文学賞を受賞しました。

ただ、例によって一言だけ私の好みを付け加えますと、ソール・ベローは作品ごとに新しい構想を工夫してきましたが、全体としては伝統的な小説形式を守って、広範な読者に訴える表現を追求してきています。一九六〇年代から盛んになった実験小説のたぐいには反対なんだな。私はその姿勢に共感を覚えます。とにかく小説は読んで面白く楽しいものであってほしいんですよ。ただ、彼の小説もしだいに思想性がおもてに出て、『オーギー・マーチの冒険』の頃の、饒舌な言葉からあふれてくるヴァイタリティとか、おおらかなユーモアといったものは、しだいに影をひそめてきたような気がする。年をとるとこうなるのか、大家になるとこうなるのか、まあいろんな理由があるんでしょうが、アメリカの文学者には多くこういう傾きがありますね。そういう意味でのアメリカ文学の伝統にも、彼はつながっているような気がします。

ユダヤ系作家たち

さて、サリンジャーもソール・ベローも、ユダヤ系の作家でした。ノーマン・メイラーも、ユダヤ人の血をひいていましたよね。第二次世界大戦後のアメリカ文学で、ユダヤ系の文学は大きな地位を占めることになります。もちろん、ユダヤ系のアメリカ文学者はすでに十九世紀から活動していたのですが、戦後文学では、彼らがほとんど主流を形成するほどになりました。どうしてか。

私は、戦後から五〇年代にかけてのアメリカ文化の特色として、一方では伝統的秩序が重んじられるとともに、そのもとでの不安、焦燥、反逆の思いの浸透をあげておきました。いや、秩序尊重の風潮も、じつは全体主義や核による人類絶滅への不安があったからこそでした。ユダヤ系の人たちは、その歴史からして、まさにそういう不安や焦燥を代表する存在だったのです——反逆の思いは、より多く黒人によって代表されるかもしれませんけれども。

ユダヤ人は、祖国（あるいは故郷）喪失と流浪の歴史をもっています。彼らが体験した大虐殺《ホロコースト》は、全体主義の恐怖や核の脅威を、絵空事ではない現実として認識させています。それから彼らは、多くが都市に居住してきましたから、都市文明の邪悪な面にもなじんでいます。疎外も、ほかの白人より強烈に味わってきました。そして彼らは、いつも文化の周縁におしこめられてきました。こういうことすべてが、ユダヤ系の人たちを、いわば現代人の運命の鋭敏な感受者にしてきたといえそうです。

しかも、彼らには、苦難の歴史にきたえられたのでしょうか、民族的な誇りや、現実を乗り越えて向上しようとする意欲があります。それで、アメリカという多人種国家でのマイノリティとなって、アイデンティティの探求、自己実現の試みを熱心に行うわけです。もうひとつ忘れてならないのは、一般的に貧しい移民であった彼らも、第二次世界大戦の頃までに、多くが高等教育を受け、知的生産をする準備ができていたということでしょう。こうして彼らは、文化の周縁から中央に進出してきたといえそうな気がするのです。

ノーマン・メイラーは、自分がユダヤ性によって束縛されるのを嫌悪していたように思われます。サリンジャーは、ユダヤ性をことさら作品に取り上げることはしませんでした。ソール・ベローによって、ユダヤ系の人たちのかかえる問題がアメリカで普遍性をもつものとして、積極的に作品化されはじめます。もちろん、その最初というのではありません。しかし、『オーギー・マーチの冒険』などが世間的にも広く受け入れられた時、ユダヤ系の文学はアメリカで市民権を得たといえるのではないかしら。その頃から、ポーランド生まれでイディッシュ語で書いていたアイザック・シンガー（一九〇九―九一）も含めて、すぐれたユダヤ系の作家たちが輩出してくることにもなります。ここでは時間の都合上、その代表的な作家を二人だけ、ほんの一言ずつ紹介しておくことにしましょう。

バーナード・マラマッド（一九一四―八六）は、ユダヤ的なものに密着した文学世界を作った代表といえるんじゃないかしら。『アシスタント』（一九五七）が彼の出世作でしょうね。一九三〇年代、つまり不況時代のブルックリンが舞台になっています。貧乏なユダヤ系の老人が経営する食料品店に強盗たちが押し入り、老人に怪我までさせるんですが、ついその強盗仲間になっていたあるイタリア系の青年が、不思議な感情の働きでこの店に引き寄せられ、老人の手助けをし始めます。そのうちに彼は老人の娘を恋するようになるんですが、ユダヤ人ではないから、結婚はできません。逆に店の小銭をくすねてクビになってしまう。しかしそういうことを通して、彼はユダヤ人のおかれた状況や、精神的苦悩、さらにはその中につらぬかれた「善」なるものを知っていくんですね。彼は懸命に店を破滅から救い、最後にユダヤ教に改宗して娘と結婚しようとします。この最後のところは、私には文学作品としての無理が感じられますけれども、全体として、よく抑えた文章でリアリスティックな描写をしながら、人間的なモラルを追求する作品となっています。

もう一篇、マラマッドの作品で有名なのは『修理屋《フィクサー》』（一九六六）でしょうね。これは革命前のロシアを舞台にしています。よろず何でも雑役をするフィクサーとして辛うじて生活している中年のユダヤ人が、さまざまな不条理の迫害をこうむるんですね。それを通して、彼はしだいにユダヤ人としての意識を深めていく。そういう姿を描いた作品です。これもユダヤ人の状況をリアリステックに表現しながら、精神の問題を追究しています。

マラマッドと並ぶユダヤ系作家というと、フィリップ・ロス（一九三三―　）かしら。ぐっと若くなりますね。そういう年齢の違いが反映するのか、彼はマラマッドのようにユダヤ人性を積極的な方向に強調するのではなく、むしろユダヤ人的な環境の力によって歪められた人間の姿を皮肉に描いています。彼の出世作は『さようなら、コロンブス』（一九五九）でしょうかね。これは六編の作品を収めていますが、そのうちの書名となった中篇小説は、中産階級化したユダヤ家庭の俗物性を戯画化しています。「豊かな社会」のアメリカの精神的な歪みが、ユダヤ系の人たちにこそ濃厚に反映するんですね。

ロスの作品をもう一篇だけ紹介しておくとすれば、『ポートノイの不満』（一九六九）かな。これはニューヨーク市の人権擁護委員という恰好いい地位についているポートノイという人物が主人公です。彼は子供の頃に母親から厳しい躾けを受けたことによって、自己が抑圧されてしまい、その欲求不満が、いま中年になって、絶えざる自慰行為というような形で現れているんです。社会的な願望は満たされても、不毛な自己愛から脱け出せないんですね。そういう姿をトール・テール的な表現で描いています。

ユダヤ系の作家といってもじつはさまざまなんですが、彼らの主要な関心は人間と社会との関係にあるといえそうです。そして、そこに常に不安がつきまとっている。ユダヤ系の作家の特色をはっきりさせるためには、二十世紀のアメリカ文学の巨人たち、ヘミングウェイ、フォークナー、スタインベックといった人たちと比べてみるとよい。彼らは土臭いプリミティヴィズム、それぞれの地方色をもとにしてそこに原初的で骨太の生の営みを展開させる作品を生み出しました。そういうプリミティヴィズムがアメリカ文学の大伝統だともいえそうなんですが、ユダヤ系の作家たちは違うんですね。いってみれば都会的で、ソフィスティケイトされています。単に作品の舞台が都会だというのではない。アイロニーとか、手のこんだ比喩《パラブル》とか、そういう手法が盛んに用いられもするのです。私自身はどちらかというとプリミティヴィズム派であるような気がしますが、しかしこういう作家たちがアメリカ文学の中身を重層的にしたことは確かだろうと思います。

3　エリソンとボールドウィン

黒人文学の展開

ユダヤ系文学にひき続いて、今回は黒人文学の話に移りたいと思います。黒人、つまりアフリカ系アメリカ人は、歴史的に、ユダヤ系の人たちよりもっと直接的で暴力的な差別や迫害をこうむってきましたね。そして二十世紀になっても、多くは貧困にあえぎ、そこから脱け出る手段も奪われていました。だから、ユダヤ系の人たちもむろんアメリカの体制に焦燥する気持をもっていましたが、黒人はもっと真っ向からそれに抗議し、反抗する理由をもっていました。黒人文学者は、当然、それを行います。一九三〇年代の文学のところで取り上げた『アメリカの息子』の作者リチャード・ライトは、そういう抗議の文学の代表者でした。その種の文学は、その後も黒人文学の伝統となり、第二次世界大戦後まで続いてきています。それを「ライト派」の文学と呼ぶ人もいます。

そういうライト派の中で代表を一人だけあげるとすれば、チェスター・ハイムズ（一九〇九－八四）でしょうか。オハイオ州立大学に在学中、強盗のかどで刑務所に入れられていて、小説を書き出したそうです。その代表作をやっぱり一篇だけあげれば、処女作の『わめく奴は放してやれ』（一九四五）かしら。これは戦争中、ロサンゼルスの造船所で働く黒人青年が、黒人であるために理不尽に差別、迫害される姿を、その青年の怒りをもった言葉で表現しています。

こういう作家が登場してくるのですが、一般的にいいますと、ライト派の作家は黒人の厳しい状況を表現するためにセンセーショナリズムに走ってしまった。つい激越な表現をして読者の感情に訴えようとするんですね。ハイムズも例外ではありません。その結果、黒人の本当の人間性が作品の中で稀薄になってしまう。本当は、差別と迫害の中でいかに人間として生きうるか、といったような問題こそ追求すべきではないのか。またそれこそが、困難さを背負った黒人文学者の発展させうる主題ではないのか。そういう認識が、やがて一部の黒人作家の間に生じてきました。

こうして、一九五〇年代に、黒人文学は新しい展開を示すことになったのです。アメリカの体制に反逆はするんですが、普遍的な人間性のおかれた難しい状況を、ユダヤ系文学とは違った形で、先鋭に表現しようとし始めるのですね。ここでは、そういう新しい黒人文学を代表する二人の作家を取り上げてみようと思います。ラルフ・エリソンとジェイムズ・ボールドウィンがそれです。

モダニスト、エリソン

最初にラルフ・エリソン（一九一四─九四）についてお話しします。オクラホマ州の生まれ。つまりリチャード・ライトのような深南部の出身ではないのです。三歳の時に父が死に、母が女中やアパートの管理人などをしながら彼を育てました。高校時代は音楽に熱中したらしい。そして一九三三年、十九歳の時に、タスキギー・インスティチュートに入った。これは、一八八八年にブッカー・T・ワシントン（一八五六─一九一五）によって創設された、黒人の職業教育を目的とする大学みたいな所です。南北戦争で黒人が解放されましたね。彼らは急に白人と平等になろうとして、かなりの数の黒人の政治家も生まれましたけれども、まだ教育のない人が圧倒的に多かったですから、なかなかうまくいかないんだな。それで白人の反発を招き、クー・クラックス・クラン（KKK）なんてのが出現して黒人をリンチで脅かしたりするようになり、黒人はかえって苦しい状況に追いこまれちゃった。そこでブッカ・T・ワシントンは、黒人の実際的な力を養って、白人と協力しながらその地位向上をはかりたいと思い、白人の支援も得て、この学校を作ったのです。しかし黒人が白人に頭を下げて作ってもらったという面もあるので、白人への卑屈さを脱しきっていないという批判もあります。ともあれ、ブッカー・T・ワシントンには『奴隷より身を起こして』（一九〇一）というすぐれた自叙伝がありますから、ぜひ読むといいですよ。

そういう学校に、エリソンは入学した。三年間です。そして、図書館のアルバイトをしながら、マルクス、フロイトから、エズラ・パウンド、ガートルード・スタイン、ヘミングウェイ、T・S・エリオットなどのモダニズム文学までを読みあさったらしい。とくにエリオットの『荒地』に、黒人の状況を感じとったといいます。とにかく、驚くべき高度な読書ですね。私はアメリカ黒人史について通りいっぺんの知識しかないんですが、黒人もこの頃には新しい知識人階層が形成されてきていたんでしょうね。

一九三六年、エリソンはタスキギー・インスティチュートを出、作曲と彫刻を学ぶ目的でニューヨークへ行きます。そして偶然、ラングストン・ヒューズに会い、彼を通してリチャード・ライトと知り合う。ライトもエリソンの才能を認めて応援した。エリソンは最初のうち、ライト流の抗議の文学の短篇や評論を精力的に書きました。いろんな大学で講師もしています。が、そのうちに、共感を寄せていた共産主義、というか共産党の現実に、幻滅していくんだな。つまり共産主義は黒人問題を単に経済的・社会的な観点からとらえるだけ、共産党は黒人を党勢の拡大のために利用しているだけ、ということを感じていくんですね。それと同時に、彼はライト流の自然主義的な態度や方法にも限界を感ずる。もっと、黒人が人間としてもつ複雑な個性や心理を追究したい。それには単なるリアリズムではなくて、シンボルや、アイロニーや、ファンタジーを織りまぜた文学的な表現が必要だ。と、まあそんなわけで、彼は単なる抗議を越えた内容の文学を書く方向に進んでいくんですね。

『見えない人間』

そのようにして、一九五二年に出版したのが、『見えない人間』と題する長篇小説です。この本は全米図書賞というアメリカの出版界で最高の賞を獲得して、エリソンはこの一冊で黒人文学の新しい指導者になりました。

この作品の題は、黒人は人格として見てもらえないので、人間としては見えない存在だ、という思いからつけられました。ですから、語り手である主人公にも名前がないんです。彼はいま、ニューヨークのハーレムに接した白人専用のビルの地下の、人の住まない「穴」に潜り込んでひとり生活している。電力会社の電線からうまく盗電して、一三六九個の裸電球をつけて、真昼のように明るくし、ジャズなどを楽しみながら、自分がなぜこうなったか、というそれまでのプロセスを思い起こしていく。その回想が作品として展開するわけです。この回想の中には、作者の自伝的要素と、それにカフカ的な無気味な幻想の体験とが、織り合わさっています。

主人公は少年時代に、白人のいうことにはとにかく頭を下げておいて、しかし腹の中ではぜんぜん聞くな、という面従腹背《めんじゅうふくはい》の生き方を祖父から徹底的に教えられます。で、その教訓を上手に守って、奨学金をもらい、州立大学（モデルは明らかにタスキギー・インスティチュートですね）に入る。すると学長は、白人にへつらって、黒人には権威を誇示している偽善者なんだな。主人公は面従腹背の精神と行動をますます発達させて努力するんですが、結局、大学を事実上追放されて、ニューヨークに出て来ます。

彼はやっとのことでペンキ工場に職を得る。が、カフカ的な話が展開します。彼の仕事は、白いペンキ——リバティ・ペンキというんですがね——その原液に、黒い液体を、バケツごとに十滴ずつ入れて、黒が見えなくなるまでかきまぜる仕事なんです。つまり、黒人が混じっているけど全体は白く見えるアメリカの「自由《リバティ》」みたいなものなんだな。このペンキでアメリカ中を白く塗りつぶせば、アメリカは美しいというわけなんでしょうね。が、彼は混合剤を間違えて、黒がはっきりと見えるペンキを作ってしまった。で、地下室の仕事に配置転換させられる。そんな話が展開していきます。

主人公はやがてペンキ工場を追われ、ハーレムに入って浮浪の生活をしているうちに、なんかのきっかけで黒人の群衆に演説をぶって、警官から逃げるはめになってしまいます。すると後から追っ掛けてくる人がいる。それが作品中ではブラザーフッドと呼ばれている共産党をモデルにした団体の人物で、主人公の演説の能力を見込んで、仲間に入れというわけなんですね。で、そうするんですが、結局、ブラザーフッドは党勢拡張のために黒人を利用しているだけだと知る。そのうちに、ハーレムの黒人暴動が起きる（これは一九四三年八月一日に実際に起こった事件をモデルにしているらしいですよ）。彼は戦闘的な黒人に追われ、また白人たちにも追われて、やみくもに逃げて行くうちにこの地下室に入っちゃった、というわけです。そしていま「見えない人間」になって生きているんですが、この小説は、彼が自分は「冬眠」しすぎた、なぜなら「見えない人間にも社会的に責任のある役割を演じなければならないことだってあるんだ」と感じて、外の世界へ出ようとするところで終わっています。

前に言及したノーマン・メイラーの『バーバリの岸辺』もそうでしたが、この作品も明らかにドストエフスキーの『地下生活者の手記』に負っているようです。それから、いましがた述べましたように、これは自然主義的なリアリズムの表現ではなく、カフカ的な発想、シュルレアリスム的な手法を駆使していますね。そういう方法によって、人間の状況をシンボリックに表現している。しかも、黒人が追い込まれた非人間的な状況の中で、「私」という人物がたくましく図々しく生きていく。黒人を主人公にしたモダーンな小説が、ここに登場してきたといえそうです。

ただ、この「見えない人間」が、最後に「社会的に責任のある役割」を自覚し、外に出て来るというのは、たいへん人道主義的だけれども、私にはちょっと唐突な気がします。せっかくここまで追い詰めて黒人の存在を表現してきたのが、いささか安易な解決に走ってしまったのではないか。じゃあ、彼が地上に出てどうなるか、何をしうるかといった、方向性が示されていないように思えるのです。しかしこの小説は、出版された時、非常な評判になりました。主人公のしゃべり方が、饒舌で、皮肉で、しかも哀切で、悲痛なところもある。つまりそのしゃべり方そのものが、黒人がどんなに豊かな人間性をもっているかを証明しているのです。あのハックルベリー・フィンの饒舌な語り口がハック・フィンの人間性を証明していたのと同じですね。ブラザーフッドの内部や、ハーレム暴動を語った個所は圧巻でもあります。こうして、もちろん黒人の状況に抗議はしているんですが、それだけではなく、黒人の存在感を見せつける小説が登場してきたといえます。

けれども、エリソンは結局、この小説一作で終わってしまうのです。主人公のこれからの生き方に方向性が見られなかったように、これに続く作品のめどがつかなかったのかもしれません。短篇小説は発表しましたが、長篇小説はできなくなってしまったらしい。部分的には書いたけれども、火事で原稿を焼失、それでもまた書き出したけれども、完成直前にエリソンは死去したそうです。（一九九九年、この作品は『六月十九日』と題して刊行された。題はテキサス州の黒人たちの奴隷解放記念日を意味する――追記。）

ハーレムの説教師の子

次はジェイムズ・ボールドウィン（一九二四―八七）の話に入ります。エリソンの後をついで、現代の困難な状況の中での、黒人の人間性、或いは人間としての黒人のかかえる精神的な問題を追究し、それをさらに人間に普遍的な問題として提示した、新しい黒人文学の代表者です。

彼はニューヨークの生まれです。父はハーレムで平信徒の説教師をしていました。父といっても継父で、ボールドウィンは冷たい扱いを受けて育ったらしい。それでも、オクラホマ出身のエリソンと同様、深南部生まれのリチャード・ライトとはずいぶん違う環境で育っています。彼もまた黒人の新しい知識人階層に属したといえるんじゃないかしら。

不況時代の真っ只中で、彼は貧しい少年時代を送るのですが、父への対抗心もあって、高校時代から自分も説教師として教壇に立っていたようです。牧師《ミニスター》というのは、然るべき資格があって儀式なども司る人ですが、説教師はそうではないんでしょうね。が、彼は結局、自分はその方面には向かないと見きわめたらしい。一九四二年に高等学校を卒業しますと、作家を志して、家を出た。もちろん食っていけませんから、いろいろな職業につきます。グリニッチ・ヴィレッジでウェイターをしたり、とかね。そして一九四四年にはリチャード・ライトに会い、影響も受け、四八年には、ライトにならってパリに渡り、そこで十年間、またいろいろな職業に従事しながら、ヨーロッパの文化を吸収します。この辺も、新しい世代の黒人を感じさせますね。

その間に、しかし、彼はライトと袂《たもと》を別つ感情を育てるんだね。一九四九年に、「だれもかもの抗議小説」という評論を発表した。その結びの一節だけ引用してみます。

われわれの人間性というやつは、われわれにとって重荷であり、しかもわれわれの人生なのだ。それを獲得するために戦う必要なんてない。われわれに必要なのは、ただひとつ、遙かにもっと難しいことをなすこと――つまり、それを受け入れることである。抗議小説の失敗は、それが人生を、人間としての存在を拒否し、人間の美、恐怖、力を否定し、人間を（黒と白とに）分類することだけが実際的でこの上ない方法だと主張するところにある。

つまり、ボールドウィンによると、ライト流の抗議小説は、黒人が人間性を奪われているとし、黒人がもっている善も醜もひっくるめた人間としての存在を否定してしまっている、というわけですね。ボールドウインは、人間を黒と白とに分類して、一方から他方への抗議を展開するというやり方に反対して、共通の人間性を受け入れ、そこから問題の解決にのぞもうというわけです。こういう考えに基づいて、彼がやはりパリ時代に書いた小説が、一九五三年に出版された『山にのぼりて告げよ』です。これによって、ボールドウィンは一挙に黒人文学の新しい旗頭になってしまいます。

『山にのぼりて告げよ』

この小説もなかば自伝的です。ハーレムの黒人教会を中心にして、三月のある土曜日の朝から翌日曜日の早朝まで、ちょうど一昼夜の物語です。登場人物がすべて黒人ということは、黒人と白人のコントラストを強調するのではなく、黒人の人間としての問題が展開するということでもあります。説教師ゲイブリエルの息子、今日十四歳の誕生日を迎えるジョン・グライムズが、主人公といえます。誕生日ですから、彼は自分の過去や将来をいろいろ考えます。彼は父親を憎んでいる。後から分かってくるのですが、彼は父の後妻となったエリザベスの連れ子なんです。父は独善的で、強圧的で、彼の方も息子を憎んでいる。ジョンには弟や妹もいるのですが、それもひっくるめて家中に憎しみが立ちこめている、それから、その晩に、父の姉のフローレンス、父、母が教会でお祈りをするのですが、そのお祈りを通して、彼らの過去がフラッシュバック的に浮き出てきます。南北戦争の時代、つまりゲイブリエルの父母の時代にまでさかのぼって、三代の歴史がよみがえるわけです。黒人が抑圧され、その状態から這い出ようとし、その過程で複雑な男女関係などがくりひろげられている。まるでフォークナーの小説のように、入り組んだ綿密な構成になっています。

普通、黒人に長い過去の積み重ねがあるのだという発想が、白人にはないのです。黒人はまるで動物のように生きているんだと、つい思いこんでいるんですね。が、この一家のお祈りに出てくるさまざまなフラッシュバックの情景によって、黒人のあの「人間性」ってやつが如実に浮き出てくる。私はじつはこの小説を苦労して、何度か中断しながら読んだんですが、この部分は素晴らしかったですよ。

彼らはみんな、罪の過去を背負っています。不倫とか、背徳とか、汚れた生を経てきています。そして、それぞれ神を恐れ、神に救いを求めている。しかし、神に祈ることによって、自分の罪をごまかしてしまいもする。他人に罪をなすりつけもする。つまり、すべての人間に通じる弱みを、黒人は自分たちがおかれた難しい状況により、鮮明に示しもするんですね。それがいちばん際立っているのが父親のゲイブリエルです。彼は説教師として、神を絶対視し、自分を神の意思の伝達者にしているのですが、じつは自分のちっぽけなエゴを正当化し、そのためにかえって傲然とふるまっているだけなんですね。しかも、どこかでそのことに気づき、不安と恥辱の思いもかかえているのです。だからこそ、彼は自分の倅になったジョンが真剣に神を祈っている姿をみると、これが憎らしくなる。ジョンの目がサタンの目にも見えるのです。そういう複雑な心理がことこまかに展開しています。

こうして、みんなそれぞれに苦しみ、迷いながら、神を求めているんですが、真の神は見出しえないでいる。そういう人々にまじって、ジョンはひたすら神に祈る。それがこの小説の最後の部分です。土曜の夜から日曜の朝にかけてひたすら祈っている間に、彼は人生のさまざまなヴィジョンを見ます。そして絶望の谷を通り過ぎ、夜明けとともに、山にのぼる境地にいたる。つまり、本当の神に接近する心境へと進んでいくんですね。そして父に向かって、“I'm ready. I'm coming. I'm on my way.”と言うところで作品は終わります。訳しにくいけど、「心の準備はできた。これから新しい自分の人生の道を出発しようと思います」といった意味でしょうね。

これは、ですから、いわゆる人種問題の小説ではないですね。人間としての罪と救いの問題を扱っています。それから、さらに、生のあり方の探究の小説にもなっている。さっきもいいましたが、黒人という困難な状況のおかげで、登場人物たちは普通の状況の人たちよりも多く罪にのめりこみ、従ってまた救いも生まましく求めるわけです。ただ、宗教上の教儀や信条や感情が屈折して表現され、私はところどころで苛立ちを覚えながら読みましたし、最後の、ジョンがある種の救いに到達するところでは、私の理解を越える部分がありました。私はこういう作品のよい読者ではないんですね。しかし、それぞれの登場人物のいろいろな欲望、白人よりも剝き出しになった欲望、そのために生じるさまざまな格闘、フラストレイション、それらを通しての自己の追求の激しさ、そういったものの描写はたいへん力強い。それから、ジョンは最後にいよいよ新しい出発をしようとするのですが、その行き先にはさらに多くの困難が待ち構えているだろうということもこの小説はちゃんと予測させる。そういう表現力も、たいしたものだと思います。こうして、この小説は、従来の黒人文学から一般読者が期待するような内容とはまったく違うものになっています。なんというのか、実存主義というのかな、黒人ということを越えた、人間の実存の姿をえぐり出してみせた画期的な小説だと思います。

『ジョヴァンニの部屋』と『もう一つの国』

ボールドウィンは次に、一九五六年、『ジョヴァンニの部屋』という小説を出版しました。これはパリを舞台にして、登場人物は前と逆に白人だけです。考えてみれば、黒人作家が白人を描いていけないことはありませんよね。白人を描くというより、人間を描いているわけです。そして、同性愛と異性愛との間の悩みをテーマとしています。前の作品における「神」に代わって、「性」をめぐる愛の困難さが追究されるわけです。

それから、ボールドウィンは一九六二年に、『もう一つの国』を出版します。これも大変な問題作で、確かベストセラーにもなったと思いますよ。舞台は主にニューヨークですが、パリも舞台になります。そしてこんどは黒人も白人も登場する。最初の方では、黒人のジャズ・ドラマーが主人公といえば主人公です。彼は南部出身の白人女と同棲するんですが、周囲からの無言の圧力をうけ、女は発狂し、彼は自殺してしまう。彼には白人の親友がいて、その男と彼の妹とが同棲しますが、これも愛憎からみ合って争う。それからまた、彼と同性愛の関係にあったある俳優は、パリに逃れ、そこで別の男と同性愛生活をするんですが、やはり満たされず、ニューヨークに帰って、ある女性と関係をもつ。といった具合で、人種がからみ、性的関係も複雑にからんで、さまざまな愛憎が展開していく。あらゆる人間関係が一見ヴァイオレントで、まるで常軌を逸しているように見えます。しかし、それぞれの人が、どこかで「もう一つの国」、つまり本当の愛が成り立ち、自分がそこに属すると思える世界を求めている。それが得られなくて、右往左往し、悲痛な叫びをあげているといえそうです。

この作品には、現代社会の人間群像が展開します。現代の社会状況、人間状況、精神状況を表現した小説といっていいでしょう。迫力のある文章で、セクシャルな表現も出てきます。私には、やはりとまどいを覚えるところがありました。同性愛生活が、美しく描かれているようなんだが共感がわかない、なんてこともあります。だが結局、作者の意図がつかみきれないんですね。逆にいえば、作者が明快な解決を示していないのかもしれない。抗議小説だったら、はっきりした要求がありますが、この作品はそうではないのです。人間同士が、本当のコミュニケイションを失って、孤立してしまっている。そういう有様を「性」をめぐってえぐり出しているんでしょう。私は苛々しながら、しかし、衝撃を受けた思いですね。

ボールドウィンの問題

こうしてボールドウィンは、ライト派といわれる抗議小説の狭さを脱して、黒人を多く登場はさせますが、白人の文学にも共通する現代の人間の問題を追究し、表現していきました。そして高い評価を得たわけです。ただし一九六〇年代に入ると、黒人の公民権運動は、単に法律上の権利だけでなく、いわば人間としての権利の要求運動にまでたかまりました。ボールドウィンはこれに積極的に呼応します。彼は黒人であり、しかも知識人作家として評価されていましたから、こういう動きをどう考えるか、いろんな機会に聞かれるわけですね。そういう時、ボールドウィンはちゃんと黒人側に立って、そのスポークスマンの役割を果たしたわけです。

そういう方面のボールドウィンの評論には、じつにいいものがありますよ。『アメリカの息子の覚書』(一九五五)は、先にも言及した、リチャード・ライトへの批判を含みます。『誰もわたしの名を知らない』(一九六一)を経て、『次は火だ』(一九六三)という鮮烈な題の評論集では、黒人の人間性を否定するようなアメリカの文化状況を激しく批判し、社会変革を求めています。

しかし彼は、単に白人側に抗議を申し込むだけでなく、むしろ黒人の方に積極的に訴える態度があった。つまり、「愛」をもって白人を理解し、受け入れてやろうということを主張するんですよ。白人も黒人も運命共同体で、ともにアメリカを作っている。白人の運命は黒人の運命だ、というわけです。最終的には普遍的な人間性に基づいて、ものを考えていっているのですね。だから、たとえば「ブラック・パワー」のような主張には全面的には賛成できない。彼のこういう姿勢は、戦闘的な黒人からは非難を蒙ります。みんなにいい顔をして、黒人の苦悩や怒りを代弁していないというわけです。ボールドウィンは長生きして、それにこたえるような小説や評論を発表し続けましたが、彼の活躍が最も精彩あったのは一九六〇年代までじゃないかしら。アメリカが人種問題などで混乱を深めるにつれ、彼自身も絶望を深めますが、彼流の人道主義というか、人間主義といったものが、力を失っていってしまうんですね。実際問題として、黒人文学そのものも、六〇年代前半まではエリソンとボールドウィンの二人を代表として大いに注目されたのですが、その後は世間の関心からはずれていった傾きがある——リロイ・ジョーンズ（一九三四—　）、戦闘性を強めてから改名してイマム・アミリ・バラカのような、「ブラック・パワー」系の興味深い作家も活躍したんですけれどもね。

4　演劇　アーサー・ミラーとテネシー・ウィリアムズ

演劇の二つの流れ

一九五〇年代の文学を語るに当たって、まだ言及しなければならない小説家たちは多いけれども、一部は一九六〇年代を語るところでふれることにして、今回は演劇の話に移ることにしましょう。もうあと三回の講義しかありませんからね。

第二次世界大戦後から一九五〇年代にかけて、一方にノーマン・メイラーのような、社会的関心が強くて、アメリカの体制に正面から挑戦する作家がおれば、もう一方にはトルーマン・カポーティのような、どちらかといえば美的な関心が強くて、もっと個人の内面の陰影に探りを入れていく作家がいました。「大人の時代」に対応するのに、ユダヤ系の作家にも黒人作家にも、濃淡は別にして、こういう二つの流れはありました。もちろんこの二つはまじり合います。しかしたがいに補い合って、アメリカ文学の内容を豊かにしてきていることは確かでしょうね。

演劇においても、同じことがいえるのではないかと思います。アメリカの近代演劇の出発点をしるしたユージン・オニールは、ひとりで二つの傾向を創始もしました。一方では自然主義的に、個人を越える運命に支配された二十世紀のアメリカ人の姿を、綿密にリアリスティックに表現しました。だが他方で、彼は非常なモダニストで、さまざまな表現方式の実験を行い、個人の内面をえぐり出しました。一九三〇年代の劇作家たちは、未曾有の不況時代を反映して、社会的な関心を強め、現実をリアリスティックに描き出す努力をしましたが、彼らは同時に大胆な表現の実験を次々と行いました。しかもソーントン・ワイルダーのような、美的世界の構築に力をつくした作家もいます。第二次世界大戦後には、二人のすぐれた劇作家が登場し、アメリカ演劇を世界に向けてアッピールしましたが、彼らもいま述べた二つの流れのそれぞれを代表するような形で芝居を作ったように思えます。一方の代表者がアーサー・ミラー、もう一方はテネシー・ウィリアムズですね。

『みんなわが子』

アーサー・ミラー（一九一五―　）はニューヨーク市のハーレムに生まれました。ハーレムには一九一〇年代から黒人が流入してきましたが、ミラーの生まれた一九一五年頃、ここはユダヤ系の拠点であったんですよ。ミラーの父親もユダヤ人で、オーストリアから移民してきた人です。そして衣服製造業で成功した。ミラーは、高校時代は運動好きで、成績はあまり良くなかったそうです。一九二九年の大恐慌によって、父親の事業は失敗し、一家はブルックリンに引越します。ミラーは高校卒業後、ある倉庫で働きました。

ミラーは、働きながらドストエフスキーの『カラマーゾフの兄弟』を読んだ――高校時代ともいいますけどね。そして、"I was born to be a writer."（ぼくも作家となるべく生まれたんだ）と自覚したそうです。あとからの創作かもしれないけど、人生にはこういうこともあるんだな。そして一九三四年、ミシガン大学に入って苦学し、三八年に卒業する。その間、三六年に、彼は自分の一家を題材にした戯曲『悪人ではない』を書いて、学内の賞をもらっています。そして創作への意欲をますますそそられるんだな。卒業後、第二次世界大戦になりますから、彼はブルックリンの軍需工場で働いたりしながら、ラジオ放送の台本などを書いていたらしい。

ミラーの出世作は、しかし、戦争終結後の一九四七年に発表した『みんなわが子』という作品でしょうね。これは戦争中に飛行機の部品を造っていた小さな工場の経営者一家を扱っています。つい欠陥製品を納めて、そのために何人かの飛行士を死なせてしまったんですが、工場主は罪を協力者になすりつけて責任のがれをし、彼の工場は戦後も繁栄しています。が、軍隊に入っていた自分の息子が、父の行為を恥じて、みずから死の出撃に飛び立って死んだことが分かる。それで、彼は「みんなわが子だったんだ」と悟り、自殺してしまうのです。

この作品は、やはり家族劇ですが、親と子の対立、利益追求と道徳の相剋、そういった問題を提起した社会劇になっています。こういう問題は、戦後のアメリカ社会が直面した問題であったのですが、ミラーはそれに真っ正面から取り組んだといえます。そして何のけれんみもなく、登場人物の心理を克明に追いながら、イプセンの芝居に通じるリアリズムの態度で堂々と描いている。これは、アーサー・ミラーの文学に一貫する特色となるものだといっていいでしょうね。

『セールスマンの死』

しかし、アーサー・ミラーの名を不動にしたのは、一九四九年に発表した『セールスマンの死』でしょう。ブロードウェイで七百四十二回のロングランを記録し、ピューリッツァ賞も受賞して、ミラーの代表作となりました。

これも、一言でいえばリアリスティックな作品です。しかし、いろいろな工夫をしています。ミラーの戯曲のト書から想像しますと、作者は主人公のセールスマンを、彼個人ではなく、いわばアメリカの現代人の集約、ないし象徴のようにしたかったんじゃないかな。この芝居でいちばん目立つのは、時間を飛び越える方法です。時間を飛び越えるというと、フラッシュバックの手法が普通ですが、ここでは、主人公のセールスマンの意識の中に過去のことが浮かんできますと、それが現在の中に入ってくるのです。そのことは、たとえば過去の人物が壁を自由に通り抜けて来ることなどで示されるようです。こういうことは、しかし、映画では簡単にできますが、舞台ではどうやるのかな。皆さん、芝居を見るチャンスがあったら、気をつけておいて下さい。それから、当然、舞台装置が重要ということになりますね。これは舞台がニューヨークですから、近代的なアパートが立ち並んでいる。そして壁がいっぱいあるのです。主人公たちはその中に生きている。それが現代の人間なんですが、彼らはもう少し夢に満ちていた過去の中にも生きているんですよ。その間のギャップこそが主人公の悲劇につながっていくことを、作者は舞台装置と手法によっても示そうとしているように思われます。

さて、こういう前提で、内容を紹介してみます。大都会（ニューヨーク）の一角。主人公のウィリー・ローマンは初老のセールスマンで、夜遅く、セールスの仕事から帰ってきます。妻のリンダは彼を優しく迎えようとするのですが、二人の感情は行き違ってばかりいます。ウィリーは六十歳にもなって、ニュー・イングランドへ毎週セールスにやらされている。しかも悪いことに、息子――といっても、もう三十六歳――の

（上）『セールスマンの死』
（ニューヨーク初演）
の舞台シーン。

（右）アーサー・ミラー，
マリリン・モンロー
と結婚。
（1956 年 7 月 1 日）

ビフも帰ってきています。ビフはどんな仕事にも長続きしない男なんです。もう一人、ビフの弟に当たる三十四歳のハッピーという息子がいますが、これは文字通りハッピーな男で、調子はいいが当てにならない。それで、ウィリーは二人の息子にも腹が立ち、苛々しています。

いまの状態に不満を覚えると、ウィリーの念頭に浮かんでくるのは、ビフが自分の希望であった頃のことです。ビフは高校時代、フットボールの選手で、ヴァージニア大学からも誘いがかかっていた。隣の倅がビフは数学の試験にすべりそうだよといっても、そんなことは気にもかけず、ビフを信じきっていた——そういう少年だったわけです。それからもうひとつ、ウィリーの意識にのぼってくるのは、自分の兄のベンです。ベンも成功者だった。彼はこんなふうにしゃべっていた——「いいかい、おれは十七歳の時にジャングルへ入っていって、二十一歳の時に出てきた。いやはや、大金持ちになってだぜ」ってね。するとウィリーは、自分もアメリカ的な成功の夢をもっていたことを思い出さざるをえない。じっさい、自分も一度はベンについて冒険に出ようとしたんだ。だがリンダが反対したので、やめちゃった。その結果、いまもその日その日を生きていくのに精一杯だ。そしてビフはといえば、数学でしくじって、ヴァージニア大学にも行けず、いまだに定職がない……。

劇が進むにしたがって、ウイリーとビフとの間に大きな共通点があることに、観客は気がつくはずです。それは、二人とも現実には失敗者なのに、自分たちが不遇なのは自分たちの本来の力が認められていないからだけなんだ、チャンスさえあれば自分たちは成功するんだと信じていることです。とくにウィリーは、ここにいたっても、ビフが大言壮語すると喜ぶんですね。しかし、さらに劇が進むにつれ、彼らも心の底では、自分たちが本当は失敗者だと知っており、ただその事実を認めたくないために、いつわりの自信にしがみついているんだ、ということも分かってきます。

翌朝のシーンになります。前夜に感情的に衝突したウィリーとビフは、いま述べたような自信でもって互いに理解し合い、和解します。そしてウィリーは、自分の社長にニュー・イングランド勤務をニューヨーク勤務に変えてくれるように交渉に出かけ、ビフはビフで、昔の主人にこれから起こそうと思っている事業の出資を頼みに出かけます。二人とも、そんなことは容易にしてもらえる実績が自分たちにはあると思っているんですね。が、その結果、ウィリーは免職される。ビフは昔の主人のところへいっても、自分を覚えていてさえもらえなかったことを知ります。

それから、その晩の情景です。ウィリーとビフは、ハッピーを加えて三人で祝杯をあげることになっていた近所のレストランへ行きます。やってきたハッピーは、いつものように、隣のテーブルの女とわたりをつけてハッピーな状態です。だがビフは、いまやはじめて現実を思い知らされています。彼はとうとう、「お父さん、今夜は事実に即して語ろうじゃないの」といいます。が、ウィリーはあくまで現実を認めないんだな。いつもの調子にしがみついているんです。そのうちに、パーティはめちゃくちゃになる。ビフとハッピーは女たちと出て行ってしまう。ウィリーは、まだ希望を誇示したいのかな、ボーイに向かって、庭に「種子」をまかなくちゃならない、などとしゃべっています。

何時間かたって、ビフとハッピーが家に帰ってくると、ウィリーはアパートの脇の狭い土地に種子をまいている。自分の希望を育てているつもりなんでしょうね。父親のそういう姿をみて、いまや「事実」に即そうとしているビフは叫ぶ——「父さん、僕はリーダーなんかじゃないよ。あんたと同じでね。あんたはこれまでずっと、ごみ箱みたいな所であくせく働くセールスマンにすぎなかった。ほかの連中と同じなんだよ！

……何か悪いことが起こる前に、そんなごまかしの夢はきれいさっぱり燃やしてしまってよ。」しかし、そういう「ごまかしの夢」を捨てると、ウィリーにはもう何も残っていないんだね。彼は自分が失敗者だと認めると同時に、自殺してしまう。

ウイリーは、昔ながらのいわゆるアメリカン・ドリームにしがみついて、それからさめることを肯んじなかった。しかし現在のアメリカは、もう昔の夢を認めないんですね。この芝居も、そういう状況から生じる現代人の運命を描いているようです。

ところで、この劇には、プロットといえるようなものはただ一つしかないように思います。それはビフが数学に失敗し、大学に行けなくなった時の秘密です。その秘密は、芝居の最後近くになって明らかになる。ビフは数学に失敗したことが分かった時、お父さんに数学の先生にかけ合ってもらいたいと思って、ウィリーがセールスに行っているボストンのホテルへ出かけるんです。するとそこに、お父さんが女と一緒にいるのです。しかも、自分のお母さんは靴下の穴をかがってはいているのに、お父さんは女に靴下を一箱も与えることを知るのですね。それで彼は、大学へ行くことをかたくなに拒否するようになるのです。これが唯一ひねったプロットで、あとは主人公が象徴するアメリカの悲劇を正面から追及し、しかも非常な緊張感を盛り上げています。

なお、余分なひとりごとを述べておけば、ウィリーがもちろんこの作品の主人公で、見事に描かれていますが、ビフもまた非常に面白いですね。ウィリーより若い世代の屈折があるんですよ。この作品を舞台にあげる時は、ビフに演技力をもった人をあてなければならない。問題は次男坊のハッピーです。浅薄な意味では、これこそ「現代人」じゃないかとも思える。しかしアーサー・ミラーは、ビフを重んじたけれども、ハッピーはどうも軽く扱ってしまったような気がする。ミラーはやはり知性の人で、真面目な思想家なんでしょうかね。それが彼の特色であり、限界であったかもしれません。

『るつぼ』

アーサー・ミラーは、『セールスマンの死』によってアメリカを代表する劇作家になりました。次にぜひとも、やはりくわしく紹介しておきたいのは、『るつぼ』と題する作品です。一九五二年に書いて、一九五三年に上演されました。これは、歴史上に有名な「魔女狩り」事件を扱った作品です。そしてその事件は、現代の「赤狩り」に似ていることを、ミラー自身が作品中で指摘しています。しかもミラーは、みずからこの「赤狩り」の対象になっていましたね。それで私は、彼は自分のその時の体験をもとに、この作品を書いたんだと思っていたのですが、これは間違いですね。ミラーが非米活動委員会に喚問されたのは一九五六年ですから、この作品の方が早く書かれている。つまり実際の体験を先取りして、こういう芝居を作った。『セールスマンの死』でもそうですが、個人と社会との関係はアーサー・ミラーの大きな関心事で、それへの取り組みの真剣さがこういうことを可能にしたんだと思います。

この戯曲は、上演するための台本であるだけでなく、読ませることも意図していたようです。作品の中で、作者自身が作品のテーマであるセイラムの魔女狩り事件についていろいろな解説をし、自分の思いも地の文の形で述べているんですよ。で、まずこの事件についてちょっと説明しておきます。セイラムはボストンからちょっと北の方の港町ですね。ホーソーンの出身地でもあります。ここで、一六九二年に歴史的な事件が起きた。魔女、といっても英語ではwitchで、男性も含みますから、魔法使いとでも訳すべきでしょうかね、それが善良な人々を誘惑しているということになって、魔女狩りが行われ、結局、百五十人ほどが牢屋にぶちこまれ、十九人の男女が有罪として絞首刑に処せられ、もう一人の男性は罪の認否も拒否したために圧殺されたのです。一六九二年というと、ピューリタンたちがマサチューセッツに植民地を建設してから六十年ぐらいたっていますね。最初の強烈な信仰心はだんだん弱まってきています。それで、牧師などの指導者階層は危機感を抱いていた。そのため、少女たちのなんでもないヒステリーじみた行動を、あれは魔女が誘惑して、ピューリタン社会を崩壊させようとしているんだ、などと思ったことから出発して、本当に激烈な集団ヒステリー事件になってしまったようです。

　発端は、ちょっと異常な行動をした少女への尋問だったみたい。魔女は必ず人間の形を借りて人間を誘惑するということになっていますから、少女に誰に誘われてこういう行動をするようになったかを聞くのです。厳しく尋問されて、少女はとうとう自分を魔法使いの集会に誘った人の名前をあげる。もちろん苦しまぎれのでっちあげですけれども、こんどはその人が捕まって尋問される。というわけで、次から次へと魔女容疑者が出てくる。否定すると、そういう奴こそが魔女だということになる。さまざまな拷問もされるわけですから、いったん裁判にひっかかったら無罪ということはない。そういうすごい裁判です。

　この戯曲は、そういう魔女狩り事件を扱っているのです。ほとんどすべて、実際に事件に関係した人物が登場します。作者は、その人たちの背景を作品中できちんと説明しています。何でもない出来事から事件がだんだん大きくなっていく、その有様が息づまるような雰囲気をかもしながら表現されます。そういう作品ですから、いろいろな人物が登場し、主人公を特定するのは妥当ではないかもしれません。集団が主人公なんです。しかしここでは、プロクターという人物を主人公として、筋を追ってみましょう。

プロクターは三十代のなかばで、健全に農業を営んでいますが、ふとしたことで召使のアビゲイルと密通したことがある。それで、妻のエリザベスはアビゲイルを家から追放し、彼女はいま伯父のパリス牧師を頼って生活しています。アビゲイルは、しかし、プロクターの愛を取り戻したいと思っている。プロクターは断固として取り合わない。そういう時に、魔女騒ぎが起こったのです。で、アビゲイルはエリザベスを魔女だと告発して、復讐しようとする。それでエリザベスは逮捕されるのですが、彼女の無実を証言できるのは、アビゲイルの後に召使に採用されたメアリーだけです。メアリーはプロクターに励まされて、エリザベスが魔女だということは絶対ないと証言しようとするんですが、激しい尋問に耐えきれず、ヒステリー状態に陥り、自分がこういう証言をするのは、プロクターに脅迫されて、悪魔とサインしてしまったからだ、というような告白をしてしまうんですね。あくまでエリザベスを救おうとするプロクターは、ついに自分がいままで秘密にしていたアビゲイルとの密通を告白して、だからこそ、アビゲイルが復讐のためにエリザベスを告発したのだといいます。ところが、こんどはエリザベスが、プロクターの名誉を守ろうとするんですね。彼女は、夫がアビゲイルと密通したというのは私を無罪にするためのでっち上げであって、事実ではないと主張する。この結果、エリザベスは有罪になるのですが、ちょうど妊娠していたために、処刑は免れます。プロクターは、この裁判そのものを拒否する態度を示し、ついに魔法使いとして処刑されます。

プロクターは、魔女狩りと魔女裁判の中で人間の尊厳を守ろうとする人たちの代表とされています。こういう中心的なストーリーはありますが、私利私欲だけを考えている牧師、はじめは魔女の追及者だったけれども、しだいに異常な集団心理に気づき、事態を静めようとするが無力なもう一人の牧師、正義心はあるのだが魔女の存在を信じきって処刑に突っ走る副総督など、さまざまな人物が見事に描かれています。そういう中で、プロクターがいちばん理性をもった人間なんですが、作者はこの人物をも決して超人的な精神力をもつ英雄には描いていません。まわりの狂乱状態の中で、彼も自分が魔法使いにされることをなんとか免れようと工夫したり、アビゲイルとの密通を最後まで隠せないかと思ったりと、いろいろ人間的な弱みを見せるのです。そしてついには、"I say——I say——God is dead!"と叫んでしまいます。そういう弱さをひっくるめた上で、最後のぎりぎりのところで、彼はエリザベスとともに、人間の尊厳を示すのですね。

全体として、これは人間の悲劇になっています。ギリシャ悲劇のような「運命」の悲劇ではないのです。人間がみずから悲劇を生み出している。権力のある者（副総督のような）が謙虚に人間の心を見通せば、防げた悲劇でもある。しかし、それをそうさせなかったものに、集団心理の力がある。作者はそれを的確にとらえて描いています。少女たちが集団ヒステリー状態になるところの描写など、たいへんな迫力がありますよ。そして先にもいいましたが、作者はこういうヒステリー状態を現代の「赤狩り」と結びつけ、人々に自分の人間性を見つめ直すことを訴えているわけです。

この戯曲で、作者は人間の弱さをえぐり出しています。集団的な狂気を前にした時の無力感も出ています。しかし、作者は絶望しているのではない。彼が究極的に頼りとし、求めるのは、不正と対峙する個人の良心ですね。プロクターが最後に魔女裁判そのものを拒否して死を選ぶ時の行動力、彼のその選択を尊重し、彼の行動を邪魔すまいとする時のエリザベスの精神力に、崇高さを与え、そこで作品は幕となっています。

後年のミラー

アーサー・ミラーは、もちろん、この後も作品を書き続けます。一九五五年に発表した『橋からの眺め』は、何と、韻文劇といってよい。(彼は、『セールスマンの死』も『るつぼ』も最初は韻文で書いたといっていますけれどもね。) ブルックリン橋の見えるニューヨーク港を舞台にして、イタリアはシチリア島から不法入国した沖仲仕を主人公にして、義理の姪に対する近親相姦的な愛情の悲劇を扱っています。「嫉妬」とか「裏切り」とかということもテーマとなり、『セールスマンの死』や『るつぼ』と同様、人間の精神のあり方を問いかけている。やはり、家族劇がそのまま社会劇になった感じです。しかし、この作品はピューリッツァ賞などを受けましたが、一般には不評判で、ミラーは後に、一幕物を散文の二幕物に改作しました。

私には、この頃までがミラーの創作力の頂点だったように思えます。この後、五六年に、彼は非米活動委員会の追及を受け、連邦控訴院で無罪をかちとるまで、苦しい法廷闘争をしなければなりませんでした。同じ五六年にはマリリン・モンローと結婚しましたが、六一年の離婚まで、彼女に悩まされ続けることにもなります。その後の作品では、この間の政治状況や家庭生活を背景にした自伝的な『転落の後』(一九六四)が、「悪《イーヴル》」の問題の追究を深め、主人公の「意識の流れ」を視覚化するような実験的な技法とあいまって、注目に値するといえましょう。しかし全体としては、彼の作品はしだいにかつての力を失っていったのではないかしら。

アーサー・ミラーはモンローの悪妻ぶりによって神経に疲弊をきたしたのだと、よくいわれます。冗談としては面白いですね。しかし問題は、やはり、一九六〇年代以後のアメリカに、彼の正義感はどこまで対応できたかということではないでしょうか。基本的にリアリズムの精神でもって、アメリカの問題に正面から堂々と立ち向かって社会劇を展開することが、難しくなったともいえそうな気がするのです。

心に傷を負った南部少年

大急ぎで、テネシー・ウィリアムズ（一九一一－八三）の話に入りましょう。ウィリアムズも、もちろん、社会の問題をきっちり視野に入れていましたが、彼の文学者としての探究の中心は、社会に生きる個々の人間の内面だったように思われます。社会によって歪まされ、壊され、孤立した心の中の世界。しかもそれを、ウィリアムズは美的な効果をもって構築してみせるんですね。やはり、ノーマン・メイラーと対照した時のトルーマン・カポーティの特質に通じるところがあるような気がします。

生まれたのはミシシッピー州のコロンバスという小都市。これも、ノーマン・メイラーがニューヨークの人でカポーティが南部の出身ということに対応し、アーサー・ミラーがニューヨークの人でウィリアムズが南部の出身ということになり、図式的説明には便利な材料ですね。

父は靴会社のセールスマンをしていました。ウィリアムズは母方の祖父の下で成長します。その祖父というのが牧師でね、だから信者の家を訪問してまわる。ウィリアムズはそれについてまわったところから、人生の裏面への関心を育てたそうですが、本当かしら。彼が七歳の時、父親が内勤になって、一家はセント・ルイスに移ります。それまでは温厚な祖父の広い牧師館に住んでいたのが、大都会の狭いアパートに入り、父親が暴君で家庭はいつも暗かった、というのは本当なんでしょうね、ウィリアムズの姉は後に精神障害者になります。体の弱い多感な少年だったウィリアムズは、心に傷を負って成長したようです。

折から社会は大不況時代ですね。いろいろ辛い経験をし、靴会社で十カ月間働いたりもしますが、祖父母の援助でアイオワ大学に入り、そこの劇作科を一九三八年に卒業しました。それからまたさまざまな職業に従事し、放浪生活もしながら劇作に励んだ。そして四四年に、『ガラスの動物園』によってようやく世に出るわけです。この作品はシカゴで上演され、思いのほか好評で三カ月間続き、それからニューヨークに移って一年半のロングランになるのです。

『ガラスの動物園』

『ガラスの動物園』の舞台は、セント・ルイスの庶民階層のアパートです。ヒロインのローラは足が悪く、そのために婚期を逸しかけている内気な娘です。ガラス細工の動物を集めて、気を紛らせています。父は一家を捨ててどこかに行ってしまっており、母のアマンダは、南部の上流階級の出身だったんでしょうね、「南部美人」としての過去をなつかしんで生きている。そして娘に、ちゃんと秘書の仕事をし、また「ジェントルマンの訪問者」を迎える心構えをしておくことを、いつも口やかましく説き聞かせています。

ところで、ローラにはトムという兄がいます。母はトムに、倉庫会社の勤めで出世して家計を支えてくれることを、これまた口うるさく求めている。しかしトムは夢見る詩人肌の青年で、母親に説教ばかり聞かされる貧しい生活から脱出をしたいといつも思いながら、なかなか実行できず、せめて映画を見て気持ちをまぎらしています。

ストーリーは、母の頼みにより、とうとうトムが会社の同僚のジムをディナーに招くところから進展します。もちろん、ローラに求婚してくれることを願っての招待です。そのジムを見て、ローラは彼が高校時代の憧れの的で、卒業後も夢の対象であり続けた上級生だと分かります。しかもジムは、暖かい態度でローラに接してくれるんですね。それで、ローラも少しづつ心を開いて、自分のとくに愛しているユニコーンのガラス細工を見せるまでになります。ところが、ジムがローラに自信をもたせるために、ふたりでダンスをし始めた時、ローラは足が悪いですから、ついふらついた拍子に、テーブルがぐらつき、ユニコーンの角が折れてしまう。それでもローラは頑張って、おかげてユニコーンは自分の奇型さが減ったと感じているでしょうね、と冗談をいう。一本だけの角なんて変なものがなくなったんですからね。ジムはローラを美しいといい、キスまでしてしまいます。ごく自然のなりゆきでそうなったんですけれども、ローラもアマンダも、これでジムとの将来に期待をもったでしょうね。しかしジムは、はっとわれに返るんだな。もうこれで訪問できません、自分には婚約者がいるのです、といって去っていくのです。

その後、アマンダはトムを激しくなじります。婚約している男をディナーに招待するとは何事か、というわけですね。ローラは黙って、ますます自分の中に閉じこもってしまう。トムはとうとう、本当の家出をすることになる。そしてその後の作家になるための放浪を語る、ところで幕が下ります。

これは、社会の裏のどこにでもあるちょっとした出来事を扱った自然主義的な小品です。が、それを越える広がりと奥行きをもった作品になっているように思われます。トムは明らかに作者の化身ですが、彼は登場人物でありながらナレイターにもなって、作品の中の自分が経験したことなどをいろいろ説明するんです。ということは、作者がいうように、この芝居は「回想」の劇であって、「現実」そのものではない。過去と現在をつなぐ情念が展開するのね。そして、セント・ルイスという大都会の片隅の小さな出来事が、一種の普遍性をもち、人々の心の中のドラマになるような気がする——私は芝居を見たことがなく、戯曲を読んだだけで想像するんですがね。作品の題にもなっている「ガラスの動物園」は、ローラのいまにも壊れそうな心の表象でしょうが、それだけでなく、いびつになった現代人の心の表象にもなっている。観客は、自分も心の中に「ガラスの動物園」を抱えていることを印象づけられるんじゃないかしら。

『欲望という名の電車』

テネシー・ウィリアムズに劇作家として不動の地位を与えたのは、しかし、一九四七年にはじめて上演された『欲望という名の電車』です。彼はこれでピューリッツァ賞を受賞しました。内容は皆さんもよくご存知でしょうから、簡単な紹介にとどめておきます。

ニュー・オーリンズの貧しい人たちの居住する地域が作品の舞台です。ポーランド系の労働者スタンレーとステラの夫妻は、よく喧嘩しながらも、生活を楽しんでいます。スタンレーは「その生き方に動物的な喜び」をもっているのですね。そこへ、ステラの姉のブランチ・デュボアがやってくるところから芝居は始まります。ブランチは南部のかなりの旧家の育ちですが、家は没落して人手にわたってしまい、妹一家を頼って出て来たわけですね。彼女は華奢な美しさをもっていますが、それは「蛾を思わせるような」美しさと表現されています。しかし、彼女の上品そうな姿に、スタンレーは本能的にごまかしを見出すのです。そして冷酷に彼女の裏を探っていく。芝居が進むに従って、ブランチは単に経済的に没落しただけでなく、内面的にも崩壊していることが分かってきます。彼女は若い頃、非常に美男子の若者と結婚したのですが、相手が同性愛ということが分かり、自殺にまで追い込んでしまった。それ以後、彼女は次から次へと男を求め、ついには学校教師をしていながら教え子の少年とも関係を生じ、とうとう町を追われてここに来た、というわけなのです。そしてここでも、彼女はスタンレーの仲間のミッチをたらしこもうとして失敗する。最後に、彼女はステラがお産で入院中、スタンレーに犯され、発狂して、精神病院に送られることになります。

この芝居も非常に見事に作られていて、終始緊張がみなぎっている。読者あるいは観客は、たぶん最初はブランチの嘘で固めたような上品ぶりに嫌悪を抱くのではないでしょうか。いや、嫌悪からさらに進んで、ブランチの真実を知ることにサディスティックな快感をも覚えるんじゃないかしら。しかし、しだいにブランチの内的な崩壊の深さが分かっていくに従って、逆に同情の念を禁じえなくなる――と思うのです。それはなぜか、という問題に私は関心をそそられますね。

作品の最後のところで、ブランチは自分を精神病院に連れていこうとする医者に向かって、「あなたがだれであろうと――わたしはいままでいつも見知らぬ人の親切に頼って生きてきたんです」というところがあります。もう自分が内面的に再起できないことが、狂った彼女にも分かるんですね。その時、彼女は、自分の知っている人は、自分があまりに裏切ってきたから頼ることができない、見知らぬ人だけが頼りになる、ということも分かっており、そういう孤独感の極まった思いを、正直に表現しているのです。ブランチは明らかに『ガラスの動物園』のアマンダ、ウィリアムズ自身の母をモデルにしたところのあるアマンダの延長線上にあり、南部貴族崩壊の姿、伝統的な「南部美人」の末路を象徴していますが、ここに来て、一つの美

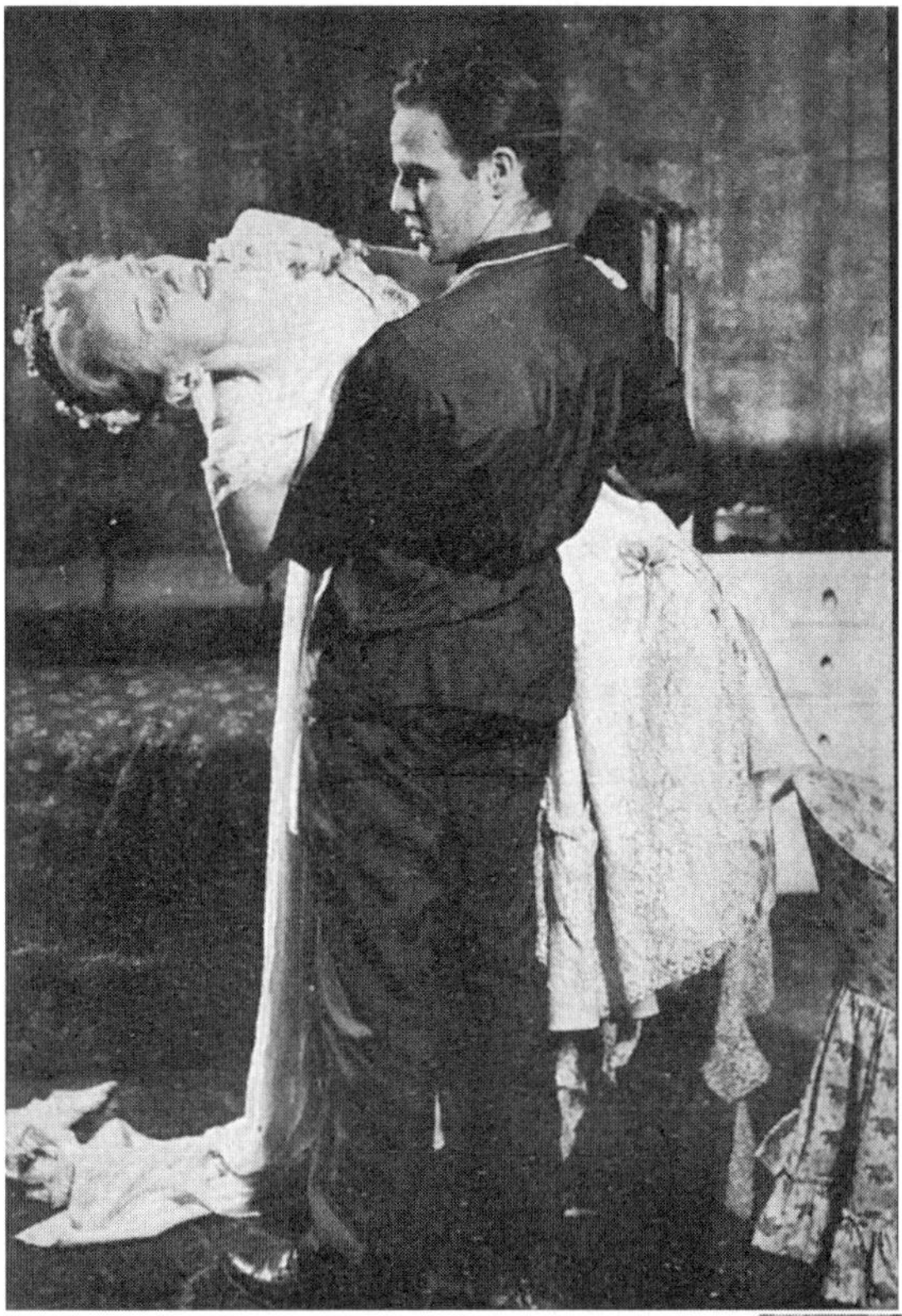

（上）『欲望という名の電車』（ニューヨーク初演）
の舞台シーン，マーロン・ブランド（スタ
ンレー）とジェシカ・タンディ（ブランチ）。

（右）テネシー・ウィリアムズ，1946年。

的世界になっているのですよ、ね。そして崩壊することによって、美をたかめるのです。だからブランチの描写には、しだいに愛情がこもっていくんだな。ウィリアムズはのちに、「ブランチ・デュボアは私自身だ」と述懐しています。分かるような気がしますね。

南部の崩壊と「性」

南部の作家には、すでに述べたことがあると思いますが、人間の孤独な内面を、あるいは内的な秩序の崩壊を探っていく傾きがありますね。南部が戦争に負け、貴族主義の文化は崩壊し、産業化社会にとり残されたことが関係しているかもしれません。テネシー・ウィリアムズも、そういう南部作家の代表的な一人としての力量を、この作品で見事に示しました。ここでひとつ注目したいのは、彼が人間の内的な崩壊を、性的な面からえぐり出していることです。まさに「欲望という名の電車」が、ヒロインの内面を走るのですね。ただし、性の崩壊はただ醜悪に表現されるのが普通です。テネシー・ウィリアムズは、それを美に転化してしまった。そこがすごいと私は思います。

しかし、『欲望という名の電車』以後、ウィリアムズは人間の性的な内面にますます探りを入れるのですが、それは歪んだ暴力的な性の強調に走って、美をともなうことは少なくなっていくような気がします。一九四八年に、彼は『夏と煙』という作品を発表しました。アマンダやブランチのように南部の優雅な伝統を引きついだヒロインのアルマは、そういうレディに徹して生きようとして、性的に自己を抑圧し、自我を歪め、婚期を逸して、孤独に生きることになります。ただこの作品では、アルマのその悲哀に一種の詩情がただよってはいます。

その次の問題作は『やけたトタン屋根の上の猫』(一九五五)ですね。この作品では、遺産相続をめぐって、歪んだ性欲や物欲が展開し、人間関係への不信、あるいはその偽善への告発がなされます。といっても、社会的な問題提起というよりも、あくまでも人間の孤独の深淵をのぞくことが主眼です。ピューリッツァ賞を受賞しましたが、作品の味わいとしては、さて、どうでしょうか。

もう一篇だけ紹介しておきます。『去年の夏、突然に』(一九五八)は、ブロードウェイではなくてオフ・ブロードウェイで上演された、最初から実験性を狙った作品です。母親と同性愛者の息子とのエディプス・コンプレックス的な関係を主軸にして、ニュー・オーリンズの旧家の悲劇を描くのですが、人肉嗜食の話も織りまぜていて、センセーショナリズムが目立つようになっています。

テネシー・ウィリアムズは同性愛者だったようです。『イグアナの夜』(一九六一)以後、批評家からも見離され、アルコールやドラッグにふけり、彼自身が崩壊状態に陥っていったようです。しかし、やはり、一九六〇年代の混乱が、彼自身の混乱を増幅し、彼の根底にあった美意識を時代に対応できないものにしていったといわざるをえないような気がいたします。

5　詩　ビート・ジェネレイション

モダニズム詩風の行きづまり

一九五〇年代の文学の展望の最後として、詩について述べることにしましょう。しかしその前に、これまでのアメリカ詩の流れをちょっとだけふり返っておこうと思います。詩はあんまり一般の人に読まれなくなってきてしまいましたが、やはり文学のエッセンスであって、小説はもちろん、戯曲よりもさらに、時代の精神を反映するんですよ。

二十世紀の初頭、そう一九一〇年代からかな、アメリカは「ポエティック・ルネッサンス」を迎えましたね。南北戦争以後沈滞していた詩が活力を取り戻し、アメリカ詩は世界の注目するものとなりました。その時、もちろんいろいろな特色をもつ詩人たちが新しい詩の声をあげましたが、第一次世界大戦を経て、いわば詩壇の大勢をにぎったのは、T・S・エリオットやエズラ・パウンドを筆頭とするモダニズムの詩人たちです。さまざまな前衛的実験を行い、複雑化していく現代の精神を表現しようとした。ウォーレス・スティーヴンズ、E・E・カミングズ、マリアンヌ・ムーアなど、すぐれた詩人も輩出しました。『フュージティヴ』グループの詩人たちもこれにつながります。この『フュージティヴ』グループは、文学は社会的な動向などから独立し、それ自体で完結した芸術世界だという「ニュー・クリティシズム」の理論を展開、多くが大学教授となって、文学作品を審美的に分析・解明する技術を教壇で教えます。しかし、それはそれとして興味津々たる展開というべきなんですが、この間に、エリオットやパウンドの亜流のモダニズム詩人たちは、詩法の末端の工夫に走り、詩を真の感情の流露のない、いたずらに難解なものにしてしまった。詩は一般の読者から切り離され、大学の教室などで「ニュー・クリティシズム」の亜流の教師たちが何やら批評用語を使って説明してみせるだけのものになってしまったのです——まあ、ちょっと大袈裟にいうとの話ですけれどもね。

モダニズムの詩人の中にも、さまざまな形で新風を吹き込んだ詩人たちはいますよ。エリザベス・ビショップ（一九一一―七九）は、マリアンヌ・ムーアにつながり、イマジズム風の即物的で明確な描写を展開しますが、ごく平明な言葉で、最初の詩集『北と南』（一九四六）の題が示すような、いわば旅の人生への想念をみずみずしくうたい上げました。ウィットとユーモアをたたえながら、日常の世界を幻想に転化させるあたりも素晴らしいです。もう一人だけ名前をあげるとすれば、シオドア・レトキ（一九〇八―六三）。ミシガン州で大きな温室を営んでいた人の子でね、子供の頃から植物や動物に親しみ、風にも石にも筆箱の中の鉛筆にも心を通わせる詩を書いた——のびのびとした言葉でね。『迷える息子』（一九四八）は自伝的な要素を含む初期の詩集ですが、彼の詩を貫く原初的な生への共感が見事にうたわれています。ただ彼は早くから神経を病み、不慮の死をとげてしまいました。

こういう詩人たちはいたんですが、モダニズムの詩人の多くが「閉ざされた《クローズド・》形式《フォーム》」の中でひとりよがりの「詩的」な表現にふけっていたことも事実です。第二次世界大戦後、こういう状況をゆさぶり、モダニズムに本来の活力をよみがえらせようとする二人の詩人が活躍しました。ジョン・ベリマン（一九一四―七二）とロバート・ロウエル（一九一七―七七）です。これが、とりもなおさず、一九五〇年代の代表的詩人であったといってよいでしょう。

ベリマンはオクラホマ州の出身ですが、コロンビア大学を卒業、イギリスのケンブリッジに留学、帰国後、いろんな大学で教えたあと、ミネソタ大学の教授になりました。学者としては、評伝『スティーヴン・クレイン』(一九五〇)がありますが、詩人として名をなしたのは、『ブラッドストリート夫人への讃歌』(一九五六)によってでしょうね。まだ詩を味わう雰囲気などなかった植民地時代の初期にひとり詩を書いたアン・ブラッドストリートと想像上の対話をしながら、いわば自分の心境を告白するのです。この告白の衝動が詩的な情熱となる時、「閉ざされた形式」は破られざるをえません。彼の代表的な作品といえる『夢の歌』(一九六九)は、一九五五年頃から書いた三百八十五篇の歌をまとめたものですが、たとえばミンストレル・ショーで掛け合い漫才的な芸をするタンボとボーンズの対話の形を借りて、自己の心をあらわします。といっても、ストレートな告白ではないですよ。日常会話のような言葉遣いで、ミンストレル・ショーのようにコミカルな調子を出しながら、現代の不安、心の荒廃を、屈折してあらわすんですよ。彼はしだいに神への帰依を強めましたが、幻滅を脱けられず、アルコール中毒に苦しんで、最後は自殺します。

ロウエルは、ジェイムズ・ラッセル・ロウエルやエイミー・ロウエルを出した名門の生まれです。ハーヴァードに学んだんですが、反逆的な心の持主なんだな、オハイオ州の田舎の、ジョン・クロウ・ランソムのいるケニヨン大学に移り、ここを卒業しました。プロテスタントの家柄にそむいてカトリックに改宗し、第二次世界大戦では、無差別爆撃をするようなアメリカの戦争政策に反対して徴兵を拒否し、禁固一年の刑に処せられます——五カ月で釈放されましたけれどもね。初期の詩集『懈怠《けたい》卿の城』(一九四六)は、こういう現代文明を彷徨する精神をうたい、ピューリッツァ賞を受賞しましたが、宗教的な悪や救いの問題、精神の故郷を求める主人公の苦悩が、晦渋なメタファーで表現されていて、私なんかは読むのに辛い思いですね。しかし『人生研究』（一九五九）にいたると、作者や作者の親しい人たちを観察した上での告白詩となっていて、表現は一見はるかに直接的で自由です。とはいえ、ロウエル自身が後に認めるように、「間遠くて、象徴に支配され、難しい」内容です。人生の観察はアイロニカルで、詩法もじつは入念であり、結局、たいそう「詩的」なんですよ。

ロウエルは、たとえば一九六七年のヴェトナム反戦のペンタゴン・デモに、ノーマン・メイラーらとともに参加しています。しかし、躁鬱病に苦しんだ人らしい。苦悩は彼の詩の基調になっています。いったん入信したカトリックからも出て、人間存在の深淵と向き合うことになります。おまけにたいそうな知識人だから、弱っちゃいますね。母校のケニョン大学やハーヴァード大学など、いろんな大学で教えています。彼はアメリカ人ではじめてオックスフォード大学詩学教授に推挙された人でもあるんですよ。こういう人の告白なんて、一筋縄ではいきませんよね。その詩風は後にさらに変貌を重ねます——いつも苦渋をたたえながらです。

「開かれた詩」へ

モダニズム詩の行きづまりを打開するには、結局、外から破壊の力が加えられなければならなかったようです。ここでちょっと付け加えておきますと、私は大体において、「閉ざされた形式」よりも「開かれた形式」を愛する方の立場なのです。精神においても表現においても、「自由」を探求するのが「アメリカ的」

な文学の営みの正統だとすら思っています。もちろん、形式美は愛している。幽玄深遠な思想も表現も尊重すべきだとわきまえ、その理解と鑑賞に努めている。この講義でも、その努力はしてきたつもりです。しかし私には、木曽の猿候の末裔だからかしら、生活の態度から文学の読み方にまで、どうもプリミティヴィズムのようなものが牢固としてあるようですね。だから、自分が大学で教員をしていながら、大学教授の作る文学は冷やかに見ちゃう傾きがある。この講義の前の方で、フランクリンもホイットマンもマーク・トウェインも、印刷職工をしながら文章を覚え、文学者になったことを指摘しましたね。その時、二十世紀に入り、大学教授が文学者の中で大きな勢力を占めるようになってから、アメリカ文学は小粒になったと思うという、途方もない偏見を述べた記憶があります。内容も表現も解き放ったはずのモダニズム詩の、いま述べたような閉塞状況への推移を観察していると、この偏見がまた身をもたげてきますね。そして、こういう状況をぶち破ろうとした外からの破壊の力に、つい共感がわいてくるのです。皆さんは、どうぞ私の偏見に束縛されず、それぞれの好みで詩を味わって下さい。

二十世紀のアメリカ詩には、ヨーロッパ的な教養を土台にしたモダニズム派に対して、ホイットマンなどにもつながるアメリカ土着派の流れがあることも、すでに話しましたね。その有力な一人のハート・クレインは早く死んでしまいましたが、ウイリアム・カーロス・ウイリアムズは、この派を代表する大詩人です。象徴とかメタファーとかの鎧を着ず、自分自身になりきり、身辺の「もの」そのものをあっけらかんと、自由自在にうたう。そこに、じつは大きな詩的世界が形成されるんです。

この種の詩人は、ほかにも出現してきます。ケネス・パッチェン(一九一一—七二)はその一人。オハイオ州出身で、ウイスコンシン大学でちょっと学んだけれども、各地を放浪、さまざまな労働に従事しました。大恐慌時代には革命をとなえ、第二次世界大戦中には人類の愚行を非難した彼の詩は、自由な形式と連想をくりひろげ、しばしばブレイク流、あるいはホイットマン流の予言者詩人のポーズにつながります。しかしまたファンタジーに満ちて、ユーモラスでもあってね、おまけに彼自身の手になるシュルレアリスム的でユーモラスな——ヘンリー・ミラーの絵を思わせる——イラストがついているんですよ。

それから、ケネス・レクスロス（一九〇五―八二）ですね。インディアナ州に生まれましたが、シカゴで成長、高等学校をドロップアウトし、ＩＷＷ（世界産業労働者組合）に接近、といったような彷徨を重ねながら、一九二七年、サンフランシスコに落ち着きます。そしてさまざまな職業に従事しながら社会改革に関与、第二次世界大戦では良心的兵役忌避を貫きました。彼はもっぱら独学の人で、いろんな言葉をかじっていた。しかし東洋の文化への関心は本格的で、のちに日本の短歌や俳句の翻訳も出版しています（『日本詩歌百篇』一九六四年）。アメリカの形式ばった権威主義の文化への反抗のあらわれでしょうね。彼自身の詩は極めて大胆に口語を用い、自由な形で、彼のそういう思いを伝えようとしていました。

こういう詩人たちはいたのですが、「閉ざされた形式」の詩に対して、はっきり「開かれた形式《オープン・フォーム》」を主張し、一つの詩的運動を導いたのは、チャールズ・オルソン（一九一〇―七〇）です。彼はハーヴァード大学で修士号をとり、メルヴィル研究書『わたしの名はイシュメール』（一九四七）もあらわした人なんですが、一九五〇年に「投射詩」（拡大版は一九五九年に出版）という評論で、「詩作品自体は、あらゆる点で一つの強烈なエネルギーの構造であり、かつあらゆる点で一つのエネルギーの放出でなければならない」という宣言をするんです。詩は外から形で包むものではなく、内なるものの「投射《プロジェクティヴ》」だというわけです。当然、その詩は「開かれた形式」になりますね。オルソンはその主張を、自分のライフワーク『マクシマス詩篇』（一九五三―死後出版（一九八三）で、みずから例証していくことになります。

オルソンは一九四八年から、ノース・カロライナ州のブラック・マウンテン・カレッジという大学で教え、五二年から、それが廃校となる五六年まで学長を勤めました。が、この学校は、大学《カレッジ》というんですけれども、現代の都市文明に背を向け、山の中で家畜と作物を育てながら、芸術的創造にいそしんだ、一種のユートピア共同体だったらしい。アメリカにはこういう大学もあるんですね——廃校の運命も当然かもしれませんが。

このカレッジで、オルソンの同僚として活躍したのが、そこの卒業生のロバート・クリーリー（一九二六— ）です。彼は『ブラック・マウンテン・レヴュー』という雑誌の編集も担当しました。それから、ロバート・ダンカン（一九一九—八八）も、ここで教えます。こういう人たちは、オルソンの主張に共鳴し、それぞれの方向で、「開かれた詩」を追求しました。で、彼らを「ブラック・マウンテン派」と呼びます。この学校で教えはしませんでしたが、ロシア系ユダヤ人の血を引くデニーズ・レヴァトフ（一九二三—九七）も共鳴者で、この派の一人に数えられます。詩人としては、彼女がいちばん才能があったかもしれません。ともあれ、こうして詩の改革の機運は熟していくのです。

ビート・ジェネレイション

詩を根本的に改革し、精神の解放と結びつけ、文化運動にまで発展させたのは、一九五〇年代の後半に明瞭な形となったビート・ジェネレイションと呼ばれる詩人たちです。彼らは「大人の時代」の文化体制に断固として反対しました。中産階級的な物質本位の豊かな日常生活に自己満足した精神を軽蔑しました。彼らは自然で自由な人間性の回復を、この現代社会に要求しました。そのための最も有効な表現手段が詩であったわけですが、そのためには詩そのものにも革命的な解放が必要でした。で、それを大胆に、果敢に行なったのです。

先駆者はいました。精神的にも手法の上でも、ウォルト・ホイットマンは彼らの最大のお手本となります。もっと近いところでは、いましがた述べたウイリアム・カーロス・ウイリアムズやケネス・レクスロスは、彼らの親父格であり、ブラック・マウンテン派の詩人たちは、兄貴分といえます。散文の分野でも、味方に引きずり込める人たちはいました。ヘンリー・ミラーとノーマン・メイラーは、その代表的な存在でしょう。すべて、大学の外の人たちです。彼らは、詩を教室や書斎から街頭や野原に引き出した。あるいは、詩を上品なチェンバー・ミュージックではなくて野性的なジャズにした、ともいえそうです。

ビート・ジェネレイションのビートとは何か。これについてはいろんな説があります。ジャズの用語としての強烈なリズムに由来するかもしれません。動詞の過去分詞で「打ちのめされた」の意味とする説もあります。一九四八年にビート・ジェネレイションという言葉を生み出したとされる作家のジャック・ケルアックによれば、ビートはビアティテュード beatitude（至福）のビートだそうです。つまり、因襲化し商業化し生命を失ったこの世界を徹底的に拒否することによって、直接「神」と接する「至福」を得る、そういうなかば宗教的な態度をあらわす言葉だというわけです。もっとも、これは彼の冗談まじりのこじつけかもしれません。私は、ごく自然に、「打つ」「叩く」の意味にとりたいですね。

ただ、この世代の人たちの態度として、直接「神」に接するという思いは確かにあった。つまりトランセンデンタリズムの精神ですよね。エマソンとかソローとかホイットマンのように、つまらぬ束縛的な現実を「乗り越え」て、本来の自己を回復しようという態度――それが「至福」に結びつくわけです。その至福を実現する具体的な手段となると、文学上の果敢な営みはもちろんのことですが、彼らはセックスを重んじた。性の解放は、ほとんど彼らの執念のようになります。それからもうひとつ、飲酒と麻薬ですね。マリファナなどのドラッグによる幻覚は、彼らの魂を昂揚させる手段になったようです。

これには、もちろん、賛否両論があります。いわば伝統派の人たちは、これを非難する。単にそういう生き方を道徳的に非難するだけでなく、そのようにして人工的な幻覚に支えられた文学に精神的な価値を認めないわけです。しかし、これを魂の解放の手段として受け入れる態度を、ビート派はとったわけですね。そのために、あとから苦しむことにもなります。ともあれ、こうしてビート・ジェネレイションの詩人たちは、画然たる新しい文学・文化運動を展開することになりました。

ケルアックとバローズ

ビートの詩を検討する前に、このジェネレイションと結びついていた二人の作家にふれておくのもいいでしょう。一人はジャック・ケルアック、もう一人はウィリアム・バローズです。

ジャック・ケルアック(一九二二―六九)は、『路上』(一九五七)という作品で、こういう新しい生の探求をするビート・ジェネレイションの生態を描いて、一躍世間の注目をあびました。彼はマサチューセッツ州に生まれ、コロンビア大学で学びましたが、第二次世界大戦になって海軍に入った。が、不服従のかどで退役、商船で働きました。そのうちに作家を志望するようになります。一九四七年、ニール・キャサディ（一九二六―一九六八）という人物と知り合い、その強烈な個性に魅せられて、彼に引きずられるような形でアメリカ各地を、メキシコまで含めて転々と放浪してまわりました。その間に、後から話すギンズバーグやバローズなど、ビート・ジェネレイションの人たちと交わりもする。いろんな女性とくっついたり離れたりもする。その姿を語ったのが『路上』です。この作品は一九五一年に、三週間で一挙に初稿を書き上げたそうですが、あまりにも時代の風潮とかけ離れた内容なので、出版までに六年もかかったんですね。

原題の ***On the Road*** とは、本来、「移動中」「放浪して」の意味です。この本は、語り手のサル・パラダイス（ケルアック）と、少年感化院あがりの恐ろしく行動的なディーン・モリアーティ（キャサディ）との、果てしない放浪を語るだけです。文章は、半分詩のような、つまり常識的な意識の束縛を取り払ったような文章で展開します。プロットなんてものはもちろんない。ただ、何かを求めて激しく生きている若い世代が、セックス、ジャズ、マリファナなどに耽りながら、アメリカ大陸を縦横に駆けまわる姿があるだけです。大事なのは「移動中」ということなんですね。そのことが、この形式化し因襲化した文明への挑戦であり、反逆であるのです。特に政治的な主張はありません。あるのは自由な人間の原始的なエネルギーです。

それから、面白いのは、この作品に老子の「道」への言及があることです。道を自由に移動する精神は、常識的な束縛を越える道教に結びつくんですね。このグループの人たちの自由へのあこがれが東洋思想への関心を育てたことは、ケネス・レクスロスのところでもすでにふれました。

ところで、もうひとつ注意をうながしておきたいことがあります。語り手の連れとなるディーンは、まさに「高貴な野蛮人《ホーリー・バーバリアン》」的な姿を見せるのですが、語り手のサル・パラダイスは、文明の体制を嫌悪しながらも、ディーンのように徹底できず、どこかでとまどうところがあるのです。そのため、魂の満足を得られず、いつも落ち着かなくて、本当は暗い人生観にとりつかれてもいる。つまりハックルベリー・フィン的でもあるのですね。存在の自由を得たいと思って放浪してまわるが、本当はなかなかそれが得られない。それが人間の生の現実でもあるでしょう。作者は、つまり、案外に醒めた目で彼の世代の姿を観察し、冷静に描いているのです。だからこそ、読者をひきつける力もあるのだと思います。

ケルアックはこの後、東洋思想の方にだんだん深入りしていったようです。一九五八年には、『達磨行者たち』という作品を出しました。これも小説というにはストーリーのない作品で、ビート・ジェネレイションの生態を描いています。彼らは一種の求道者となり、るんぺん生活をしながら、解脱の修業をするのですね。こういう作品を、ケルアックは次々と出版しました。その多くが、ビート・ジェネレイションの精神と姿を表現しています。

ウィリアム・バローズ(一九一四–九七)は、長い間、いわば地下の存在でしたが、最近、崇拝者ともいうべき熱烈な読者が現われてきている作家です。ケルアックより八歳年長ですね。セント・ルイスの富裕な実業家の家に生まれ、ハーヴァード大学を出ました。毛並みのよい知識人のはずです。ところが定職につくことなく、アメリカ、ヨーロッパ、メキシコなどを転々とし、いろんな職業を渡り歩きました。一種の祖国離脱者の気分で、アメリカ文明を逃れ、自由な放浪生活をしていたんでしょうか。

そのうちに同性愛と麻薬に耽る。麻薬患者は最後は麻薬の売人になって生活をするもので、自分もそうなった、と彼はいっています。その間に、ケルアックやキャサディに会い、放浪文学者仲間になった。それで

『路上』にも描かれるわけです。しかし、麻薬中毒で体はがたがたになる。生活はめちゃくちゃです。それでも、なんとかしてそこから脱出しようとする気持はあるのね。麻薬中毒から脱出するには、中毒症状を自分で表現することだ、とこれも彼はみずから述べています。一九五〇年頃から、彼は自分の体験をもとに『ジャンキー』という作品を書き始めました。ところが執筆途中の五一年、メキシコにいた時に、妻と「ウイリアム・テルごっこ」、つまり頭にのせた林檎を撃つという遊びをしていて、妻を射殺してしまった。そのため、南米を経て、とうとうモロッコのタンジールまで流れ、最低の極致の生活をする。五三年、ついに『ジャンキー』が出版されました——匿名の出版です。が、ぜんぜん認められない。それでも、彼はタンジールでもう一つ作品を書きはじめる。それが『裸のランチ』です。一九五六年には、あとから述べるアレン・ギンズバーグの詩集『吠える』が出て、評判になりました。五七年には、ケルアックの『路上』が出てベストセラーになる。バローズも焦ったようですね。憑かれたように『裸のランチ』の執筆に熱中しました。一九五九年、作品は完成しました。が、アメリカでは出版社が見つからず、ヘンリー・ミラーの『北回帰線』と同様、パリで出版されました。こんどは実名です。

　では、『裸のランチ』とはいったいどういう作品か。これもジャンキー体験の表現が中心になっているのですが、自分の感情や行動、麻薬による幻覚や幻想の断片を、とりとめもなく積み重ねています。コラージュ風ともいえますね。これは『北回帰線』を思わせる構成で、たぶん実際、その影響を蒙っているんでしょう。しかし、どこかで明るさをたたえていた『北回帰線』と違って、こちらは地獄の彷徨の趣があります。麻薬中毒になった人間の極限状況が、文字通り素裸《ネイキッド》に綴られるのです。それは動物以下の状況です。動物は本能によって感じたり行動したりしますね。しかしジャンキーはその本能が破壊されているのです。ですから、まったく生物の秩序の外にはみ出て、ただ現在だけに生き、生の断片がとび散るのです。そこには恐怖がある。恐怖の極限が作品には展開している。そういう状況まで行くことによって、ようやく生が純化され、再生のきっかけが生まれるかのようです。この作品は、文章表現の極限を示しているといってもいいようです。

『裸のランチ』は、轟々たる非難をあびました。ただし、同性愛的なシーンも出てきますが、特にポルノ的というわけではありません。生が断片化してしまっていますから、いわゆる猥褻感にまでいたらないのですよ。それよりも、生の醜い部分が出てくる。恐怖にみちたグロテスクな生です。それで猥褻ということにされたのかもしれません。一九六二年にこの作品がアメリカで刊行されると、発禁処分を受けます。が、裁判の結果、無罪になり、そのおかげで売れました。

バローズはこれ以後、堰を切ったようにいろんな作品を書きました。文明の反対側、あるいは文明の地下の生の姿を、彼はやはり実験的な手法で描き続けました。ケルアックやバローズのこういう反体制の文学は、ビートの詩人たちを側面から大いに応援することになります。

ビート詩人の誕生とギンズバーグ

詩そのものに話を戻して、ビート・ジェネレイションといわれる人たちの運動を眺めてみることにしましょう。「ビート・ムーヴメント」は、一九五五年十月十三日、サンフランシスコのあるギャラリーで、六人の詩人たちが詩の朗読会を開いた夜に始まったということになっています。オーガナイザーはまだ無名の詩人だったアレン・ギンズバーグ（一九二六－　）で、フィリップ・ホエイレン（一九二三－　）、ゲイリー・スナイダー（一九三〇－　）らが加わっています。先輩格のケネス・レクスロスが司会を受け持ちました。ケルアックの『達磨行者たち』は、小説の形でですけれども、この夜の有様を生き生きと描いています。アレン・ギンズバーグは「吠える」という、一大センセーションをまき起こす詩を朗読するんですね。つめかけていた百人ほどの聴衆は、興奮してきて、ジャズのジャム・セッションのように「ゴー！　ゴー！　ゴー！」と叫んだそうです。この朗読会が大きな刺激となって、それまでの詩の常識をぶち破る若い詩人たち、つまりビート・ジェネレイションが社会的に注目されていくことになります。

　ではそのギンズバーグとは何者か。彼はニュー・ジャージー州ニューアークに、ユダヤ系の高校教師で詩人だった人の子供として生まれました。少年時代は不況の真っ只中ですね。母親は共産党員で、いろんな難しい事態に出会ったんでしょう、何度かノイローゼに陥り、結局、精神病院に入ってしまった。ギンズバーグは一九四三年からコロンビア大学で学ぶんですが、最初は弁護士になって労働組合を応援するような活動をしたいと思っていたみたいです。が、在学中に二度、不品行のかどで停学処分を受けている。一度は寮の部屋にケルアックを泊めたためだそうですけどね。四八年、ともかくも大学を出て、アルバイト的なことをしているうちに、彼はウィリアム・ブレイクを読み、自分も詩人になろうと決意したそうです。しかし、本当に自由な詩的表現を獲得したのは、五四年、サンフランシスコに移ってからなんだな。ひとつには、サンフランシスコというアメリカの西の果ての町の自由な雰囲気が作用したのだと思います。

　しかしもっと具体的には、ケネス・レクスロスが、ギンズバーグに助言を与えたらしい。彼はケルアックが試みた、あの放浪の生をそのまま文章のリズムにしたような「自然発生的散文《スポンテイニアス・プローズ》」を、詩において実験することをすすめるんですね。それからギンズバーグは、いわば同郷の詩人であるウイリアム・カーロス・ウイリアムズの自由な表現を学ぶんです。そしてそれをもっと大胆に、自分の呼吸のリズムに合った散文のようにしてしまう試みをする。ブレイクはイギリス人ですが、ホイットマンの先輩のような詩人です。ウイリアムズやレクスロスは現代のホイットマン派の詩人であり、ケルアックもまたホイットマン的な精神の持主です。ギンズバーグはホイットマンの直系につながった。そしてホイットマン流の「野性の咆哮」をはじめる。その成果が「吠える」なんです。

「吠える」

この作品、「吠える」を収めた『吠える、その他の詩集』は、扉に、"Unscrew the locks from the doors!/Unscrew the doors themselves from their jambs!"（ドアから鍵を外してしまえ／ドア柱からドアそのものを外してしまえ！）と刷られていますが、これはホイットマンの『草の葉』からの引用です。それをエピグラフにして、本文が始まるのです。

「吠える」はぜんぶで三部からなっております。全体がカール・ソロモンに献げられたことになっている。カール・ソロモンというのはギンズバーグの友人で、天才だが、ギンズバーグの気持ちでは現代文明のおかげで気が狂わされ、精神病院に入っている人でした。第一部の冒頭はこうなっています。

I saw the best minds of my generation destroyed by madness, starving hysterical naked,

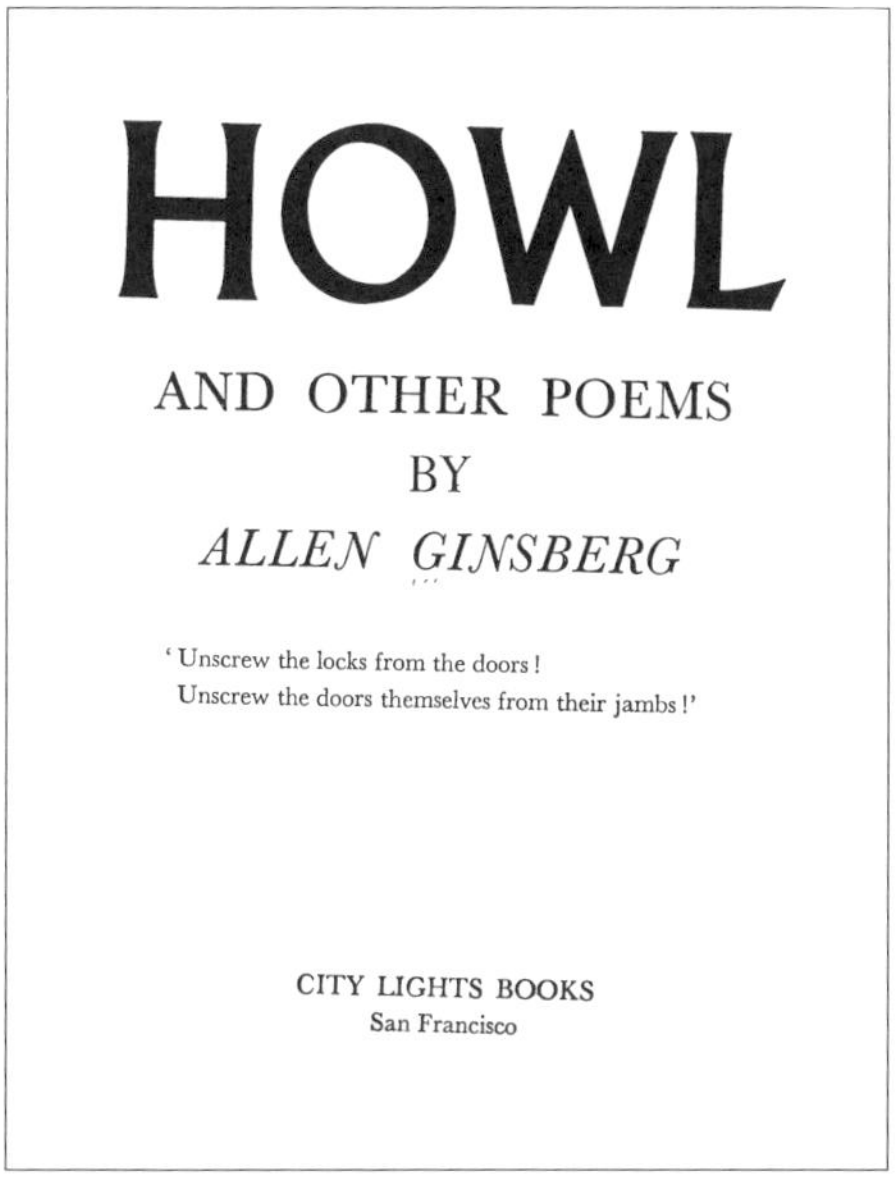

HOWL

AND OTHER POEMS
BY
ALLEN GINSBERG

'Unscrew the locks from the doors!
Unscrew the doors themselves from their jambs!'

CITY LIGHTS BOOKS
San Francisco

（上）『吠える，その他の詩集』（1956）の扉。

（右）自作を朗読するアレン・ギンズバーグ。
（イライアス・ウィレンツ編，フレッド・マクダラー撮影『ビート・シーン』1960 年より）

dragging themselves through the negro streets at dawn looking for an angry fix,
angelheaded hipsters burning for the ancient heavenly connection to the starry dynamo in the machinery of
night,...

ぼくは見た、ぼくの世代の最良の精神の者たちが狂気に打ち砕かれ、ヒステリックに裸で飢えているのを、
夜明けの黒人街に足をひきずり一服の怒りのヤクを求めているのを、
天使の顔をしたヒップスターたちが夜の機構を動かす星のダイナモとの太古からの聖なる交流を求めて燃えているのを、……

一行目の「ぼくの世代の最良の精神の者たち」というのは、具体的にはカール・ソロモンのような人たちですが、この詩を読んでいきますと、母親らしい人もうたわれますし、ギンズバーグ自身もうたわれています。そういう人たちが現代という時代の狂気によって破壊されてしまうのを見たというわけですね。「ヒステリックに裸で飢えている」は、気が狂ってますから、素裸で、飢えているのでしょうが、これも現代の人間のおかれている状況を指していると見てよいでしょうね。こまかなことですが、このhystericalという言葉は、草稿ではmysticalになっていました。しかしミスティカルだとロマンチックで「詩的」なんだな。そういう言葉をヒステリカルという現実的で非詩的な言葉に変えちゃった。たった一言の変更なんですが、赤裸々な人間の真実の表現への大きな飛躍、といっていいかもしれません。

二行目の「黒人街に足をひきずる」という表現で、この「吠える」の第一部はニューヨークが舞台になっていると想像されます。そこを一晩中、夜明けまでさまよう人たち——「一服の怒りのヤク」を求めて、ね。もちろん、別に麻薬が怒っているのではない。人間が目茶苦茶な状態に打ち砕かれ、怒りにかられ、せめてそれをしずめるためにヤクを求めているのです。

三行目。この狂気の人たちも、よく見れば「天使の顔をしたヒップスターたち」なんです。そして、夜空の星を輝かすダイナモとの「太古からの聖なる交流」を求めて燃えている。これはさっき述べた天国的なビアティテュード（至福）に到達したいという、燃えるような渇望の表現ですね。そういう姿をぼくは見た、というわけです。

こうして、最初に"I saw"といって、あとはずっとこの詩人が見た現代文明の中における人間の状況をうたうのです。四行目以下は各行の頭に"who"という関係代名詞をおいて、そういう人間の姿を具体的にえんえんとうたっていきます。『草の葉』とそっくりの詩形で、いろいろな人物をカタログのように列挙し、その外の姿、内の姿をパノラマのように展開していくわけ。『草の葉』と同様に破格な俗語的表現ですが、よく読めば鮮明で強烈なイメージがあふれています。

こうして「吠える」の第一部は、非人間的なアメリカ文明の社会で、本来の人間性を発展させられず、苦悩し、敗北し、文明のどん底というか、むしろ文明の地下《アンダーグラウンド》といっていいかもしれない、そういう所でうごめく人々の姿をうたってます。当然、卑語や性的な猥褻語もたくさん出てきます。単に言葉が出てくるだけでなく、猥褻といわれる行為もうたわれます。セックスも正常な発展をはばまれ、狂気にかられた行為が生まれるのでしょうかね。基本的には一行で一人の人物が描写されますから、ポルノグラフィー的なこまかな描写がなされるわけではありませんよ。トール・テール的な表現も多く、むしろ笑ってしまいます。ともあれ、混乱し破壊された人間の状況を堂々と表現している。そして、全体としては、そういう人間への愛みたいなものがにじみ出ているのです。

第二部では、Molochという言葉がほとんどの行のはじめに出てきます。モロックというのは古代フェニキアの火神で、人身御供の子供を食ったとされる魔神です。作者はこのモロックに現代の機械文明の化身を見ているのですね。この第二部は、サンフランシスコが舞台です。作者自身がいっていることなんですが、サンフランシスコの坂道をモロック、モロックとひとりで喚きながら歩いていたそうです。やはり冒頭の部分だけ引用してみましょう。


What sphinx of cement and aluminum bashed open their skulls and ate up their brains and imagination?

Moloch! Solitude! Filth! Ugliness! Ashcans and unobtainable dollars! Children screaming under the stairways! Boys sobbing in armies! Old men weeping in the parks!

Moloch! Moloch! Nightmare of Moloch! Moloch the loveless! Mental Moloch! Moloch the heavy judger of men!...

セメントとアルミニュウムでできた何という怪物が、彼らの頭蓋骨を叩き割り、脳味噌と想像力を食べてしまったのか?

モロックよ! 孤独よ! 汚物よ! 醜さよ! ごみ箱と手に入れることのできないドルよ! 階段の下

で悲鳴をあげている子供たち！　群れになって啜り泣きしている少年たち！　公園で涙を流している老人たち！
モロック！　モロック！　モロックの悪夢！　無慈悲なる者モロック！　精神の上のモロック！　人間を重々しく裁断する者モロック！

こういう調子で、作者はモロックへの呪いの言葉をあげていくのです。第一部は現代文明における破壊された人間をうたっていましたが、第二部は社会機構そのものをうたっているわけですね。ただ、あとの方へいくと、"Moloch in whom I dream Angels!"（モロックの中でぼくは天使を夢見る！）とか、"Moloch whom I abandon! Wake up in Moloch! Lights streaming out of the sky!"（モロックをぼくは捨てる！　モロックの中で目覚めよ！　光が空から流れ出る！）といった叫びも出てきます。モロックからの脱出のヴィジョンも、かすかにですが現われてくるのですね。

第三部は、"Carl Solomon! I'm with you in Rockland/where you are madder than I am"（カール・ソロモンよ！　ぼくはきみとロックランドにいるよ、きみはぼくよりも狂ってるんだが）という行で始まります。ロックランドというのは、ニューヨークの精神病院の所在地なんです。そして次の行から、"I'm with you in Rockland"の句をくり返して、作者がカール・ソロモンと一緒にいて、現代文明が押しつける苛酷な運命を共にしようという気持ちを表現していきます。しかしここでも、この状況から脱出するヴィジョン、自由の幻想が現われないわけではない。最後は次のように結ばれます。

I'm with you in Rockland
in my dreams you walk dripping from a sea-journey on the highway across America in tears to the door
of my cottage in the Western night

ぼくは君とロックランドにいるよ
ぼくの夢の中で君はアメリカを横切るハイウェィの海の旅で水を滴らせて歩き涙しながら西部の夜の中
のぼくの小屋のドアにやってくる

現実の作者は、いま西部にいるんですね。そして気が狂った親友が「海の旅」でもしているようにゆらゆらとアメリカ大陸を横切って、涙を流しながらこちらにやってくる夢を見る、というわけ。これも、一種の救いのヴィジョンかもしれません——哀れな救いですけれどもね。

いま「吠える」のごく一部を読みながら紹介したわけですが、この詩は全体として、いってみれば現代文明への呪詛と怒りのhowlでしょう。ただ「吠える」ことがこの詩のテーマだと思います。自由な生が阻まれ、圧しつぶされて、人間性が崩壊していく、その有様が作品を支配している。そこから脱出するヴィジョンも少し出てきますが、それはあくまで願望のヴィジョンです。安易な解決の道は示されていない。ただ、現代文明の徹底的な否定の中から、さきほど述べたベアティテュードにどこかでつながるヴィジョンが微かに示されるだけなのです。

さて、「吠える」の朗読のあった夜、聴衆の中にロレンス・ファーリンゲッティ（一九二〇—　　）という人がいた。彼は自身も詩人ですが、シティ・ライトという本屋兼出版社の主人なんです。彼はすぐにギンズバーグに電報を打った――「偉大な経歴の出発点の君に挨拶を送る」ってね。これはホイットマンが『草の葉』を出した時にエマソンが送ったメッセージと同じなんですよ。ただしファーリンゲッティはもう一言つけ加えた――「いつ原稿をくれるかね」。こうしてこの詩を中心にして出版したのが、『吠える、その他の詩集』です。小さなポケット・サイズで四十四ページ、紙装の貧弱な本です。しかし内容は強烈で、歴史的な詩集となった。

反体制の偶像

ところがですね、この詩集はすぐに発禁処分をうけるのです。猥褻だ、というわけね。一九五七年には長い裁判が行われます。しかし、さっきもいいましたようなわけで、本当は猥褻感は弱いんですよ。嫌らしい言葉はいっぱい使ってるんだけど、むしろ笑いを誘う表現がたっぷり出てくる。いってみれば、疑似英雄詩《モックヒロイック》調が目立つんですね。一見壮重な表現をしていますが、作者はこういう表現をする自分自身をどこかで戯画化もしている。そこのところが、つまり懸命に現代の文明を罵倒しながら、作者はそういう自分をどこかで冷静に見つめてもいるところが重要なんです。自分をそういうふうに客観視する力のない人たちが、ぞくぞくとギンズバーグ的な絶叫の真似をして、それがビート・ムーヴメントだと世間では見るようになりましたが、本物の詩人たちにとっては不幸なことだったというべきでしょう。それはともかくとして、詩集は裁判の結果、無罪ということになります。しかも裁判はこの詩集の大きな宣伝になり、『吠える、その他の詩集』

は、詩集としては珍しく売れます。そして、アメリカの性革命を進める力にもなりました。

ギンズバーグは、この詩集で一挙に有名な詩人になり、一九五八年に「カディッシュ」という詩を完成、六一年に『カディッシュ、その他の詩集』を出版します。カディッシュというのは、ユダヤ教で両親や兄弟が死んだ時の頌栄の歌です。この詩は、五六年にとうとう亡くなった母親への追悼詩といえます。もちろん、この時代への批判が強く出ていますが、もうちょっと沈痛な詩です。

それから、ギンズバーグはしだいにこういう文明の状況を乗り越える方向として、東洋の禅に関心を深めてきました。これはビートの詩人たちの多くに共通する特色ですね。しかし彼の禅は、反体制の彼に超俗の色合いを濃くさせ、一九六〇年代に入りますと、ヒッピーたちは彼を偶像視するようになります。ヒッピーのことはまた後から言及したいと思いますが、ギンズバーグも彼らの「愛《ラブ》と平和《ピース》」の生き方を支持し、その動きを「フラワー・パワー」と呼びました――これは彼の造語なんですよ。そういうわけで、ギンズバーグは社会的な存在になっていく。そして一九七三年には、長詩『アメリカの没落』を出版、反体制の「吠える」人だった彼が全米図書賞を受けるという事態になりました。

ゲイリー・スナイダー

ビート・ジェネレイションの詩人で語りたい人は多いのですが、もう一人だけあげておきます。ゲイリー・スナイダーはギンズバーグと並んで、ビートを代表する詩人といっていいでしょう。彼はサンフランシスコの生まれで、カリフォルニア大学のバークレー校で学びました。言い忘れていましたが、ビートの詩人たちは一般の想像と違ってみんな知識人なんです。多くが大学を出ている。決して労働者たちの運動ではなかった。ただ、それなのに、大学なんぞを軽蔑し、文明に背を向け、自然を尊重する激しい自己飛躍を試みたところに、彼らの意義の一端があったんですね。

で、スナイダーは大学で中国語や日本語を勉強しました。日本へ来るための金をためたりもしています。そうしてるうちに、先のギャラリーでの朗読会に誘われた。その時、彼はまだ二十五歳。六人の中の最年少で、まったく無名の青年でした。ギンズバーグはこの時、ワイシャツとチャーコール・グレーのスーツを着、ネクタイをしていたそうです。だがスナイダーは、ブルー・ジーンズをはいて朗読した。どうやら彼の方が本格的な自然人で、東洋趣味だったんですね。

彼はこの朗読会の翌年、一九五六年から六四年まで京都に滞在して、禅を研究しました。この間に、アメリカではビート・ムーヴメントが一挙に真っ盛りになった。そして偽物ビート、ただ絶叫するだけの連中が氾濫しました。スナイダーはそれから離れて、日本で詩心を養っていた。ビートの熱狂に自分を忘れなくてすんだといえます。だからというわけではありませんが、スナイダーはギンズバーグと違って、静かな沈潜した内容と表現の詩を作っています。彼は内省的な人だったんでしょうね。日本で、こういうことを悟ったとも自分でいっています――「私はまず第一に詩人です。生来、恥知らずな愚か者で、だらしなく、物好きで、ど助平なたちであり、また（ランボーの言葉を借りれば）自分の心の無秩序さを神聖視しています。だから私は禅僧の役割に自分をゆだねようとは思いません」とね。禅の研究はしても、あくまで詩人として自己を見ている。こういうふうですから、この人の詩は安易に極端に突っ走ることはないのです。

彼の最初の詩集だろうと思いますが、日本に滞在中に出版した『捨て石《リップラップ》』（一九五九）という詩集があります。

リップラップというのは、山のどろんこ道などで、石をおいて通れるようにしたり、建物を造る時に基礎に埋め込んだりする、そういう捨石の意味です。自分の生も詩もそれだという認識ですね。彼はサンフランシスコの人ですから、ヨセミテ渓谷などで捨て石をおくようなアルバイトをやっていた。その体験に基づいて、そういう思いを吐露するのですね。

『神話と本文《テキスト》』（一九六〇）も、アメリカ時代の体験がもとになっていますが、西洋文明の失敗や、それと対照的な仏教とかアメリカン・インディアンの原始主義の価値を、いろんな形でうたっています。スナイダーの詩は、みずからの行動と瞑想によってとらえた自然の原初の言葉をうたう趣きがあります。もちろんこれ以後、日本での生活や観察をもとにした作品も多くなります。

　こういうふうにして、ビート・ジェネレイションの文学者は、一九五〇年代の保守的な体制尊重時代にいろんな形で挑戦しました。そして、散文にも詩にも衝撃的な革新をもたらしました。そして、彼らの運動それ自体は文学的なものだったというべきですが、次の時代、一九六〇年代の文化革命に深甚な、また幅広い影響を与えることになるのです。

IV　一九六〇年代以後――ポストモダニズムの文学

講義最終回の混沌

この講義も、いよいよ今回で最後になります。たった一回で、一九六〇年代とそれ以後の文学を語ろうというのですから、目茶苦茶ですね。それに一九六〇年代というのは、文化的にいって、私には最も興味深い時代の一つなんですよ。しかし私は、最初から、この六〇年代以後をひとまとめにして話す計画を立てていました。

その理由はいろいろあります。まず、時代が新しすぎて、まだ「文学史」的な展望をしにくい。これはお分かりですね。が、それだけではない。六〇年代以後は、私にとってまったくの現代、あるいは同時代であって、この時代への私の反応は、いままでにも増して「客観的」とはなりにくい。いや、私の判断は右往左往、揺らぎ続けなんです。さらに加えて、同時代ですから、当然、おびただしい数の文学作品に接するのですが、私が読んだのは、そのうちのほんの一部分なんです。特定の作家に集中する読み方もありえたんでしょうが、私の場合はそうもならなかった。たまたま面白そうな作品に出会うと、まったく気ままに読んだだけで、それもいまから思えばごく限られていた、というのが実情です。

そんなわけで、六〇年代とそれ以後の文学についての私の理解は、混沌としてとりとめがない。そこで私は、そのとりとめのなさを、そのまま提示しようと思ったのです。それには、ねちねちと時間をかけ、もっともらしい理屈をつけて話すよりも、一回でパッとこちらの正体をさらけ出して話す方がいい。ただ、いましがたいった私の個人的な判断、ほとんど偏見といっていいですが、それも従来以上に恐れ気もなく付け加えましょう。皆さんはどうぞ、そういう話の中から掬えそうなものがあったら掬い出し、作家や作品についての読みを深めたり広めたりして、混沌の中にどういう筋道というか、方向があるか、探る努力をしてほしいと思います。

巨大な変貌

私は一九五九年に、はじめての渡米留学をしました。ミシシッピー河畔のセント・ルイスにある私立大学の大学院で、英米文学を専攻しました。当時のアメリカは、すでにさんざん話してきた「大人の時代」ですね。教師はみんなきちんと背広にネクタイ——そうそう、英文科には、女の先生はいなかったです。学生も行儀よく、せっせと勉学にはげんでいました。週末には、男女の学生たちのデートは盛んで、私など、大いにうらやましく思っていたくちですが、そのデートにも何やら厳しいきまりがあるようで、少くとも外面的には道徳的でなければいけないみたいでした。人前でセックスの話をすることは憚《はばか》られました。教会は善男善女で大いに繁盛。私たち貧しい留学生は、そういう教会主催で、たとえばマーク・トウェインの育ったハンニバルへの小旅行をするというようなことが、たいへん有難かったですね。要するに、私の周辺の人はたいてい上品で、大人風でした。いい忘れてましたが、セント・ルイスは南北の境界にある都市で、黒人も大勢住んでいたはずですのに、文化の表通りというのかな、大学にもいろいろな文化的な集まりにも、ほとんどまったく姿を見せませんでした。

もちろん、そういう外見の下で、若々しい心は焦燥し、もがき、抵抗の叫びもあげ出していたわけですね。そのことも、すでにたっぷり話したつもりです。一九六〇年の大統領選挙で、四十三歳という若さのJ・F・ケネディが当選したのも、沈滞からの脱出を求めるムードがたかまっていたからでしょう。ケネディ自身、六一年の就任演説で、「松明《たいまつ》はアメリカの新しい世代へと引き渡された」と述べました。

私はその一九六一年に、文学をもっと幅広い文化の視野で研究したくなって、アメリカ文明プログラムというものがある東部の大学へ移りました。そういう専攻のおかげでしょうか、全国から選ばれた何十人かの留学生代表の一人として、ホワイト・ハウスのガーデン・パーティに招かれたことがあります。入口で持ち物を調べられるなんてことはなかったですね。パーティの最中、ケネディにカメラを向けると、ほかの人たちとしゃべっていたのに、にっこり笑ってくれるんで、ああ、アメリカの大統領はこういうサービスをするんだと、あらためて認識もした。要するに、平和な時代でしたね。私はどちらかというと、真面目な顔つきの弟のロバート・ケネディ司法長官の方が好きでしたが、その人のパーティにも招かれるという幸運を得ました。握手すると、兄貴分みたいな若々しさを感じました。

それやこれやで、私は個人的に、アメリカの政治の若返りを痛感しましたが、生活や文化の伝統的な秩序が揺らいでいるというような印象は、まだまったくもちませんでした。大学でも、私があるクラスで、ホイットマンはアメリカ・デモクラシーの理想の讃美者だったけれども、その現実に対しては痛烈な批判者だったのではないか、という発表をした時、教授もクラスメイトもみんなしらけてしまったことを思い出します。アメリカへの信頼ないし信奉は、知識人の間でもほとんど揺らいではいなかったんですね。

ところが、私は一九六二年に帰国し、すぐに母校に採用され、新米教師できりきりまいさせられました。当時はまだ外国旅行が容易でありませんでしたから、ようやくふたたび渡米のチャンスを得たのは、一九六九年になってからです。そして行ってみて驚いた。一国の社会や文化がわずか七年間でこんなにも変わりうるものなのかってね。教師は多くが背広をぬぎ、ネクタイをはずしている。そして髭を生やしているんだな。セント・ルイスの母校ではイギリス中世文学の花形教授だった人が、アメリカ・インディアン研究に転じ、やっぱり花形――学内の反体制派の指導者になっていた。この先生が学生を集めて、私の歓迎会をしてくれましてね、それは嬉しかったんですが、まるく坐ってマリファナのまわしのみをし、私にもすすめてくれるのには弱りました。学生は、男も女も、ヒッピー風なのが目立ちました。そして黒人が、まるで急に人口がふえたみたいに、街を闊歩している。東部や西海岸の大都会に出ると、フラワー・チルドレンが群れをなしています。ハレクリシュナというヒンズー教の流れをくむカルト（新興宗教団体）の信者らしい人たちが、異様な姿で行列している。なにか、国中が興奮して沸き返っている感じなんですね。

私はホイットマンにとくにひかれていましたから、人間の「性」の表現のあり方に関心があるんですが、その解放ぶりにもひときわ驚嘆しました。大学のキャンパスや都市の路上での、男と女の服装や行動のあけっぴろげさ。文学作品が従来と比較にならず大胆に性を扱い出していることは、日本にいても、いささか知っていました。その有様は、あとからまたふれようと思います。私が驚かされたのは、ポルノグラフィーそのものの氾濫です。いわゆるガーリー・マガジン（女性のヌード雑誌）は、従来も、いじましい内容のもののが大都会の裏通りの本屋で売られていました。しかしいまや、女性の性器を見せるためだけの雑誌が、それ専門の本屋で、堂々と売られているのです。あれだけ性に厳しかった国が、すっかり逆転したように思えました。

私は政治にはあまり関心のない人間ですが、社会と文化が大きく揺れ動いていることは、肌身に感じました。小数派人種のいろんな社会運動とか、全国の大学で起こってきた激しい紛争とかは、日本でも新聞や雑誌の報道で追跡してはいました。しかし、「ブラック・パワー」とか「ステューデント・パワー」とかの「パワー」は、やはり現地でこそ感じ取れる部分が大きいんですね。よそ目には、それは荒れ狂っているように見えました。事実、「病めるアメリカ」「狂気のアメリカ」といったような題の本が、この前後には、日本でも盛んに出版されたんですよ。しかし私は、この時は短い旅でしたから、実情の分からぬことが多かったんですが、こういうアメリカにただ反感や批判を感じただけではなかった。伝統的な秩序の破壊が行われていることは確かだけれども、何か新しい価値の創造が追求されているんじゃないか、ということもはっきり感じたのです。第三者の立場に立てば、興味津々でもあります。ひょっとしたら、アメリカ研究者のはしくれとして、自分はいま千載一遇のチャンスの真っ只中にいるんじゃないか、とも私は思いました。それで、この旅のあと、私はいろんな無理をおかしても、ほぼ毎年、アメリカを見てまわる努力をするようになったのです——そのことは、この講義の内容とは直接の関係がありませんけれどもね。

意識革命へ

一九六〇年代に、アメリカは「大人の時代」から「若者の時代」へとさま変わりしたといえそうです。「沈黙の時代」が「騒音の時代」になったともいえます。こうなった原因は、いろいろあるでしょうね。いましがた述べたように、一九六一年、人の好いお爺《グランパ》さんの趣があったアイゼンハワーに代わって、選挙で選ばれた大統領としては史上最年少のジョン・F・ケネディが政権につきました。アメリカは、ごく自然に若返りをするように思えました。ところがそのケネディが、一九六三年に暗殺される。いったん解消されそうに見えた若者たちの鬱積は、ここで、激しい破壊的な反逆に転化したようです。

もちろん、これにはもっと政治的・社会的な背景もあったでしょうね。次のリンドン・ジョンソン政権に移って、アメリカはベトナム戦争の泥沼にみずから足を突っ込んでいきました。徴兵の対象である若者たちを中心にして、反戦運動は激化します。黒人の公民権運動はすでに五〇年代のなかばから始まっていましたが、それは六四年の公民権法の獲得以後、なお残る貧困や差別への怒りの運動へと発展します。法律上の平等の要求を越えて、自己の存在の尊厳の主張となり、「ブラック・イズ・ビューティフル」のスローガンまで生まれました。しかも、そういう運動の指導者であったマーティン・ルーサー・キング牧師や、その最大の理解者で支持者と目されていたロバート・ケネディ上院議員が、一九六八年に相ついで暗殺されるに及んで、運動は体制の力への死物狂《デスパレイト》いな闘争ともなっていきました。

一九六〇年代の反体制運動は、さらに、もっといろんな方面にひろがりを見せました。女性の権利運動も

（左）1968年4月，学生運動で揺れた時のコロンビア大学ロウ図書館前のアルマ・マーター（豊穣の女神）像。

（下）1969年11月15日，ワシントン記念塔前に集まった「死に反対する行進」（ベトナム反戦行進）の群衆。

それでしょうね。一九六三年に出たベティ・フリーダンの『女らしさの神話』は、私にはそれほどの名著とは思えないんですが、これが幅広い共鳴を呼んだのには、やはり女性が差別されているという現実の認識と、それへの不満、反抗の思いが、とくに女性たちの間に高まっていたからに違いありません。六六年にはNOW（全米女性組織）が結成され、活発な運動を展開します。そしてこれも、初めは法的な平等権の要求が運動の中心であったのですが、しだいにより根本的な解放の主張をするようになっていきます。ウィメンズ・リベレイション（和制英語だとウーマン・リブ）という言葉が、フェミニズムにとって代わられたのも、そのあらわれでしょう。

ここでちょっと注意しておきたいのですが、こういう運動が多方面から広範に起こって、法的あるいは形式的な平等や解放はある程度実現したり、ベトナム戦争終結のための力となったりはしましたけれども、結局は、マイノリティの運動ではなかったかということです。体制側は大いに揺らぎましたけれども、崩れはしません。その証拠に、一九六八年の大統領選挙では、共和党のリチャード・ニクソン、「赤狩り」で活躍したあのニクソンが「法と秩序」をふりかざして当選し、七二年には圧倒的な支持を得て再選されているのです。

反体制運動は、一見はなやかでしたけれども、じつは体制にはね返された部分が大きい。しかし、ここが大切なところですが、それだからこそ、この運動はアメリカの歴史や、成り立ちや、本質を根本から問い直す運動になっていったと思われるのです。つまり、広い意味でのアメリカ文化の再点検をし出した。さらに言い直せば、それは意識革命の様相をおびた。当時、中国では文化革命と称するものが進展しましたね。それとまったく違う意味で、私は一九六〇年代のアメリカの変貌を、文化革命と呼びたい気持に誘われます。

セックス・レヴォリューション

その文化革命の有様をぜんぶ語ることは、とてもできません。文学に直接関係する局面を、一つうかがってみることにしましょう。反体制運動は、日常生活を縛ってきた古くさい道徳や秩序からの解放の要求につながった。そしてそれは、肉体の解放、性の解放の要求となりました。フェミニズムの運動、形式化した結婚制度への挑戦、フリー・ラヴやらフリー・セックスの主張、「ゲイ・パワー」の唱導などは、みなそれに関係します。なかでも性表現の解放の進展は、文学そのものの問題でもありますよね。

私の留学当時、アメリカではヘンリー・ミラーの『北回帰線』を読むことができませんでした。日本では、完訳は禁止されていましたが、英語のものは海賊版が出ていて、私はすでに読んでおり、いささか得意に思っていたくらいなんです。雑誌『プレイボーイ』は一九五三年に創刊されましたが、これも既成の道徳に正面から挑戦するものではありませんでした。従来の裏街的なガーリー・マガジンを、表通りでも見られるように華やかにした程度のものです。

ただ、すでに述べましたように、アレン・ギンズバーグの『吠える、その他の詩集』が、一九五七年に裁判で無罪をかちとる、というようなことはありました。私の留学中の一九六〇年には、D・H・ロレンス著『チャタレー夫人の恋人』のアメリカ版が無罪をかちとる事件があり、大騒ぎでした。その法廷闘争はたいへん面白いんですが、いまは省略せざるをえません。興味のある方は、拙著で恐縮ですが、『ピューリタンの末裔たち　アメリカ文化と性』という本をめくってみて下さい。この裁判の結果に勇気づけられて、一九六一年には『北回帰線』のアメリカ版が出版され、こんどは連邦最高裁まで争って、六四年に無罪をかちとります。

これらの作品は、どれも、性の解放を人間の解放としてうたい、描いた文学ですね。これらを禁止した従来の「猥褻」の尺度は、激変していくアメリカ社会では、もう適用できなくなってしまったわけです。勢いの赴くところ、一九六六年には、ポルノグラフィーそのものの古典とされていたジョン・クレランドの『ファニー・ヒル』までが、無罪の判定を得ます。こうなると、アメリカはいわゆる「ポルノ解禁」の様相を呈します。

俄然、ヌードをさらし、セックスを讃美することが、新しい価値を創造する革命行為ということになりました。演劇の方面にちょっとだけふれておきますと、フランス大革命時代を扱った一九六五年の『マラー／サド』という芝居が、アメリカのステージにはじめて完全な裸体を登場させたといわれます。これには当事者の否定的証言もあって、どうもそうではないらしい。しかし六七年の反戦ロック・ミュージカル『ヘアー』や、キューバの革命家チェ・ゲバラに取材した六九年の芝居『チェ！』、同年のヌード・レヴュー『おお！カルカッタ！』などになると、あからさまな性表現によって反体制的姿勢を誇示しており、またそのことによって評価もされ、大いにヒットしました。

文学作品の性表現についてはあとからまたふれるといいましたね。六八年に創刊されたニューヨークの週刊新聞『スクリュー』や、七四年に創刊した雑誌『ハスラー』は、「猥褻」性をこそ体制的道徳への挑戦の武器として、積極的に打ち出しました。映画界でも、果敢にその種の表現を試みるアングラ映画が、次々と作られました。

いそいで付け加えておきますが、こういう性表現の解放が、どこまで「性=生」の解放につながったかというと、じつは私には疑問なんです。またその解放がどういうすぐれた芸術作品を生み出したかということになると、ますます疑問です。私ははじめ、性表現のタブーが破られたことは、芸術表現の可能性を一挙にひろげ、たとえば人間の実態や本質を描くのに、まったく新しい領域を開拓する作品がぞくぞくと生まれてくることを期待していました。だが、私も単純でしたね。そういう作品が生まれたにしても、まことに寥《りょう》寥《りょう》たるものではなかったのか。現実には、生の解放を性器の開放にしただけのポルノ雑誌の氾濫、という現象が生じたことは先に述べた通りです。しかし、革命、とくに意識革命なんてものは、たぶんに幻想によって推進されるものなんでしょうね。ロマンチックな幻想があって、六〇年代のアメリカは古い秩序をこわし、新しい価値の創造に突っ走ったというべきでしょう。

対抗文化の展開

セックス・レヴォリューションは、その最良の部分についていうと、伝統的な性的道徳を通して人間を束縛しているアメリカの文化体制への挑戦でした。それと根底で通じる試みが、この時代に、文化のさまざまな局面で行われました。若者を中心にしたこういう文化の営みは、普通、対抗文化《カウンターカルチャー》と呼ばれます。産業主義と機械文明に支配され、因襲的な中産階級の価値観に埋没し、本来の人間性を忘れた文化に、真っ向から対抗する文化、というわけです。

イエール大学で政治学を教えていたかと思いますが、チャールズ・ライクという人は、『アメリカの緑化』

（一九七〇――邦訳『緑色革命』）という本で、こういう文化革命の本質をこんなふうに述べています――「この革命は個人と文化から出発した。そして成功するならば、ただその最終段階として、政治組織も変えるだろう。……これが窮極的に創造するのは、より高次の理性、より人間的な社会、そして新しく解放された個人である。」

　この対抗文化の具体的な現われ方は、じつにさまざまですね。一九六九年には、宇宙船アポロ十一号が月面着陸に成功しました。これはアメリカ・テクノロジーの勝利を示す快挙で、国中が興奮しました。しかし対抗文化は、むしろ足元の自然環境保護の方を重要視する姿勢を示します。公害による人類の危機を説いたレイチェル・カーソンの『沈黙の春』（一九六二）は、ベティ・フリーダンの『女らしさの神話』と並んで、この時代のアメリカを変えた本といっていいように思います。

　大学紛争にしても、反戦運動や人種差別反対の要求から、大学の役割や教育の意義といった本質的な問題の追究へと進むにつれて、対抗文化の色彩を濃厚にします。そしてその追究が思うような成果を生まない時、学生の間には「ドロップ・アウト」することが一つのファッションにもなる。ケルアックの『路上』の主人公たちのような、自由な放浪があこがれの対象になり、ヒッピーが巷にあふれ、「愛《ラヴ》と平和《ピース》」を唱え、人々に花をくばって歩く――というのも、対抗文化の風俗的な現象といえるでしょうね。

　問題は、彼らが究極的に何を目指していたかということです。それは、一言でいえば、自然と自己への回帰であったと私は思う。対抗文化は、アメリカの体制を作ってきた価値観をほとんど否定しましたが、アメリカン・ルネッサンスの立役者たちには共感を寄せました。つまり、南北戦争を前にしたアメリカと人間との危機に直面して、自然と個人との絶対的な尊厳を説いたエマソン、その思想の実践を主張して『ウォルデン』で自然生活の神髄を語ったソロー、詩集『草の葉』で自然のままの人間性を讃美したホイットマンなどを、彼らは評価し直します。そしてその作品を、自分たちの生活の指針ともしました。

するとこれは、またくり返すようですが、非常にロマンチックな文化運動だったということになります。ただし、やはりくり返しですが、その運動の最良の部分についていえば、ですよ。が、もちろん、現代はアメリカン・ルネッサンスの時代と状況が違います。日常生活のまわりにたっぷり自然があり、社会の営みも個人の力によるところが大きいという状況ではない。かつては、文明に息がつまれば、西部の広大なフロンティアに脱出すればよかったのですが、いまはそのフロンティアも本質的な意味では消滅している。となると、対抗文化の運動は現実から遊離し、一面ではますます先鋭になると同時に、他面では衰弱し、自己崩壊の危機にさらされることになった。

対抗文化の運動は、さっきのチャールズ・ライクの言葉からもうかがえると思いますが、最初はたいそう楽天的に理想の実現を夢見ていた。が、ニクソンが代表するような伝統的な秩序派からの反撃に会い、またコマーシャリズムにも毒されて、だいたい一九七〇年代の前半で、その本来の生命を失ったような気がします。一九七四、五年にはじまる経済の衰退が、たぶん決定的な打撃になったでしょうね。六〇年代は、なんといっても繁栄の時代であり、文化的な活動もそれにおぶさることができましたが、生活自体が厳しくなると、本来の目的は見失われ、運動は分裂し、活動も矮小化せざるをえません。

たとえば性革命に焦点を戻してみますと、女性が自立し、結婚制度に縛られないで、自由な男女の結びつきを目指していたはずなのに、いつしか末梢的な快楽の追求になったり、男女がかえって対立し、家族が崩壊するというような事態になったりする。テクノロジー支配に反撥したはずの意識の拡大も、ＬＳＤなどのテクノロジーの産物に頼ることが多くなる。また、あどけないフラワー・チルドレンだったヒッピーたちが、放浪ではなく浮浪の群れと化し、ただドラッグとセックスにふける姿をさらすようにもなりました。

こうして、象徴的にいえば、「ドロップ・アウト」した若者たちが、家庭や大学に帰るという文化現象が生じてきます。つまり、アメリカの保守回帰、ということになるのですね。では、あの自由への欲求や果敢な文化的実験がすべて空しくなったかというと、決してそうではないと私は思います。いったん自己解放した意識は、そう簡単にもとに戻るものではないでしょう。対抗文化が既成の文化を大いに、そしてしばしば根底から揺さぶったことは間違いなく、かつてのような体制の権威は大幅に後退した。そして多方面の文化的実験の多くは、その後も進展しています。つまり、対抗文化は、既成の文化に吸収されるというか、それとまじり合いながら生き続け、より多く現実的な成果を求めて働くようになった。もちろん、新旧ふたつの勢力は激しいつばぜり合いを演じ続けてもいます。その右往左往、乱高下の有様が、一九七〇年代後半から、八〇年代、九〇年代を経て、現在までのアメリカ文化の状況ではないでしょうか。途方もない大ざっぱなまとめ方ですけれどもね。

文学的巨人たちの退場

さて、ようやく話は、一九六〇年代とそれ以後の文学に入ります。六〇年代は、文学の上でも、一つの画然たる時代だったといえるように思う。ノーマン・メイラーは、J・F・ケネディへの思いを綴った『大統領のための白書』（一九六三）の中で、「ヘミングウェイとモンロー。彼らの名前はそっとしておけ。彼らは私たちにとって、いちばん美しいアメリカ人の二人だった」と述べました。そのヘミングウェイは一九六一年に自殺し、モンローは六二年に事故死とも自殺とも他殺とも分からぬ死をとげ、当のケネディも六三年に暗殺されました。「いちばん美しいアメリカ人」のこういう相つぐ死は、一つの時代の終焉を象徴するものだったといえるんじゃないかしら。

もっと文学者に焦点を当ててみましょう。一九一〇年代から二〇年代にかけて、モダニズムをひっさげ、アメリカ文学を世界に押し出した巨人たち。フォークナーは一九六二年に死に、フロストは六三年、T・S・エリオットは六五年に死にました。ちょっと遅れますが、サンドバーグは六七年、ドス・パソスは七〇年、怪物のエズラ・パウンドも七二年には死んでいます。巨人たちの総退場ですね。

それから、一九三〇年代に「参加」の文学をひっさげて登場した作家たちの代表、スタインベックは一九六八年に死にました。リチャード・ライトは、すでに六〇年に死んでいます。J・T・ファレルは七九年、コールドウェルは八七年まで生きながらえましたが、文学的生命はもうとっくに終えていました。

第二次世界大戦後に、あるいは一九五〇年代に登場した文学者たちは、六〇年代にもまだ生きており、創作を続けています。しかし、すでに見ましたように、その多くはもう文学的創造力の最盛期をすぎていました。あるいは、六〇年代の変化にうまく適応できなくなってしまいます。必死にそれを行なって、しかも成功したのは、カポーティの『冷血』など、ほんのわずかなように私には思えます。六〇年代は、こうして、巨人たちが退場し、あるいはその文学者としての生命を過去のものにしてしまったという意味で、画然たる一時代となりました。問題は、ではどういう新しいものを生み出したかということです。

伝統的表現の作家たち

すでに五〇年代やそれ以前に登場していたけれども、この時代に世間に注目される作品を発表した作家は、もちろんたくさんいます。その中で、手法としては伝統的で、とくに新しいというわけではないが、やはり注目に値する作家の一、二を、まずあげておくことにしましょう。

大物は、なんといってもジョン・アプダイク（一九三二–　）でしょうね。ペンシルヴェニア州出身で、ハーヴァード大学を卒業し、雑誌『ニューヨーカー』でスタッフとして働きました。私はあんまりよい読者ではないんですが、わずかに読んだ限りでも、あふれ出る才気を感じさせる人です。彼の名声を確立したのは、まさに六〇年代の入口に発表した『走れウサギ』（一九六〇）だと思う。ペンシルヴェニアの田舎町に生きる青年が主人公でね、彼は自分の閉ざされた状況について何か焦燥感を覚え、ウサギのように走りまわって生きている。その意味で、現代人の運命を象徴しているといっていいでしょう。アプダイクはこれ以後、自分自身の年輪の増加に合わせて、この主人公の死まで、「ウサギ」小説の連作を書き続けます。

六〇年代に焦点を合わせて、彼の作品にもう一篇だけ言及しておきますと、『カップルズ』（一九六八）は、一九六三年という時点をとって、ボストン郊外の小都会の知識人たち十組のカップルを登場させ、その生態を描いてみせたものです。ケネディの暗殺を含めて、当時のいろんな事柄が彼らの会話の話題になります。しかし、ただ気の利いた言いまわしを楽しんでいるだけなんだな。彼らも一種の自己探究をしているんでしょうけど、折からの性解放ムードを反映し、よその異性とベッドを共にすることでそれを行なっているだけみたい。そういう有様をよく描いているんですが、それについて作者が何をいいたいのか、そこがはっきりしなかったように思います。だからこれは、一種の諷刺的な風俗小説にとどまったような気がする——きわどい性描写もあって、たいへん評判になりましたけれどもね。

いま『カップルズ』に言及して思い出したのは、メアリー・マッカーシー（一九一二-八九）の『グループ』（一九六三）です。マッカーシーは一九三三年に名門女子大学のヴァッサー・カレッジを出、『パーティザン・レヴュー』に関係した才媛です。エドマンド・ウィルソンに追いかけられてね、結婚し、離婚した。だから、というわけじゃないが、彼女の自叙伝はたいへん面白いですよ。小説も早くから書いていましたが、六〇年代についていうと、『グループ』が出て非常な評判を呼びました。

これは一九三三年にヴァッサーを卒業した八人の女性の、第二次世界大戦の初期までの姿を描いています。テーマは一世代も前なわけですが、中身は現代的ですよ。みんなそれぞれフラストレイションを経験していく。それを通して、「進歩」の観念の崩壊の有様が語られるんですね。リアリスティックな筆致で、やはり時代の問題がいろいろ言及され、私なんかには社会誌としても面白い面がたっぷりあった。しかもその間に、人間に対するアイロニーが出ている。ただ、『カップルズ』と同様、知に訴えても、魂に迫るところが稀薄だったような気がする——私の読み方が偏っていたからかもしれませんが。

もう一人だけ、ジョイス・キャロル・オーツ（一九三八-　）にもふれておかなければいけないでしょうね。ニューヨーク州の人で、シラキューズ大学とウィスコンシン大学で学び、後にいろんな大学で教えながら、精力的に作家活動を行なった人です。たぶん代表作の一つといえる『かれら』(一九六九)は、デトロイトをおもな舞台にして、貧しい暮しの中で美貌を生かして結婚し、たくましく生きている母親と、そういう生活からの脱出を夢見続けている息子、およびそういう脱出を売春することによって実現しようとする美貌の娘の物語です。女性の自立というけれども、それは社会的にも、女性自身の心理においても、たいへん難しいことなんですね。だから、まさにこれも現代的なテーマの作品です。ただし、自然主義的な社会観察とゴシック小説調とが合体し、それに心理小説風の味つけがなされて、仕上がりはやはり風俗小説としての面白味が強いんじゃないかしら。

オーツは作家生活の長い多作の人ですから、私は読んでいなくて申し訳けないが、作風は変化したかもしれませんね。彼女の短篇小説集『愛の車輪』(一九七〇)などを読むと、たいへん斬新な散文詩的文章であって、これもまた才女なんだなあと思わせるんですよ。

ポストモダニズム

ところで、同じように五〇年代やそれ以前に登場していたけれども、伝統的な価値観ともっとはっきり対立する作品世界を打ち出した作家、あるいは表現手法も截然《せつぜん》と違っていた文学者も、もちろんいます。『北回帰線』時代のヘンリー・ミラーなんか、それだった。つい紹介するチャンスを失していましたけれども、ミラーと親しかったアナイス・ニン(一九〇三―七七)にも、しばしばそれを感じます。ジャック・ケルアックやウィリアム・バローズなどは、もっと戦闘的に、アメリカの「近代」そのものに挑戦し、その挑戦にふさわしい表現の実験を行いました。詩では、もちろん、ビート・ジェネレイションの人たちがそれを展開しましたね。

いましゃべっていて、ふと、これも言及する機会のなかった作品を思い出しました。ウラディミール・ナボコフ（一八九九－一九七七）の『ロリータ』（フランス版、一九五五。アメリカ版、一九五八）です。ナボコフはロシアの貴族の生まれで、一九四〇年にアメリカに移住し、やがて帰化して、コーネル大学のロシア文学教授になった人です。『ロリータ』は、ちょうどそのようなヨーロッパ出身の中年知識人が、十二歳の「美少女《ニンフェット》」とともにアメリカをさすらう話ですね。たいへんなベストセラーになった。別に猥褻でもエロチックでもないんですが、アメリカでは背徳的とされるテーマの作品なんだな。そして、主人公はポーの生涯を下敷にもしているようで、独特の美意識をもっている。しかも作者は、それを戯画化もする。で、この作品なんかも、表現手法は新しいわけじゃないんですけれども、結果的には、アメリカ文学に従来なかった実験作といえなくもない。ナボコフは、さらに、ブラック・ユーモアの先駆的な作品を次々と発表します。私のいいたいのは、こういう外国からの要素も入ってきて、アメリカ文学の底流は変化しつつあった、ということです。

そして、すでに述べた一九六〇年代の一種の文化革命に呼応して、アメリカ文学も大きな変貌を示すことになった。それを、批評家たちはポストモダニズムと呼んでいます。モダニズムの後の文学というわけですね。

私個人は、またここで偏見を暴露するんですが、どうもこの言葉が嫌いでね――ポストモダニズム。「ニュー」とか「ポスト」ときたら、疑ってかかれ、です。「ニュー・クリティシズム」というのがあったですね。作品そのものを重んじましょうというあの姿勢は、文学の他の要素を排除しようとした時、いささか行き過ぎになってしまったけれども、本来は批評の原点ですよ。だから「ニュー」でも何でもない。同様にして、既成の価値観に挑戦し新しい表現を模索することは、「ポストモダニズム」なんていうけれども、二十世紀初頭のモダニズムそのものが行なったことであり、容易にホイットマンまでさかのぼれることでもあるんですよ。さらにいえば、そういう姿勢はアメリカ文学の伝統そのものでもあると私は思う。だから、これも「ポスト」なんてものではない。むしろ、モダニズムの原点に戻ることなんだな。ただその際、単にもとのままに戻るのではなく、新しい情況に内容も表現も呼応させる探究がなされたであろうことは、いうまでもありません。ポストモダニズムという言葉が使われるのは、ただその「新しい情況」への呼応を強調したいからなんでしょうね。

さらにちょっとひとりごとを述べておきますと、アメリカでポストモダニズムという言葉がはやると、日本でもすぐにそれがあるべき新しい文学態度だといったような批評が流行します。しかし日本では、モダニズムそのものがまだ実現していないのではないかしら。個人の自立、人間の解放、伝統的な表現の束縛の打破などの、どれもまだ探究中です。それなのに、そういう現実をすっとばしてポストモダニズムだなんて、私には何とも解《げ》せぬことです。

それはともかくとして、しかし、一九六〇年代以後のアメリカ文学が大きな転換を見せたのは事実でしょうね。その動向を呼ぶのにポストモダニズムという言葉がすでに広く使われているようなので、私もまあ便宜的にそれに従いましょう、というだけのことです。で、もうちょっとこの動向の中身を整理しておいた方がよいみたい。私の観察はたいへん狭いんですが、文学現象に限って見ると、内容と表現との両方から、だいたい次のようなことがいえるんじゃないかしら。

内容については、この世界の不条理が強調されるようです。世界はいまや一貫した論理や意味をもたないんだな。そこで、作者はこの世界から「ドロップ・アウト」してしまう。この辺までは、かつてのモダニズム文学者と共通するところが多いように、私は思います。しかし、たとえばロースト・ジェネレイションの文学者たちは、じつは「ゲイニング」ジェネレイションだったと私はいいました。いったん失った社会との絆《きずな》や人間的な生への回復をはかっていったんですよ。ポストモダニズムの作家たちも、そういう可能性をひめているかもしれません。が、それをするには、いまのところ、彼らの多くは「文学的」な営みに頭を突っ込みすぎています。社会も人間的な生も虚構だと見て、その虚構性をこそ文学によって構築してみせようとしている――と私には思えます。自我だとか、ヒューマニズムだとか、そんなものは実体がない、とでもいいたいみたいなんですね。

で、その「文学的」な営みなんですが、ポストモダニズムという言葉は、むしろこの面に対して用いられることが多いようですね。つまり、この世界から「ドロップ・アウト」した人間がこの世界を表現しようとする時の、さまざまな文学的実験が、関心の的になるのです。かつてのモダニズム作家は、たとえば「意識の流れ」という手法を重んじた。人間の無意識の領域にまで分け入り、その流れを追求しようとするその手法は、つまりは人間の真実《リアリティ》を表現したいという思いのあらわれだったと私は思います。しかしポストモダニズムの実験は、どうもそういうものではないらしい。むしろ脱リアリズムなんです。この世界は虚構である。そうすると、言葉とそれが指すものとの関係も不安定ということになりますね。ここから、表現の新しい実験がはじまるわけです。

先に、「ドロップ・アウト」した人たちは、「対抗文化」を作り出そうとしたといいましたね。同じでんでいえば、ポストモダニズムの文学者たちは、「対抗文学」を創造しようとしたんじゃないか。小説についていえば、それは「アンチ・ロマン」とか、「メタフィクション」とか、いろんな言葉で主張されます。「アンチ・ロマン」はフランス語ですけれども、意味は分かりますね。フランスでも同時代に同じような文学的実験がやはり、こういう言葉がもてはやされ、アメリカにも輸入されたんです。小説の形を借りて従来の小説に対抗する作品、といったような意味じゃないかと思う。「メタフィクション」の「メタ」というのは、メタフィジクスのメタと同じで、「を超えた」「超……」の意味です。物質学《フィジクス》を超えた領域の学問が形而上学《メタフィジクス》、つまり哲学ですね。同様にして、フィクションを超え、むしろ伝統的なフィクションへの批判を内在させたのが、メタフィクションということになるみたいです。くり返しますが、私はこういう議論には背を向けた人間ですので、私の理解は一知半解、というより無知半解に近いのですが、こういう言葉が出てくるたびに私なりに考えてみると、このように受け止めて、当たらずといえども遠からずといったところらしい。で、私は文学理論よりもむしろ文化的な視野で文学も考えたい姿勢ですので、「対抗文化《カウンターカルチャー》」にどこかで呼応するところのある「対抗文学《カウンターリタラチャー》」と、これを受け止めるのです。

ただし、対抗文化の運動は、ソローやホイットマンの精神とつながっていたように、基本的にはプリミティヴィズムが働いていた。人間の原初に戻れ、ですね。ポストモダニズムの文学は、どうも逆の方向に進んだような気がする。原初のままの自然さえ信じられず、虚構に虚構を積み重ね、壮麗な人工世界を作っていった。それも、一九六〇年代以降のアメリカの現実に「対抗」しようとする文学者の一つの選択肢だったんでしょう。しかしその作品の多くは、もちろん信奉者を生み出しもしましたが、一般の大衆からは遊離していったんじゃないか。作家たちはむしろ現代の読者に訴えるために苦心惨憺の工夫をしているんでしょうけど、結果は――。
私は、自分にとっていちばん不得意の、こんな話をするつもりじゃなかった。どうも、しゃべればしゃべるほど自分の無知半解が露呈し、偏見が増幅していくようです。あとはもう大急ぎで、こういうポストモダニズムの代表とされる文学者たちに、一言ずつでも、スポットをあてていくことにしましょう。

ポストモダニズムの作家たち

最初にあげるべきは、ジョン・バース（一九三〇-　）かな。メリーランド州の人でね、ジョーンズ・ホプキンズ大学に学び、やがてそこの英文科・創作科の教授になりました。知識人なんですね。出世作の『フローティング・オペラ』（一九五六）は、知的な初老の男の回想が内容になっています。彼は、人生には筋書《プロット》が失われ、生きる意味もなくなったとして、自殺を決心するんですが、自殺にもまた積極的な理由がないとして、とりやめる。おかしいでしょ。人間の存在の意味も、それを形成する社会の価値も否定されるわけなんですが、そのことが、小説についての作者の認識にもあらわれています。小説は空虚なもので、真剣なものではないというみたいなんですよ。くそ真面目な真剣さを重んじてきたアメリカ小説の伝統に対する対抗《カウンター》なんだな。ただし、その対抗《カウンター》の仕方は真剣なんだと思いますけれどもね。

バースは、リアリズムに対抗して、イルリアリズム irrealism というものを説きました。イルはイレギュラー irregular のイルと同じで、「否」not の意味です。リアリティを再現しようとするリアリズムなんて、空の空なるかな、なんですね。それよりも、すでにある文学作品から素材を得て発展させることの方に、実があるという主張らしい。もしそうだとすると、これは別に新しい理論じゃない。日本文学の「本歌取り」はこれだし、「換骨奪胎」は西洋文学にもいくらでも例があります。何が「ポスト」だ、とまた私は思います。しかしバースは、この方法によって、パロディとか、アレゴリーとか、そのほか遊戯精神にみちた創作実験を展開していくんですね。

で、次の作品の『酔いどれ草の仲買人』(一九六〇)なんかは、私にも面白かった。これは、『酔いどれ草の仲買人、別題、メリーランドへの航海』(一七〇八)という諷刺詩を書いたエビニーザー・クックという人物の渡米と冒険を描くんですが、十八世紀の文体で、パロディをくりひろげ、ブラック・ユーモアも横溢させているんですよ。これ以後も、バースは虚構性を追求し、奇想天外な幻想(というのはつまり常識的な秩序感覚からの脱出ですよね)を展開し、しかもその間に諷刺とユーモアを織りまぜ、哲学的な思考もにじませた作品をぞくぞくと書き、ポストモダニズムのチャンピオンと目される存在になりました。

ドナルド・バーセルミ(一九三一-八九)は、短篇集『帰れ、カリガリ博士』(一九六四)で登場した人です。やはり幻想性が目立つんですが、皮肉と諷刺とブラック・ユーモアで裏打ちされ、何だか虚無的なんだな。長篇小説『白雪姫』(一九六七)は、童話の白雪姫やハリウッド映画の白雪姫のパロディを含んでね、なにしろヒロインはニューヨークに住む色情狂の美女なんですよ。言葉遊びも大いにある。これこそ、反小説というやつでしょうね。

ロバート・クーヴァー(一九三二-　　)は、『ユニヴァーサル野球協会』(一九六八)が代表作といっていいかしら。平凡な会計士が主人公です。紙相撲——知らない？　私なんかは子供の頃、夢中になってやった遊びなんですが、画用紙をいろんな力士の形に切って、うつ伏せにした箱の上で組み合わせ、その箱を指で叩いて勝負させるんですよ。呼び出し、行司、実況放送なんか全部やりながらね。で、この小説の主人公はいい大人して、紙相撲ならぬ紙野球に熱中し、毎夜、台所のテーブルの上でサイコロをふりながら、試合を進めるんだな。その姿をことこまかに描いた作品です。本人が真剣であればあるほどコミカルです。つまりここには、幻想の世界の方が真実だというアイロニーが展開するんです。

こういった人たちがポストモダニズム小説のリーダー格ですが、ポストモダニズムといっても、何も一つのまとまったグループ活動ではないんですよ。生きる態度も、思想も、文学的実験の方向もさまざまなんです。で、ポストモダニズムと呼ぶのが正しいかどうか分からないけれども、同時代の作家で、どこか共通点のありそうな人たちに、やはり名前だけでもふれてみましょうか。

ジョーゼフ・ヘラー（一九二三-九九）は、『キャッチ＝22』（一九六一）で大評判になりました。これは第二次世界大戦中の地中海のどこかのアメリカ空軍基地の有様を、不条理の世界として、グロテスクなまでに誇張して描き、徹底的に揶揄してみせた作品です。そこの病院なんか、まるでみんなが狂っているみたい。ベトナム反戦の若者たちは、大喜びだった。

ケン・キージー（一九三五-　　）の『カッコーの巣の上で』（一九六二）も、アメリカ社会を、自我が管理される精神病院に集約して、無気味に描いた。無気味なあまりにコミカルにもなっています。これも若者たちに歓迎されましたね。

精神病のついでにいえば、詩人シルヴィア・プラス（一九三二-六三）の『ベル・ジャー』（一九六三——邦訳『自殺志願』）は、虚構の構築というよりもむしろ自伝的ですが、やはり精神を病む人物を中心にして、自我の崩壊を描いています。精神の病を自覚し、孤独にさいなまれ、常に死を見つめて生きる思いをあらわしたプラスの詩は、彼女がボストン大学で教えをうけたロバート・ロウエルにつながる告白詩に数えられますが、沈潜し屈折した抒情性をもって、独自の光彩を放っています。この小説の方は、精神分裂病の語り手の口から、追いつめられた果てのユーモア、というよりブラック・ユーモアが出、世間的な常識の逆転もなされていて、ポストモダニズム的な要素を感じさせます。

リチャード・ブローティガン（一九三五-八四）は、ビート・ジェネレイションや六〇年代のヒッピーにつながる精神を、極めてシンプルなスタイルで表現した作家です。しかしその代表作『アメリカの鱒釣り』（一九六七）を見ると、工業化によるアメリカの自然の破壊という現実を、釣師のノートという形で、シュルレアリスティックなほど気ままに分断し、幻覚化してみせています。

虚構性の追求という点で、ポストモダニズムの作家たちはサイエンス・フィクションにも積極的な関心を寄せました。文明の恐怖と不条理は、ＳＦの手法で効果的に表現できるわけですね。カート・ヴォネガット（一九二二-　）はその方面の第一人者ですが、代表作の『スローターハウス＝5』（一九六九）では、ＳＦの手法と、自分が体験した第二次世界大戦中のドレスデン空襲とを織りまぜて、まさに虚構の果てに現代の人間の恐怖を描いています。

演劇では、代表的な一人だけに言及しておきましょう。エドワード・オルビー（一九二八-　）です。『ヴァージニア・ウルフなんか恐くない』（一九六二）で、一躍、脚光をあびました。中年の大学教師と、学長の娘であるその妻とが、招待した若い教員夫婦と酒を飲むうちに、悪口雑言、猥褻言葉も奔流のように出して、すさまじい舌戦を展開するんです。面白いのは、この夫婦は子供ができなかったので、虚構の子供を二人で想定してきていたらしい。そしてその子供がまるで本当にいるかのように二人であれこれしゃべることが、二人の愛憎を刺戟し、舌戦をさらにすさまじくするんです。すべてが空虚。しかし深刻。そういう悲喜劇の形で、現代の人間関係を見せつけているようです。

さて、もう時間がなくなってしまいました。最後に大物（らしい）を持ち出すことにしましょう。トマス・ピンチョン（一九三七—　）です。彼は『V.』（一九六三）という作品によって登場しました。これがけったいな小説でね。ある外交官の子供で、知識人なんですが、父の遺書にある現代史の裏面の大陰謀をさぐる。そこにVという正体不明の女性が見え隠れする。Vではじまる名前の国際社会に出没するいろんな女性がそれかと思われるんですが、Virginとか、Venusとか、あるいはVoid（つまり空虚）の化身かもしれず、時にはV字型に開いた大股（つまりセックス）になりもする。あるいは、それは主人公の母親かもしれない。主人公のV追跡は、現代史を探る旅のようにも思われますが、自分の肉親、あるいは自分のアイデンティティを探る旅かもしれません。こういうメイン・プロットに、主人公と対蹠的な「だめ男《シュレミール》」で、いまはニューヨーク市の下水道に生きるワニを追うことを職業としている人物のサブ・プロットがからまります。読者は複雑な迷路に引き込まれてしまうわけですね。が、その間に、十九世紀から二十世紀中葉までのいろんな歴史的事件に出くわされ、機械化した文明の姿を感知していく——という仕組のようです。

もちろん、SF的な興味が基本にありますね。が、普通にいう小説の世界ではないんだな。いままで述べてきたポストモダニズムの手法——幻想とか、ブラック・ユーモアとか、シュルレアリスム的な意識の解体とか、あらゆる手法がぶち込まれ、小説の世界が破壊され、現実も虚構化され、テーマであるように見える主人公の探究も意味を失い、読者は——お偉い批評家は知りませんけれども、私のような一般的な読者は——迷路の中に取り残されて途方にくれるだけです。これが、現代人の運命なんでしょうかね。

これ以後、ピンチョンは『競売ナンバー49の叫び』(一九六六)、『重力の虹』(一九七三)、それから十七年の沈黙の後に、『ヴァインランド』(一九九〇)を出しました。彼は寡作の人で、本人も公の世界にはまったく姿を現さない。が、新作が出るたびに、一見日常の世界から入って、入念しごくに構築された複雑な虚構の世界が展開し、それを生み出した作者の巨大な知力は、しだいに崇拝者の幅をひろめているようです。ジェイムズ・ジョイスに比べる人もいるし、フォークナー以後の最大のアメリカ作家という人もいる。私は——また偏見を、最後の最後にもう少しだけ、くりひろげることにします。

「生の探究」はどこへ

ポストモダニズムと称されるこれらの小説が、それぞれの面白味をもっていることはいうまでもありません。ただしその面白味は、あくまで一般論ですけれども、まずは「知」に訴えるものであって、「情」は、どちらかというと二の次になっているのではないか。これらの作品の批評(というか、たいていは解読の試みですね)も、もっぱら「知」の仕事になっている。文学は「魂」に訴えるもの、なんていう考えは、「ポスト」以前の、古くさい過去のものみたいです。

別の言い方をすれば、「生の探究」が、この種の文学にはなくなってしまった。なくなったというのが言い過ぎなら、虚構化されてしまった。私のこの講義では、この言葉を何度も使ってきました。アメリカは広い荒野に雑多な人種が集まって作ってきた世界ですから、アメリカ人は自分の存在、自分の生について不安を感じることが多い。だからこそ、自己のアイデンティティを探ることが、アメリカ人の生の営みそのものとなる傾きが強い。そして、当然のように、自己の生の探究はアメリカ文学の精神の中核にすらなってきたと思うのです。しかしこのポストモダニズムの世界では、そんな努力は空虚なものであり、むしろ揶揄の対象とされ、文学の営みは、パロディとか、アイロニーとか、反文学とか、そういう「文学的」な事柄に集中してきたように思えるんです。

私は日本人として、アメリカ文学を読みます。日本のように、長い間、狭い土地にだいたい同一人種が住みついてきた国では、自己の存在に不安を感じ、自己の生を探究するということは、もちろんなくはないのですが、自然とか死とかへの感情や、恋愛の苦悩などを通して、たいそう微妙になされるのが普通です。アメリカ文学のように、社会と個人との関係において、真正面からそれを行うのは、せいぜいのところ、近代文学の「西洋化」した作家たちが試み出したことといっていいでしょう。だからこそ、アメリカ文学は私にとって新鮮で、刺戟的で、日本文学にない魅力をもつと思うんですよ。

じつは、アメリカでも、こういういわゆるポストモダニズム的な傾向に、不満や批判は生じてきた。「物語《ナラティヴ》」の復活を求める声は、そのいちばん素直なものでしょうね。文学に社会性を求める声もたかまってきます。対抗文化以後のアメリカの文化状況と、それは呼応するものかもしれません。私はもはや文学史的な説明をしている時間も余裕もありませんので、いま念頭に思い浮かぶ二、三の事柄だけを述べることにします。

トルーマン・カポーティの『冷血』について話した時、アメリカにはそれと前後して、「ニュー・ジャーナリズム」というものが起こってきたといいました。ノンフィクション文学を追求する動きです。そのチャンピオンであったトム・ウルフ（一九三一－　）が、一九八七年に『虚栄の篝火《かがりび》』という小説を発表しました。どうして、ノンフィクション作家がフィクションに乗り出したのか。その理由を、彼は翌年に発表したエッセイで述べています。「億万本の足をもつ獣に忍び寄る――新しい社会小説のための文学宣言」という刺戟的な題をつけて、現代の世界の不条理を理由に小説の真の役目を放棄したような作家たちに批判の目を向け、小説家が複雑に入り組んだアメリカ社会と正面から取り組み直すべきことを主張したのです。

『虚栄の篝火』は、なるほどそういう意図の産物だと納得できます。ウォール街の有能な証券セールスマンが、愛人とドライブ中にブロンクスのスラム街で黒人少年をはねてしまったのがことの起こりで、人種差別反対をふりかざす宗教団体から、民衆の歓心をかおうとする検察当局、マスコミ、上流社会までが、さまざまな「虚栄」の「篝火」を燃え上がらせる。その有様を描きながら、作品は社会のタブーを破り、どろどろした醜い裏面を白日のもとにさらけ出します。もっぱら「社会小説」ですが、主人公が富も名声も失い、「獣」としての自己に到達して、はじめて新しい「生」を得るという、「生の探究」の要素も当然のように出てきます。ベストセラーになりました。私としては、平凡な市民の日常生活があまり描かれていないことが不満でしたけれどもね。

私の積極的な関心は、どうやらこういう方面にあるようです。いままでつい言及するチャンスを逃しちゃっていたので、ここで強引にふれさせていただくと、実際に起こった黒人奴隷の反乱事件を材料にした『ナット・ターナーの告白』(一九六七)から、アウシュヴィッツ強制収容所を体験した女性を登場させて悪の問題を追求する『ソフィーの選択』(一九七九)へと展開したウィリアム・スタイロン(一九二五―　)、歴史とフィクションを織りまぜた『ラグタイム』(一九七五)などで「物語」の面白味を満喫させてくれたE・L・ドクトロウ(一九三一―　)、それからとくに、早くからやはりディケンズ的な「物語」の復権を主張していたジョン・アーヴィング(一九四二―　)なんかが、私にはアメリカ文学の星座で輝いて見えます。アーヴィングのたとえば『ガープの世界』(一九七八)は、ファンタジーやパロディやアイロニーもたっぷり織り込みながらなんですが、現代のアメリカにおける「生の探究」を痛快な物語に仕立てています。この不条理な世界にハック・フィンを生かしてみたような趣すら感じましたね。

　こういう観点に立つ時、あらためて注目すべきは、マイノリティの文学ではないでしょうか。人種的マイノリティだけではないですよ。女性もまた、社会的な力としてはマイノリティだったですよね。いろいろな差別をうけてきた。不安です。いまでもそうでしょうね。だからこそ、自立して自由に生きる「生の探究」がさし迫った問題としてなされるのであり、また文学の中心的なテーマともなるのではないでしょうか。

　すでに名をあげた人でいえば、メアリー・マッカーシーやシルヴィア・プラスなどの作品に、私はそのことを強く感じます。詩人のアドリエンヌ・リッチ(一九二九―　)なんかにも、私はそのことを感じますね。私はたぶん、彼女の詩を最初に日本に伝えたんじゃないかしら。まだ学生の頃だったと思うんですけど、ふと彼女の『ダイアモンド研磨工』(一九五五)という詩集を読んで、感心しましてね、わざわざご本人から許可を得て、一、二篇を翻訳し、同人雑誌に発表した覚えがあるんですよ。抒情詩人として私は感心したんですね。その人がやがて戦闘的なフェミニスト詩人になった。それでフェミニスト批評家たちは、彼女のフェミニズムばかり論じるようなんですけれども、私の興味は、そこにいたるまでの彼女の「生の探究」のプロセスです。一九七一年に出た彼女の詩集の題を借りれば、「変化への意志」を彼女はもち、自分のあるべき生を追い求めてきた。そしてその探究の思いがいろんな形で表現に現れてくるから、彼女の詩は面白いと思うんですよ。

エリカ・ジョング(一九四二-)なんかも、本当はじっくり読んでみたい人ですね。『飛ぶのが怖い』(一九七三)は、ポストモダニズムの手法を取り入れ、大胆なセックス描写も盛り込んで、解放を求める女性の姿をドタバタ喜劇に仕上げてベストセラーになりましたが、次の作品『あなた自身の生を救うには』(一九七七)では、そういうベストセラーを書いた女性をヒロインにして、もっと真剣に自己を見つめようとする。まさに「生の探究」なんだな。

人種的なマイノリティになると、アイデンティティの確立が切実な問題ですから、「生の探究」は、いやでも彼らの文学の中心的なテーマとなります。ただし、ここでも、マイノリティ文学批評家たちは、作家や作品のマイノリティ性にばかり目を向けがちではないかしら。それはもちろん大事なことなんですが、「アメリカ文学」という観点に立つ時、忘れてならないのは、マイノリティの人たちが、アメリカ人のかかえる「生」の問題を最も鮮烈にかかえこんでおり、彼らの文学が、成功したものについていえば、そのあり方の

「探究」を尖鋭に行なっているということではないでしょうか。

最近評判の黒人女性文学は、まさに二重のマイノリティの産物であるからこそ、「生の探究」をひときわ痛切に行なってみせています。『メリディアン』（一九七六）や『カラー・パープル』（一九八二）のアリス・ウォーカー（一九四四–　）、『青い眼がほしい』（一九七〇）から『ビラヴド』（一九八七）へと作品を展開し、一九九三年にノーベル文学賞を得たトニ・モリソン（一九三一–　）は、その代表ですね。『ビラヴド』では、奴隷制時代の過去にまでさかのぼって打ち砕かれた人間的な「生」の再建の試みが、一人の女性の錯乱した意識を中心にして語られます。しかもその試みは、必ずしも成就しない。解決はまだ未来にあるのでしょう。ともあれ、こういう「生の探究」の激しさは、アメリカ文学の伝統が激しく生きていることを知らせてくれます。

私は不勉強でよく知らないんですが、N・スコット・モマディ（一九三四–　）、レスリー・シルコウ（一九四八–　）といったインディアン（ネイティヴ・アメリカン）の文学にも、相通じるものがあるかもしれないですね。もちろん、彼らの世界は黒人の世界とまたずいぶん違うんでしょうけど。それから、日系や中国系アメリカ人の創作活動も、盛んになってきているようです。彼らのアメリカ人としての「生の探求」はどう展開しているか。関心はひろがるばかりです。

終わりに

アメリカ文学とひとくちでいっても、そのひろがりは大きく、じつに多様な中身をかかえています。その全貌はとても話しえない。ただ私の講義は、最初にもいいましたように、ただの「呼び込み」です。自分ではおいしいと思う銘菓を並べて、食べてみてくれるように誘っているだけです。私の店は狭く、また自分で上っ面だけでも食べた上でなければ宣伝しない方針ですので、並べた菓子はごく僅かです。おまけに、私の口上にはかなりの偏見がまじっています。どうぞ皆さんは、ほかの店もどんどん当たってみて下さい。

ただ、全体的にいいますと、これも前に話したことのくり返しですが、アメリカ文学はいつも人間の原点に返って、生ま身の素材を無骨な手でこねるところに、魅力があるように思います。生ま身の素材がつかみにくくなったというので、古い菓子をつぶしてこね直し、新しい菓子にして仕上げることもはやったりしますが、それもまあこの国の職人のひたむきさのあらわれでしょう。いずれにしろ、文学の営みが、まだ原初的で不安定な社会の営みを反映して、たいそうダイナミックです。通《つう》にしか分からぬ微妙な味に心をくだき、幾重にも包装を重ねる日本の銘菓も、それなりに見事なものですが、アメリカの菓子は原初的な味わいに加え、どうやら人間の存在を養おうとする栄養本位なところもあるようですね。

もう随分、時間を超過してしまいました。時間を超過するということは、「呼び込み」の内容がうまく整理されていないということです。混沌状態で、あの菓子、この菓子について述べ立ててきたわけです。皆さんはどうぞ、くどいようですが、うまそうな菓子に手をのばして、自分で味わってみて下さい。食べ出すと、私の店になかった菓子を探すようにもなります。そしてそのうちに、自分なりの整理をするようになるでしょう。そうなったら「呼び込み」屋は任務完了、静かに退場するのみです。

あとがき

本書の第一巻と第二巻は、私の東京大学在職の最後の年（一九九三年）に一年間行なった「アメリカの文学」と題する講義を、録音テープから起こしたものであった。しかし、ほぼ一九二〇年代の文学まで語ったところで終わっている――もともとそういう計画であったのだが。本書の出版を熱心に進めて下さった南雲堂の原信雄氏はそれを惜しみ、どうしても現代まで語るべきだといわれる。しかも、早急にせよといわれる。読者からもそういう要望が聞こえて来るようになった。私自身、いつかは（しっかり準備をした上で）それをしようという心づもりではあったのだが、ついにあたふたと、続きの講義を試みる決意を固めた。その結果がこの第三巻である。

この講義は、岐阜女子大学大学院文学研究科で、一九九八年度に一年間行なった「米文学演習」という授業の一部である。東大での講義は、教養学部教養学科の通称アメリカ科に属する三、四年生を、主要な対象にしたものであった。この科はアメリカを広く全般的あるいは総合的に理解することを目指すコースで、文学を専攻する学生は少く、加えて他コースからの聴講生もいたから、私の講義はごく自然に「教養」本位のものであった。文学研究を志す大学院生を対象にした今回の講義は、明らかに性格を異にする。では、いわゆる専門家のための講義か、ということになる。が、必ずしもそうではないのだ。そこで、まずこの講義の成り立ちを説明しておきたい。

岐阜女子大学大学院は、一九九五年に発足した。私はその設立にもいささか参画し、最初から教授陣に連らなった。まだ歴史は浅く、修士課程をもつだけだが、岐阜県では唯一の文学研究科の大学院であり、この県で育った人間として、私の思い入れは深い。

こういう新しい大学院の例にもれず、学部からの卒業生を歓迎することはもちろんだが、社会人を積極的に受け入れる姿勢もここにはある。その結果、古い伝統のある大学院と違って、院生はじつに多様である。私がこの講義を行なった年の「米文学演習」の聴講生を見ると、学部からの新卒は二名で、そのうちアメリカ文学専攻は一名だけ(もう一名はイギリス文学専攻)だ。ほかに社会人の新入生が一名いたが、この人は高校の数学教師の出身である(大学院では社会人男性の入学を認めており、この人が唯一の男性だった)。二年生以上の聴講生はどうかというと、これがまたさまざまだ。もちろん、院生専門というべき人もいるが、それはむしろ少数で、すでに家庭の主婦としてベテランの人が多い。その中には、国立大学の仏文を出て中学校の英語教師をしていた人、スチュワーデスをしながら学問に志した人、民間の塾で教えている人、パン焼の学校を開いている人、大学の英語非常勤講師(専攻としてはイギリス文学)、短大の助教授をしているオーストラリア女性(オーストラリアのアボリジニとアメリカ・インディアンを比較したいという)等々を含む。国立大学の大学院博士課程で社会科学を専攻している人も聴講に来ていた。よくいえば、絢爛。だがアメリカ文学についての知識となると、人によって大きく異なるといわなければならない。

とはいえ、急いでつけ加えておくと、これがやはり大学院であって、たとえば巷間のカルチャー・センターとはまったく性格が異なる。制度的なことは、ここにいうまでもないだろう。教師の教える姿勢は真剣で、授業中の研究発表、学期・学年末のレポートなどで、厳しい要求を院生に課し、修士論文では高度な内容を期待している。院生側の熱意もすさまじい。そして、目を見張るような向上を示す。それにつけても必要を痛感させられるのは、まず学問上の基礎をきっちり身につけさせることである。大学院でありながら私の授業が「教養」を授けることにも重きをおくのは、このゆえである。本書の第三巻は、まさにその「教養」の部分を中心とするものであり、第一巻と第二巻を無理なく引き継いでいるといえるように思う。

一年間の授業というと、一コマ九十分の授業を三十回行うのが普通だが、時間割編成上の都合で、私の授業は二コマ続き、つまり百八十分の授業を十五回行うように構成されていた。私は学年の初めに聴講生の了承を得、最初と最後の授業は他の用にあて、この文学史の授業を十二回と定め、毎回約半分（九十分）を講義そのものにあて、残りの半分はそれに関連する原典の精読やディスカッションにあてることにした。つまり約半分は「教養」主体、残り半分は大学院らしい「演習」というわけだ。十二回にしたのは、本書の第一巻、第二巻も、それぞれ十二回の講義からなっていたからである。じっさい、録音テープを起こしてみると、この第三巻もほぼぴったり同じページ数になっていた。

講義の内容に対する私の姿勢は、当然のことながら、第一巻および第二巻の「あとがき」で述べたこととまったく同じである。つまり、アメリカの社会や文化の動きと合わせながら、アメリカ文学の展開をたどること、しかも個々の作品を読んで味わい、個々の作家の特色を理解することを可能な限りきちんと行いながら、アメリカ文学が私たちに意味するものを考えることに心をつくしたい、という姿勢である。

ただし、この第三巻の本文中でも述べたように、一九三〇年代以後の文学は、なにしろ現代のことだけに、しだいに「歴史的」な整理が難しくなり、個々の作品や作家についても、いわゆる「客観的」な記述からは遠ざかるばかりである。おまけに、一九二〇年代までは、私は東大ですでに何度か講義をしており、第一巻と第二巻はその最後のまとめの観もあったのだが、一九三〇年代以後の文学を授業で取り上げるのは、私にとって今回が初めての試みであり、文学史的な観点で考察してみることも、それまでほとんどなかった。そのため、なんとかこの「混沌」の領域を形にするために、私は無理を重ねなければならなかった。

私は授業の初めに、本書の第一巻と第二巻をあらかじめ読んでおいてくれるよう求めるとともに、例によって、次のような「リーディング・リスト」を示した。ジョン・スタインベック『怒りの葡萄』、リチャード・ライト『アメリカの息子』、ヘンリー・ミラー『北回帰線』、ノーマン・メイラー『裸者と死者』、トルーマン・カポーティ『遠い声　遠い部屋』または『冷血』、J・D・サリンジャー『ライ麦畑でつかまえて』、ソール・ベロー『オーギー・マーチの冒険』、ラルフ・エリソン『見えない人間』、アーサー・ミラー『セールスマンの死』、テネシー・ウィリアムズ『欲望という名の電車』の十冊である。ただし、大学院だから、ほかに十人ほどの作家や詩人の作品も、なるべく読んでおくことという形で示した。

そのくせ、どの作家や作品をどこで取り上げるかということについては、私自身が迷い続けた。講義の途中でその順序を変更したことは、一再ならずある。そしていまになっても、迷いはたくさん残っている。取り上げたいが時間にはばまれた作家や作品、取り上げるべきだと分かっているが私の能力が及ばなかった作家や作品も多い。取り上げた作家や作品については、私は第一巻と第二巻におけるよりもさらにいわば素裸になって、私自身の思いを自由に語るように努めた。くり返すようだが、これは多方面の聴き手をアメリカ文学に誘うための私の「呼び込み」であって、専門家相手の理論武装のたぐいは邪魔とわきまえ、排除したのである。

だが、なおまた付け加えておくと、本書三巻の仕事を通して、自分で自分について気づいたことがある。このごろの文学・文化研究の世界では「知」が大はやりだが、「情」は衰弱しているように思える。私はこの講義で、どうも「情」をこそ盛り上げることに心を用いてきたらしい。そしてその「情」への私の思いの根底には、プリミティヴィズムとでもいうべきものが働いているような気がする。生の根源でものごとを受け止め、なるべく目線を低くして思いをめぐらし、その上でようやくおずおずと高所を眺めようとしているような気がするのだ。私がアメリカ文学に連綿と続くいわば泥くさい生の探究の努力に心ひかれるのも、こういうプリミティヴィズムの作用によるものかもしれない。

試行錯誤の連続のようなこの講義に、院生たちはよくつき合ってくれた。講義の前や休憩時間にはお茶を入れ、毎回誰かが差し入れのお菓子を出してくれる。なごやかで楽しい時間がたっぷりあった。テープの録音係は山本優子さんがすすんで引き受けてくれた。講義とそれ以外の部分とが入り混じるので、気骨の折れる面倒な仕事であったに違いない。そのテープを、遠藤昌子さんが起こして下さった。毎回の講義を、次回にはもう文字にして持って来てくれた。それが講義そのものにも助けになったことは、いうまでもない。ぜんぶの講義がすむと、あらためて全体をまとめ直してもくれた。その原稿に、私は手を入れた。この段階でも、順序の変更などをした個所があり、それにともなって加筆や削除もしたが、それを除けば、講義の口調や表現を最大限そのまま生かすように努めたことは、第一巻、第二巻と同じである。そしてまた今回も、昭和女子大学教授、島田太郎氏に校正刷を読んでいただき、まことに多大のご教示をたまわった。ただし、なお残る誤りや勝手な意見がすべて私の責任であることは、いうまでもない。このほかにも、直接的あるいは間接的にお助けいただいた方は多い。心から御礼申し上げたい。

この第三巻は、以上に述べたような次第で、私の心もとない思いが従来にも増して強く残る。しかし、いま仕上りを迎えて、私はある種の昂揚感も覚える。とにもかくにもやった、という思いだ。全三巻を通して終始暖く私を励まし、さまざまな願いを聞き入れ、有益な援助を与え続けて、ここまで導いて下さった原信雄氏への感謝の気持は、無限に大きい。

一九九九年十二月

亀井俊介

索　引

アイゼンハワー，ドワイト Dwight D. Eisenhower　161〜162，260
アーヴィング，ジョン John Irving　285
　『ガープの世界』*The World According to Garp*　285
アプダイク，ジョン John Updike　270〜271
　『走れウサギ』*Rabbit, Run*　270；『カップルズ』*Couples*　270〜271
アンダソン，シャーウッド Sherwood Anderson　23
　『オハイオ州ワインズバーグ』*Winesburg, Ohio*　23
アンダソン，マックスウエル Maxwell Anderson　89〜90
　『白い砂漠』*White Desert*　89；『栄光の代価』*What Price Glory?*　89；『ウィンターセット *Winterset*　89；『高台』*High Tor*　90

イェーツ，ウィリアム・バトラー William Butler Yeats　17
イプセン Henrik Ibsen　212

ヴァレリー　Paul Valéry　17
ウィリアムズ，ウィリアム・カーロス William Carlos Williams　103〜106，234，237，244
　『春，とかいろいろ』*Spring and All*　103，104〜106；「赤い手押し車」"The Red Wheelbarrow" 104〜106；『アメリカの本質の中で』*In the American Grain*　103；『パタソン』*Paterson*　103〜104
ウィリアムズ，テネシー Tennessee Williams　114，210，222〜229
　『ガラスの動物園』*The Glass Menagerie*　223〜225；『欲望という名の電車』*A Streetcar Named Desire*　114，225〜228；『夏と煙』*Summer and Smoke*　228；『やけたトタン屋根の上の猫』*Cat on a Hot Tin Roof*　229；『去年の夏，突然に』*Suddenly Last Summer*　229；『イグアナの夜』*The Night of the Iguana*　229
ウィルソン，ウッドロー Woodrow Wilson　109
ウィルソン，エドマンド Edmund Wilson　17〜18，271
　『アクセルの城』*Axel's Castle*　17；『二つのデモクラシーの旅』*Travels in Two Democracies*　17
『ヴィレッジ・ヴォイス』*The Village Voice*　166
ウェスト，ナサネエル Nathanael West　84〜85
　『ミス・ロンリーハーツ』(『孤独な娘』) *Miss Lonelyhearts*　84〜85；『いなごの日』*The Day of the Locusts*　85
ヴェブレン，ソースタイン Thorstein Veblen　163
　『有閑階級論』*The Theory of the Leisure Class*　163
ウェルティ，ユードラ Eudora Welty　157
　『デルタの結婚式』*Delta Wedding*　157
ウォーカー，アリス Alice Walker　287
　『メリディアン』*Meridian*　287；『カラー・パープル』*The Color Purple*　287
ヴォネガット，カート Kurt Vonnegut, Jr.　280
　『スローターハウス＝5』*Slaughterhouse-Five*　280
ウォーレス，ヘンリー　Henry Agard

Wallace 127
ウォーレン，ロバート・ペン Robert Penn Warren 19, 99～100
『王さまの家来ぜんぶでも』（『すべて王の民』）*All the King's Men* 100
ウルフ，トマス Thomas Wolfe 61～66, 119
『天使よ，故郷を見よ』*Look Homeward, Angel* 61～64；『時と川について』*Of Time and the River* 64～65；『蜘蛛の巣と岩』*The Web and the Rock* 65；『汝ふたたび故郷に帰れず』*You Can't Go Home Again* 65～66
ウルフ，トム Tom Wolfe 284～285
『虚栄の篝火』*The Bonfire of the Vanities* 284；「億万本の足をもつ獣に忍び寄る――新しい社会小説のための文学宣言」"Stalking the Billion-Footed Beast：A Literary Manifesto for the New Social Novel" 284

エマソン，ラルフ・ワルド Ralph Waldo Emerson 36, 238, 251, 266
エリオット，T. S. T. S. Eliot 17, 94, 95, 98, 100, 101, 102, 103, 104, 106, 108, 197, 230, 231, 269
『荒地』*The Waste Land* 102, 106；「形而上詩人たち」"The Metaphysical Poets" 101
エリソン，ラルフ Ralph Ellison 196～201, 208
『見えない人間』*Invisible Man* 198～200；『六月十九日』*Juneteenth* 201

『おお！ カルカッタ！』*Oh! Culcutta!* 264
オコーナー，フラナリー Flannery O'Connor 157
『賢い血』*Wise Blood* 157；『善人は見つけにくい』*A Good Man Is Hard to Find* 157
オーツ，ジョイス・キャロル Joyce Carol Oates 271～272
『かれら』*them* 272；『愛の車輪』*The Wheel of Love* 272
オデッツ，クリフォード Clifford Odets 90～91
『レフティを待ちながら』*Waiting for Lefty* 90～91；『目醒めてうたえ！』*Awake and Sing!* 91；『ゴールデン・ボーイ』*Golden Boy* 91
オーデン，W. H. W. H. Auden 113
オニール，ユージン Eugene O'Neill 88, 108, 151, 209
『毛猿』*The Hairy Ape* 151
オルソン，チャールズ Charles Olson 115, 235～236
『わたしの名はイシュメール』*Call Me Ishmael* 235；『投射詩』*Projective Verse*；『マクシマス詩篇』*Maximus Poems* 235
オルビー，エドワード Edward Albee 280～281
『ヴァージニア・ウルフなんか恐くない』*Who's Afraid of Virginia Woolf?* 280

カウリー，マルコム Malcolm Cowley 16～17, 18, 163
『亡命者の帰還』*Exile's Return* 16；『文学的状況』*The Literary Situation* 163
カークランド，ジャック Jack Kirkland 40
カザン，エリア Elia Kazan 114, 131
カーソン，レイチェル Rachel Carson 266
『沈黙の春』*Silent Spring* 266
カフカ Franz Kafka 198, 199
カポーティ，トルーマン Truman Capote 117, 136～159, 173, 181, 209, 222, 269, 284

「夜の樹」“A Tree of Night” 137～140, 173；「ミリアム」“Miriam” 140；『遠い声　遠い部屋』*Other Voices, Other Rooms* 140～145；『草の竪琴』*The Grass Harp* 145～148, 151；『ティファニーで朝食を』*Breakfast at Tiffany's* 148～152；『冷血』*In Cold Blood* 152～156, 269, 284；『叶えられた祈り』*Answered Prayers* 159
カミングス，E. E. E. E. Cummings 104, 230
亀井俊介
『ピューリタンの末裔たち　アメリカ文化と性』 263
ガルブレイス，J. K. John Kenneth Galbraith 162
『豊かな社会』*The Affluent Society* 162
カレン，カウンティ Countee Cullen 48

キージー，ケン Ken Kesey 279
『カッコーの巣の上で』*One Flew Over the Cuckoo's Nest* 279
キャサディ，ニール Neal Cassady 239
キャプラ，フランク Frank Capra 86
キング，マーティン・ルーサー Martin Luther King 260
キングズレイ，シドニー Sidney Kingsley 91～92
『白衣の人々』*Men in White* 91～92；『デッド・エンド』*Dead End* 92
ギンズバーグ，アレン Allen Ginsberg 239, 241, 243～252, 253, 263
「吠える」“Howl” 243, 244～251；『吠える，その他の詩集』*Howl and Other Poems* 241, 244, 251, 263；「カディッシュ」“Kaddish” 252；『カディシュ，その他の詩集』*Kaddish and Other Poems* 252；『アメリカの没落』*The Fall of America* 252
キンゼー，アルフレッド・チャールズ Alfred Charles Kinsey 164
『男性の性的行動』*Sexual Behavior in the Human Male* 164；『女性の性的行動』*Sexual Behavior in the Human Female* 164

クック，エビニーザー Ebenezer Cook 278
『酔いどれ草の仲買人，別題，メリーランドへの航海』*The Sot-Weed Factor : A Voyage to Maryland* 278
クーヴァー，ロバート Robert Coover 278～279
『ユニヴァーサル野球協会』*The Universal Baseball Association, Inc.* 278～279
クーリッジ・カルヴィン Calvin Coolidge 14
クリーリー，ロバート Robert Creeley 236
クレイン，ハート Hart Crane 101～102, 106, 234
『橋』*The Bridge* 102
クレランド，ジョン John Cleland 264
『ファニー・ヒル』*Fanny Hill* 264

『ケニヨン・レヴュー』*Kenyon Review* 100
ケネディ，ジョン・F John F. Kennedy 134, 257, 260, 268, 269, 270
ケネディ，ロバート Robert Kennedy 257, 260
ケルアック，ジャック Jack Kerouac 237, 238～240, 241, 242, 243, 244, 266, 272
『路上』*On the Road* 238, 239～240, 241, 266；『達磨行者たち』*The Dharma Bums* 240, 243

ゴールド，マイケル Michael Gold

18〜19
『金のないユダヤ人』*Jews Without Money* 19
コールドウェル，アースキン Erskine Caldwell 21，35〜42，43，86，108，119，269
『タバコ・ロード』*Tobacco Road* 37〜39，40，119；『神の小さな土地』*God's Little Acre* 39〜40，42；『巡回牧師』*Journeyman* 40；『七月の騒動』*Trouble in July* 40
ゴールドマン，エマ *Emma Goldman* 69

佐藤春夫 99
サリンジャー，J. D. J. D. Salinger 168〜180，181，191，192
『ライ麦畑でつかまえて』*The Catcher in the Rye* 168，170〜172；『九つの物語』*Nine Stories* 172；「バナナ・フィッシュに最良の日」"A Perfect Day for Bananafish" 170，172〜176；「小舟にて」"Down at the Dinghy" 176〜177；『フラニーとズーイ』*Franny and Zooey* 177〜179；『大工よ，屋根の梁を高く上げよ・シーモア序章』*Raise High the Roof-Beam, Carpenter and Seymour : An Introduction* 179
サロイヤン，ウィリアム William Saroyan 84，85〜86
『ブランコに乗った勇敢な若者』*The Daring Young Man on the Flying Trapeze* 85；『わが名はアラム』*My Name Is Aram* 85；『人間喜劇』*The Human Comedy* 85
サンドバーグ，カール Carl Sandburg 43，94，269
「シカゴ」"Chicago" 43

ジェイムズ，ヘンリー Henry James 113
ジェファソン，トマス Thomas Jefferson 19
ショー，アーウィン Irwin Shaw 125〜126
『若き獅子たち』*The Young Lions* 125〜126
ジョイス，ジェイムズ James Joyce 17，46，63，98，101
ジョング，エリカ Erica Jong 286
『飛ぶのが怖い』*Fear of Flying* 286；『あなた自身の生を救うには』*How to Save Your Own Life* 286
ジョーンズ，ジェイムズ James Jones 125〜126
『地上より永遠に』*From Here to Eternity* 125〜126；『WW II（第二次世大戦）』*WW II* 126
ジョーンズ，リロイ LeRoi Jones 208
ジョンソン，ジェイムズ・ウエルドン James Weldon Johnson 48
『もと黒人の自伝』*The Autobiography of an Ex-Colored Man* 48
ジョンソン，リンドン Lyndon Baines Johnson 260
シルコウ，レスリー Leslie M. Silko 287
シンガー，アイザック Isaac Bashevis Singer 192

『スクリュー』*Screw* 264
スタイロン，ウイリアム William Styron 285
『ナット・ターナーの告白』*The Confessions of Nat Turner* 285；『ソフィーの選択』*Sophie's Choice* 285
スタイン，ガートルード Gertrude Stein 197
スタインベック，ジョン John Steinbeck 21〜35，36，38，39，43，86，108，194，269
『黄金の盃』*Cup of Gold* 22；『ザ・パスチャーズ・オヴ・ヘヴン』*The Pastures of Heaven* 23，24；『トーティーヤ・フラット』（『おけ

ら部落』）*Tortilla Flat*　24〜25, 26；『勝算のない戦い』*In Dubious Battle*　25〜26；『二十日鼠と人間』*Of Mice and Men*　26〜28；『怒りの葡萄』*The Grapes of Wrath*　26, 28, 29〜34, 119；『月は沈みぬ』*The Moon Is Down*　34；『真珠』*The Pearl*　34〜35；『罐詰横町』*Cannery Row*　35；『気まぐれバス』*The Wayward Bus*　35；『エデンの東』*East of Eden*　35；『ピピン四世の短い治世』*The Short Reign of Pippin IV*　35；『チャーリーとの旅』*Travels with Charley in Search of America*　35；『アメリカとアメリカ人』*America and Americans*　35
スティーヴンズ，ウォーレス Wallace Stevens　95〜98, 103, 106, 230
『ハーモニウム』*Harmonium*　95；「壺の逸話」"Anecdote of the Jar"　95〜98
ストウ，ハリエット・ビーチャー Harriet Beecher Stowe　50
『アンクル・トムの小屋』*Uncle Tom's Cabin*　50
スナイダー，ゲイリー Gary Snyder　243, 252〜254
『捨て石』*Riprap*　253；『神話と本文』*Myths and Texts*　254

ソロー，ヘンリー・デイヴィッド Henry David Thoreau　36, 238, 267, 276
『ウォルデン』*Walden*　266

『ダイアル』*The Dial*　98
ダグラス，ロイド Lloyd Douglas　116
『聖衣』*The Robe*　116；『大いなる漁夫』*The Big Fisherman*　116
ダンカン，ロバート Robert Duncan　236
ダンバー，ポール・ロレンス Paul Laurence Dunbar　48

『チェ！』*Che!*　264
チェスナット，チャールズ・W Charles W. Chesnutt　48
チャップリン，チャールズ Charles Chaplin　86

『つまづいた神』*The God That Failed*　58

D., H.　H. D.　98, 103
ディキンソン，エミリ Emily Dickinson　98
『ディセント』*Dissent*　166
テイト，アレン Allen Tate　19, 99〜100
デュボイス，W. D. B.　W. D. B. Du Bois　47〜48
『黒人の魂』*The Souls of Black Folk*　48

トウェイン，マーク Mark Twain　63, 176, 234, 256
『トム・ソーヤの冒険』*The Adventures of Tom Sawyer*　176；『ハックルベリー・フィンの冒険』*The Adventures of Huckleberry Finn*　77, 146, 172, 176, 185
トゥーマー，ジーン Jean Toomer　48
『さとうきび』*Cane*　48
ドクトロウ，E. L.　E. L. Doctorow　285
『ラグタイム』*Ragtime*　285
ドストエフスキー　129, 200, 210
『地下生活者の手記』　129, 200；『カラマーゾフの兄弟』　210
ドス・パソス，ジョン John Dos Passos　16, 32, 108, 110, 124, 126, 269
『U・S・A』　32, 119, 124
ドライサー，シオドア Theodore Dreiser　45〜46, 55〜56, 64, 91, 155
『あるアメリカ的な悲劇』*An American Tragedy*　45〜46, 55〜56, 92, 155

トルーマン，ハリー・S　Harry S. Truman　127

ナボコフ，ウラディミール Vladimir Nabokov　113，273
『ロリータ』*Lolita*　273

ニクソン，リチャード・M　Richard M. Nixon　113，262，267
『ニュー・マッシーズ』*The New Masses*　17〜18
『ニューヨーカー』*The New Yorker*　137，169，172，270
ニン，アナイス Anaïs Nin　70，272

ハイムズ，チェスター Chester Himes　195〜196
『わめく奴は放してやれ』*If He Hollers Let Him Go*　195
ハウ，アーヴィング Irving Howe　163
「大衆社会とポストモダン小説」"Mass Society and Post-Modern Fiction"　163
パウンド，エズラ Ezra Pound　94，95，100，101，103，104，108，197，230，231，269
パーキンズ，マックスウェル Maxwell Perkins　62〜63，65
白隠禅師　173
ハーシー，ジョン John Hersey　115〜116
『アダノの鐘』*A Bell for Adano*　116；『ヒロシマ』*Hiroshima*　115
バース，ジョン John Barth　277〜278
『フローティング・オペラ』*The Floating Opera*　277；『酔いどれ草の仲買人』*The Sot-Weed Factor*　278
ハーストン，ゾラ・ニール Zora Neale Hurston　48
『ハスラー』*Hustler*　264
バーセルミ，ドナルド Donald Barthelme　274
『帰れ，カリガリ博士』*Come Back, Dr. Caligari*　278
パッカード，ヴァンス Vance Packard　163
『地位を求める人たち』*The Status Seekers*　163
バック，パール Pearl Buck　87〜88
『土の家』*The House of Earth*　87；『大地』*The Good Earth*　87；『息子たち』*Sons*　87；『分裂せる家』*A House Divided*　87
パッチェン，ケネス Kenneth Patchen　234〜235
『パーティザン・レヴュー』*Partisan Review*　17〜18，271
バラカ，イマム・アミリ Imamu Amiri Baraka→リロイ・ジョーンズ
バローズ，ウィリアム William Burroughs　238，239，240〜242，272
『ジャンキー』*Junkie*　241；『裸のランチ』*Naked Lunch*　241〜242
バーンズ，ロバート Robert Burns　170

ビショップ，エリザベス Elizabeth Bishop　231
『北と南』*North and South*　231
ヒックス，グランヴィル Granville Hicks　18
ヒューズ，ラングストン Langston Hughes　48，197
『笑いなきにあらず』*Not Without Laughter*　48
ピンチョン，トマス Thomas Pynchon　281〜282
『V.』*V.*　281〜282；『競売ナンバー49の叫び』*The Crying of Lot 49*　282；『重力の虹』*Gravity's Rainbow*　282；『ヴァインランド』*Vineland*　282

ファーリンゲッティ，ロレンス Lawrence Ferlinghetti　250〜251
ファレル，ジェイムズ・T　James T.

Farrell 21, 43, 44～47, 65, 269
「スタッズ・ロニガン」三部作 "Studs Lonigan" Trilogy 44～46, 65, 119；『若いロニガン——シカゴの下町の少年時代』*Young Lonigan : A Boyhood in Chicago Streets* 44～45；『スタッズ・ロニガンの青年時代』*The Young Manhood of Studs Lonigan* 45；『審判の日』*Judgment Day* 45；「ダニー・オニール」五部作 "Danny O'Neill" Stories 46, 65；『わたしが作ったのではない世界』*A World I Never Made* 46
フィッツジェラルド，フランシス・スコット Francis Scott Fitzgerald 16, 17, 84
フーヴァー，ハーバート Herbert Clark Hoover 13～14
フェアリング，ケネス Kenneth Fearing 94
フォークナー，ウィリアム William Faulkner 16, 17, 108, 119, 157, 176, 194, 203, 269
フォード，ジョン John Ford 86
『フュージティヴ』*The Fugitive* 19～20, 99, 101, 157, 230
プラス，シルヴィア Sylvia Plath 280, 285
『ベル・ジャー』(『自殺志願』) *The Bell Jar* 280
『ブラック・マウンテン・レヴュー』*The Black Mountain Review* 236
ブラッドストリート，アン Anne Bradstreet 232
フランクリン，ベンジャミン Benjamin Franklin 234
フリーダン，ベティ Betty Friedan 262, 266
『女らしさの神話』*The Feminine Mystique* 262, 266
プルースト Marcel Proust 17, 46
ブレイク，ウィリアム William Blake 235, 243, 244
『プレイボーイ』*Playboy* 263
ブレヒト，ベルトルト Bertolt Brecht 113
フロイト Sigmund Freud 197
フロスト，ロバート Robert Frost 94, 106, 269
ブローティガン，リチャード Richard Brautigan 280
『アメリカの鱒釣り』*Trout Fishing in America* 280

『ヘアー』*Hair* 264
ヘミングウェイ，アーネスト Ernest Hemingway 16, 17, 108, 110, 119, 120, 126, 132, 182, 194, 197, 268, 269
ヘラー，ジョーゼフ Joseph Heller 279
『キャッチ=22』*Catch-22* 279
ベリマン，ジョン John Berryman 231～232
『スティーヴン・クレイン』*Stephen Crane* 232；『ブラッドストリート夫人への讃歌』*Homage to Mistress Bradstreet* 232；『夢の歌』*Dream Songs* 232
ヘルマン，リリアン Lillian Hellman 92
『子供の時間』*The Children's Hour* 92；『小狐たち』*The Little Foxes* 92
ベロー，ソール Saul Bellow 181～191, 192
『宙ぶらりんの男』*Dangling Man* 182～184, 187；『犠牲者』*The Victim* 185；『オーギー・マーチの冒険』*The Adventures of Augie March* 185～188, 190, 192；『その日をつかめ』*Seize the Day* 189；『雨の王ヘンダーソン』*Henderson the Rain King* 188～189；『ハーツォグ』*Herzog* 189～190；『サムラー氏の惑星』*Mr. Sammler's Planet* 190；『フンボルトの贈り物』*Humboldt's Gift* 190；『学生部長の十二月』*The Dean's Decem-*

ber　190

ポー，エドガー・アラン Edgar Allan Poe　94, 142, 157, 273
ホイットマン，ウォルト Walt Whitman　61, 62, 63, 76, 101, 102, 103, 106, 234, 235, 237, 238, 244, 251, 257, 258, 267, 274, 276
『草の葉』*Leaves of Grass*　244, 251, 267；「わたし自身の歌」"Song of Myself" 103；「大道の歌」"Song of the Open Road" 102
ホエイレン，フィリップ Philip Whalen　243
『ポエトリ――詩の雑誌』*Poetry : A Magazine of Verse*　102
ポーター，キャサリン・アン Katherine Anne Porter　157
ボールドウィン，ジェイムズ James Baldwin　196, 201～208
『山にのぼりて告げよ』*Go Tell It on the Mountain*　203～205；『ジョヴァンニの部屋』*Giovanni's Room*　205～206；『もう一つの国』*Another Country*　206～207；『アメリカの息子の覚書』*Notes of a Native Son*　207；「だれもかもの抗議小説」"Everybody's Protest Novel" 202；『誰もわたしの名を知らない』*Nobody Knows My Name*　207；『次は火だ』*The Fire Next Time*　207
ホワイト，ウィリアム William H. Whyte　162
『組織の中の人間』*The Organization Man*　162
ボンタン，アーナ Arna Bontemps　48

マッカーシー，ジョーゼフ Joseph R. McCarthy　114, 161
マッカーシー，メアリー Mary McCarthy　271, 285
『グループ』*The Group*　271
マッカラーズ，カーソン Carson McCullers　157
『心は孤独な狩人』*The Heart Is a Lonely Hunter*　157；『悲しい酒場の唄』*The Ballad of the Sad Café*　157
マッケイ，クロード Claude McKay　48
『ハーレムへの帰還』*Home to Harlem*　48
『マッシーズ』*The Masses*　18
『マラー/サド』*Marat/Sade*　264
マラマッド，バーナード Bernard Malamud　192～193
『アシスタント』*The Assistant*　192～193；『修理屋』*The Fixer*　193
マルクス Karl Marx　197
マン，トーマス Thomas Mann　113

ミッチェル，マーガレット Margaret Mitchell　87～88
『風と共に去りぬ』*Gone with the Wind*　36, 87～88
ミラー，アーサー Arthur Miller　114, 131, 164, 210～222
『悪人ではない』*No Villain*　210；『みんなわが子』*All My Sons*　211；『セールスマンの死』*Death of a Salesman*　114, 211～217, 221；『るつぼ』*The Crucible*　217～220, 221；『橋からの眺め』*A View from the Bridge*　221；『転落の後』*After the Fall*　221
ミラー，ヘンリー Henry Miller　61, 67～83, 124, 129, 235, 237, 241, 263, 272
『北回帰線』*Tropic of Cancer*　71～77, 78, 79, 80, 81, 83, 129, 241, 263, 264, 272；『暗い春』*Black Spring*　77；『南回帰線』*Tropic of Capricorn*　77～81, 82；『マルーシの巨像』*The Colossus of Maroussi*　82；『冷房装置の悪夢』*The Air-Conditioned Nightmare*

83；『梯子の下の微笑』*The Smile at the Foot of the Ladder* 83；『薔薇の十字架』*The Rosy Crucifixion* 81〜82；『セクサス』*Sexus* 81, 82；『プレクサス』*Plexus* 82；『ネクサス』*Nexus* 82
ミレット，ケイト Kate Millett 68
『性の政治学』*Sexual Politics* 68

ムーア，マリアンヌ Marianne Moore 98〜99, 230, 231
『詩集』*Poems* 98；「詩」“Poetry” 98〜99；『観察』*Observations* 98；『選詩集』*Selected Poems* 98

メイラー，ノーマン Norman Mailer 117, 118〜136, 144, 147, 151, 156, 165〜167, 181, 191, 192, 200, 209, 222, 233, 237, 268
『裸者と死者』*The Naked and the Dead* 118〜119, 120〜126, 127, 129, 135, 144；『バーバリの岸辺』*Barbary Shore* 127〜129, 200；『鹿の園』*The Deer Park* 129〜133, 135；『ぼく自身のための広告』*Advertisements for Myself* 166；「白い黒人――ヒップスターに関する皮相な考察」“The White Negro：Superficial Reflections on the Hipster” 166；『大統領のための白書』*The Presidential Papers* 166, 268；『アメリカの夢』*An American Dream* 134〜135；『夜の軍隊』*The Armies of the Night* 166；『マイアミとシカゴの包囲』*Miami and the Siege of Chicago* 166；『マリリン――一つの伝記』*Marilyn : A Biography* 165；『タフ・ガイは踊らない』*Tough Guys Don't Dance* 135
メルヴィル，ハーマン Herman Melville 32
『モービ・ディック』*Moby Dick* 32

モーパッサン Guy de Maupassant 42
モマデイ，N. スコット N. Scott Momaday 287
モリソン，トニ Toni Morrison 287
『青い眼がほしい』*The Bluest Eye* 286；『ビラヴド』*Beloved* 286〜287
モンロー，マリリン Marilyn Monroe 131, 135, 164, 221, 268

ライク，チャールズ Charles A. Reich 265〜266, 267
『アメリカの緑化』(『緑色革命』) *The Greening of America* 265〜266
ライス，エルマー Elmer Rice 88
『計算器』*The Adding Machine* 89；『街の情景』*Street Scene* 89；『われら人民』*We, the People* 89；『アメリカの風景』*American Landscape* 89
ライト，リチャード Richard Wright 21, 43, 47, 49〜59, 195, 197, 201, 202, 269
『アンクル・トムの子供たち』*Uncle Tom's Children* 50〜51；『ネイティヴ・サン』(『アメリカの息子』) *Native Son* 51〜56, 57, 58, 59；『ブラック・ボーイ』*Black Boy* 57〜58；『アウトサイダー』*The Outsider* 58〜59
ランソム，ジョン・クロウ John Crowe Ransom 19, 99〜100, 232

リースマン，デイヴィッド David Riesman 162
『孤独な群衆』*The Lonely Crowd* 162
リッチ，アドリエンヌ Adrienne Rich 285〜286
『ダイアモンド研磨工』*The Diamond Cutters* 286；『変化への意志』*The Will to Change* 286
『リベレイター』*The Liberator* 18
リルケ Rainer Maria Rilke 174

ルイス，シンクレア Sinclair Lewis 64
ルーカイザー，ミュリエル Muriel Rukeyser 94
ルース，ヘンリー Henry R. Luce 111
「アメリカの世紀」“The American Century” 111

レクスロス，ケネス Kenneth Rexroth 235, 237, 239, 243, 244
『日本詩歌百篇』*One Hundred Poems from the Japanese* 235
レトキ，シオドア Theodore Roethke 231
『迷える息子』*The Lost Son* 231
レヴァトフ，デニーズ Denise Levertov 236

ロウエル，エイミー Amy Lowell 232
ロウエル，ジェイムズ・ラッセル James Russell Lowell 232
ロウエル，ロバート Robert Lowell 231-233, 280
『懈怠卿の城』*Lord Weary's Castle* 232〜233；『人生研究』*Life Studies* 233
老子 239
ロス，フィリップ Philip Roth 193〜194
『さようなら，コロンブス』*Good-bye, Columbus* 193；『ポートノイの不満』*Portnoy's Complaint* 193〜194
ローズヴェルト，フランクリン・デラノ Franklin Delano Roosevelt 14〜15, 109, 111, 127
ロレンス，D. H. D. H. Lawrence 73, 263
『チャタレー夫人の恋人』*Lady Chatterley's Lover* 263
ロングフェロー，ヘンリー・ワズワース Henry Wadsworth Longfellow 94

ワイラー，ウィリアム William Wyler
ワイルダー，ソーントン Thornton Wilder 91, 92〜93
『サン・ルイス・レイ橋』*The Bridge of San Luis Rey* 92, 93；『わが町』*Our Town* 92〜93
ワシントン，ブッカー・T Booker T. Washington 196〜197
『奴隷より身を起こして』*Up from Slavery* 197
『わたしはわたしの立場を貫く』*I'll Take My Stand* 99〜100

著者について

亀井俊介（かめい　しゅんすけ）

一九三二年、岐阜県生まれ。一九五五年、東京大学文学部英文科卒業。文学博士。東京大学名誉教授、岐阜女子大学教授。専攻はアメリカ文学、比較文学。著書『近代文学におけるホイットマンの運命』（日本学士院賞受賞）、『アメリカの心　日本の心』、『サーカスが来た！　アメリカ大衆文化覚書』（日本エッセイストクラブ賞、日米友好基金賞受賞）、『メリケンからアメリカへ―日米文化交渉史覚書』、『アメリカのイヴたち』、『ハックルベリー・フィンは、いま』、『ピューリタンの末裔たち―アメリカ文化と性』、『アメリカン・ヒーローの系譜』（大佛次郎賞受賞）、『アメリカの歌声が聞こえる』、『亀井俊介の仕事』（全5巻）ほか多数。

アメリカ文学史講義 3 〈全3巻〉
―現代人の運命――一九三〇年代から現代まで

二〇〇〇年四月十日　第一刷発行
二〇一八年八月八日　第二刷発行

著　者　亀井俊介
発行者　南雲一範
装幀者　戸田ツトム＋岡孝治
発行所　株式会社南雲堂
東京都新宿区山吹町三六一　郵便番号一六二―〇八〇一
電話東京　（〇三）三二六八―二三八四（営業部）
　　　　　（〇三）三二六八―二三八七（編集部）
振替口座　〇〇一六〇―〇―四六八六三
ファクシミリ（〇三）三二六〇―五四二五
印刷所　壮光舎
製本所　長山製本
乱丁・落丁本は、小社通販係宛御送付下さい。
送料小社負担にて御取替えいたします。
〈IB-245〉〈検印廃止〉

ISBN4-523-29245-0 C3098